择一城而短居

LONG STAY IN

MY FAVORITE CITY

刘耿 主编

四川文艺出版社

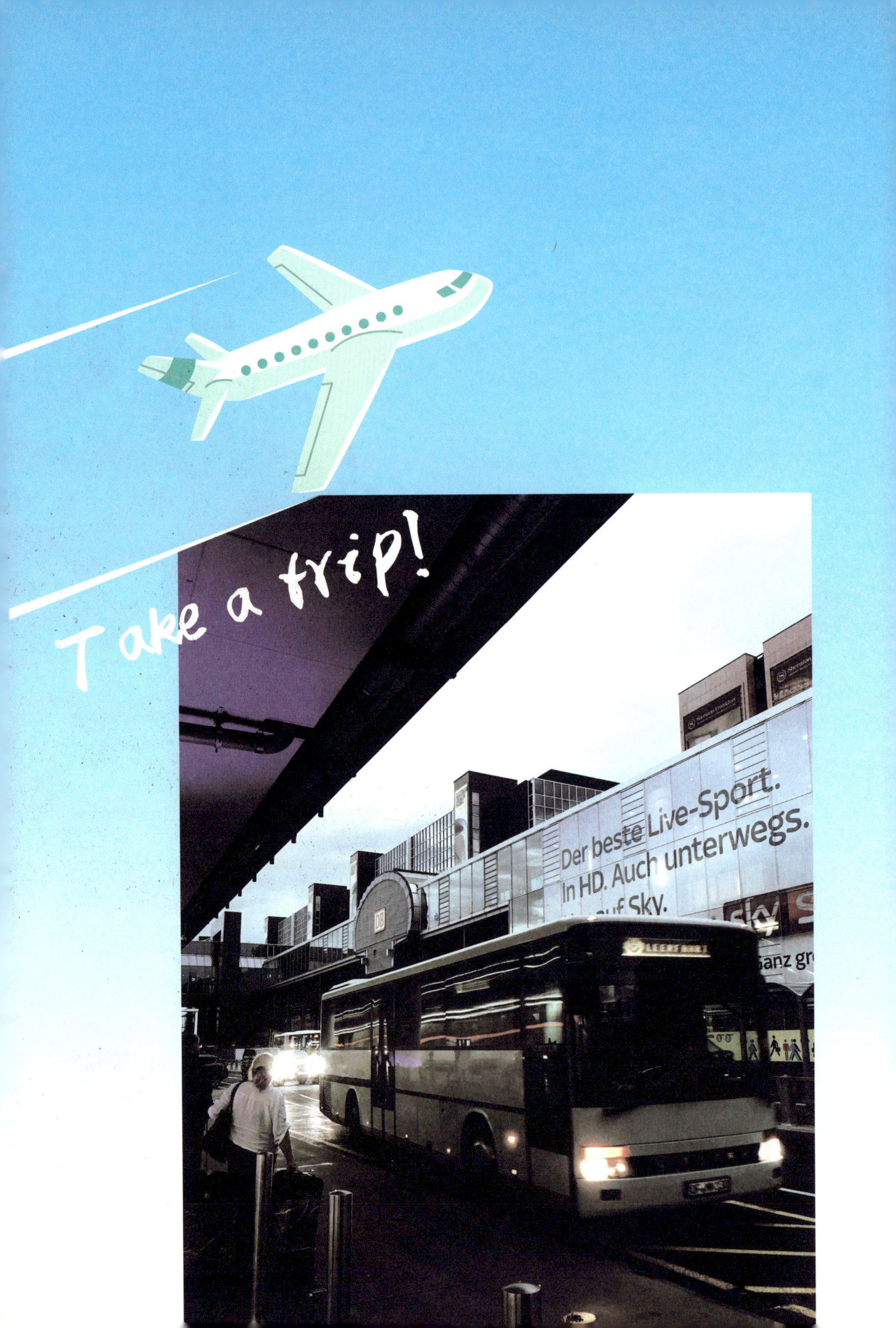
Take a trip!
Der beste Live-Sport.
In HD. Auch unterwegs.
LEERFAHRT
DB

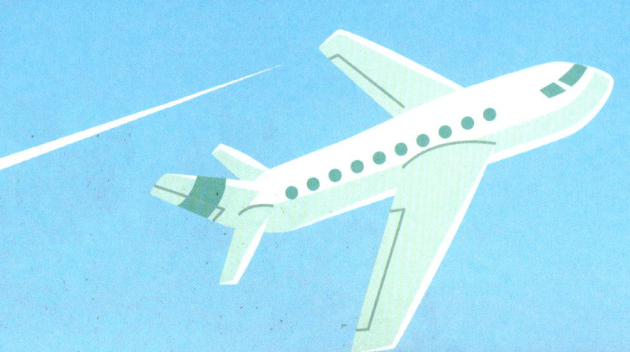

序

董晓晔

2013年"行舍"开始创业的时候，我去拜访"老树画画"刘树勇先生，他欣然题写"行舍"二字，还画了十幅关于旅行的小画。每幅小画上都有一句风轻云淡又颇有意味的话，比如"风雨何足道，行者自当行"；"你说天涯在何处，人生总是路上行"；"明月最多情，偏照旅人行"。这是"行舍"最开始的时候与文化的结缘，从此，文化就一直是"行舍"撕不掉的标签。

我对"行舍"的理想，是希望它成为一个有关旅行的中国品牌，有旅行箱、背包、小客栈和旅途上的小店，旅行箱是我们的起点。说起来"行舍"的"舍"字是个多音字，念[shè]时，意为旅行中的家。拉着一个能装载生活日常、习惯、味道或思念的旅行箱，去到一片陌生的土地，发现真正的自己，更确认自己是谁，想要什么，这便是"行舍"的一层意义。念[shě]时，体现的是一种人生哲学，我们将人生视为一场长旅，子曰："用之则行，舍之则藏。"佛说："行事修行，舍是舍弃，行一步，舍一步。"不管何种旅行，你都要行得动、舍得起。

创业之前我是一个媒体人。喜欢阅读，也喜欢旅行。因为喜欢旅行，所以买了很多关于旅行的书。越来越觉得那种去一趟欧洲就能写一本书的时代已经过去了，攻略似乎也没什么意义。我更希望了解一座城市一个国家真正深到生活里的状态，是一个外来者的视角，又是仔细深入观察后的思考。它既不会像匆匆的旅游者一样，浮光掠影，像荷叶上的露珠，尽管看起来还璀璨，但是浮于表面；它又不会像一个闭着眼睛也能摸到家门的本地户，对一切都熟视无睹。在这种状态下的人，同时是过客与居民，保持着一双未被惯常生活磨平的他者的眼睛，但是，又有生活，"卷入度"是足够的。

今年夏天开始和刘耿商量出书这件事，刘耿是我多年的好友，他在博士阶段读的历史地理。我和他一起出行过几次，他对一个国家一个城市的人文历史比一般的旅行者更熟悉。我们讨论要做一个系列的书，不再是走马观花式的旅游笔记，而是更深入的旅行状态。我们将选题定为"择一城而短居"。

我们邀请了十位作者，程璧和卢思浩都是"行舍"的合作者，一直给予"行舍"很多支持。宋金波老师在西藏生活过一段时间，我向他约稿的时候，他特别忙，还是毫不犹豫地答应了我。黄睿敏已经移民丹麦了，她给"行舍"的微信公众号写过很多专栏稿子，这次她写了前一两年在丹麦的感受。但大部分作者，我其实也不认识，我们通过朋友约稿，而大家都特别认可，认真地对待了"行舍"在做的这件事。

以"短居"定义这种亦游亦居的状态，然后，惊奇地发现它与"行舍"二字至少在字面上很对仗。其实，在意涵上也很契合。不禁为这种天作的巧合而得意。仔细想想，这也算不得无逻辑的巧合，书也好，"行舍"在做的旅行箱也好，都是理念的体现物，是理念的物化，只是我们没有自觉，等将两样看起来不相及的摆在一起，我们才意识到。

希望这本小书能入您的法眼，也希望能不断地出成一个系列。特别要感谢四川文艺出版社原社长吴鸿先生，从一开始策划这个系列书，他就给了我很多的支持和鼓励，他是我见过的最爱书的人，希望这本书没有让他失望。

也谢谢所有给这本书帮助的人。

2017年10月

（作者是"行舍"创始人、CEO）

目录 CONTENTS

01 寻音识东京
文 ● 程璧

31 贝尔格莱德：唯有生活永恒
文 ● 曹然

59 贴身看平壤
文 ● 杜白羽

89 里斯本：安东尼、奥黛特和我
文 ● 龚沁伊

117 爱与黑暗的耶路撒冷
文 ● 关鹤

153 澳洲：年少时待过的地方，都代表着你的勋章
　　文 ○ 卢思浩

185 哥本哈根的四季
　　文 ○ 黄睿敏

219 拉萨：与青春有关的日子
　　文 ○ 宋金波　摄影 ○ 袁培德

251 巴黎情事
　　文 ○ 沈坤彧

285 澳门：从词开始的冒险
　　文 ○ 曾园

寻音识东京

文／程璧

独立音乐人，词曲创作者。北京大学日文系硕士，被称为"离诗歌最近的声音"。发表音乐专辑《晴日共剪窗》《诗遇上歌》《我想和你虚度时光》《早生的铃虫》等，其音乐具有跨国文化的音乐元素，某些质朴情感的共通，体现"朴实、含蓄、留白"的生活审美。

TOKYO

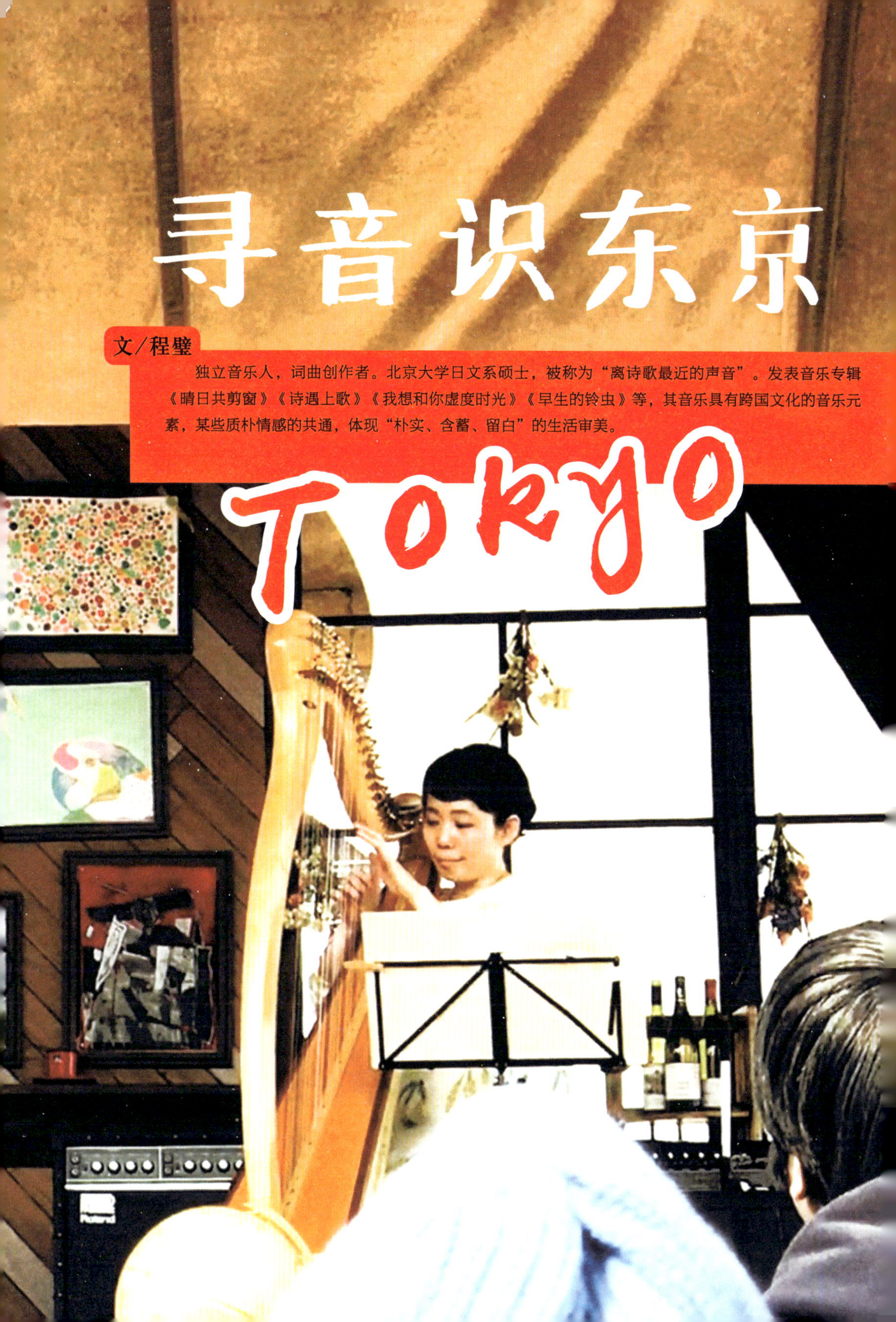

2017年春，我又一次来到了东京。

这一次，是为了我的第五张音乐专辑的制作，邀请了这边的音乐团队和日本的音乐家来共同完成。在给新歌填词的时候，无意识地写下了这样两句：

抚平岁月的忧愁啊是什么/给你温柔的平静的是什么。

这是我对当下自己内心的叩问。而东京这座城市，确实带给我过这样的感受。

（一）

好像一提到这座国际化大都市，印象并非如此。它像世界上很多国家的首都一样，熙熙攘攘。往往首先浮现脑海的，是涩谷十字路口，急匆匆，穿梭而过的上班族们。他们有着亚洲人普遍的面孔，却身着西装，系领带，规矩而统一。

我也曾经是其中的一员。

我的大学四年，读的便是日语系。大学毕业后，决定再读三年硕士研究生，选择的研究方向是日本传统文化艺术。但面临就业的问题，这个并不"实用"的领域，并不能提供给我一份实际可以让我去往东京的工作。

于是，我选择接受了一家东京证券公司提供的工作机会。

我记得那是2012年，当时公司社长特意根据中国的招聘季，乘飞机亲自来北京招聘。是非常严苛的面试。而我作为当年北京地区日语系应届生中的唯一一位，幸运地通过了。

当时我穿着匆匆在商场里寻觅到的一身面试服，也就是类似那种商务休闲女式西装，价格合理，足够当时学生族的我承担。黑色干练修身的上衣，配上刚刚过膝盖的黑色短裙，然后是白底条纹衬衫。

就这样一身打扮，初初有了サラリーマン（工薪阶层、上班族）的一点儿模样，但又未脱学生气。但也许是我充满干劲的坚定的眼神，以及对未来的异国工作生活无知无畏的态度，让当时的面试官以及社长，对我有了一些期待。于是紧张的面试之后，很快收到了录取通知。

当时我感觉终于是松了一口气。于我而言，那时候，对东京这个城市，充满了好奇。因为我学习这门外语已经七年，而对它的大部分认知，都是来自文字和影像。可以实际地近距离地去观察和发现这座城市，对我来说，是充满好奇、跃跃欲试的。

当秋风吹起的时候，我乘坐飞机前往东京成田机场。

人生第一次走出学校，成为社会人，居然是在这样一座异国城市，很难描述自己当时内心的期待和兴奋。一切都是新鲜的，甚至机场外的树木，都让我觉得绿得那么明亮晃眼。

然而，除去心情的缘故，这里道路上的树叶，的确也干净得不染灰尘。而一直生活在国内北方的我，所固有的认知是，高速公路两边的树叶大多都蒙着一层厚厚的灰尘，发灰的绿。一直以来都觉得那是一件非常令人遗憾的事。而当我看到这里树叶的透亮，竟然觉得有一些终于如愿的高兴，觉得空气的透明度都变高了。

当然，这与岛国天然的海洋气候不无关联。感觉海上的风一吹，就把这些尘土都吹走了。在外面走很久的路，鞋都不会蒙尘。再一点，他们的环保绿化事业确实走过了一些年头。后来我听身边的日本朋友常常说，三十年前，可不

是这样。说自己家门口的那条川流上面也会看到垃圾,也因为工业化的急速发展,发生过一些污染引发的疾病。现在,早已改善很多。

于是当我踏上这片土地的时候,只有感慨和期待,何时我的国度也能度过这段时期。尤其是雾霾正盛的这几年,在北京新鲜空气成了奢侈品。偶尔的蓝天,都让人雀跃不已。

(二)

我被录取的这家证券公司所在地,正是地处最热闹的涩谷。也是租金最贵的几处之一。另外例如新宿、银座这些知名的街区,也都是常常人满为患。

很快,上班的日子开始了。我每日搭乘电车,前往涩谷站。著名的站标,忠犬八公那里，从早到晚都很热闹，永远是在等待与他人见面的人。

忠犬八公是一只日本秋田犬，于1924年被主人上野英三郎带到东京。每天早上，"八公"都在家门口目送主人上班，傍晚时分再到附近的涩谷站接他回家。一天晚上，上野英三郎并没有像往常一样回到涩谷站，他在工作时突发心脏病抢救无效去世，然而，"八公"依然忠实地在涩谷站前等候主人回家，一等就是九年，直到死去。这个故事随即传遍日本。这份无比忠诚的品质，令人们动容和珍视。

这份忠诚，似乎可以引申到上班族对所属企业的一份精神要求，这里永远是忙碌的工作节奏。每次红绿灯闪烁，等待已久的人群开始熙熙攘攘移动的时候，人行横道上便成了黑压压的一片。据说，每分钟，都有三千人穿过这个著名的涩谷十字路口。

但与此同时，我每天上班所要经过的一条樱丘小路，让我又感到了有些不同。

那是一条离开车站，穿过天桥，走大概七八分钟就到的小路。为何叫樱丘小路，因为这里确实是高耸而起的丘陵式的地势。我是从小在北方长大的人，家在山东。从小习惯了一望无际的大平原，根本没见过这样走两步就要上坡下坡的情景，何况这还是在一座国际大都市。瞬间，好像因为这样的地貌，缓和了这座都市的紧张感。

甚至在我看来，地势起伏，是很有情味的一件事。忙忙碌碌的上班族们，很少接触到土地。他们在高耸的云端。而这样的起伏，会让每日踩着皮鞋匆匆赶路的都市人，感受到自然和土地的*存在*。

而这里不仅是丘，还是樱丘。因为，这条路的两边是满满的樱花树排列。刚刚到这里的时候，还是将要入秋的时节，并没有特别的感受。但是，当过了一个冬天，春风开始吹拂的时候，这里的树慢慢开始有了些悄悄的变化。有一天，我照常挤着早班电车，睡眼惺忪地走到这里的时候，完全惊呆了。

一树一树的花，在一夜之间，全开了。几乎包围住了树枝，只看得到花。

粉白粉白的樱花。

顺着马路的两排，当有一点风经过的时候，花瓣跟着风飞舞起来，就像落雪一般。

这应该算是我不经意间的第一次赏樱体验吧。竟然在这样忙碌而无趣的工作日常里，带给了我如此美的感动。一下，我便爱上了这条每日经过的小路。尽管它是上坡路，当我赶时间想快一点儿走的时候，总是让我花费更多的力气。

当我身着西装开始在这样的严肃金融领域工作的同时，我还带来了我的古典吉他。因为我对东京这座城市的好奇，并不止于那些林立的商务大厦。而其实更多，是那些丰富多彩的艺术与生活区。

我记得刚刚到公司那天，还没来得及去住处放行李，就需要去办公室直接报到。然后我拖着大旅行箱，背着双肩包，以及提着那个重重的黑色琴箱出现的时候，我看到了社长惊讶的眼神。我也感到有些羞涩。

但那就是当时的我的真实状态：刚刚走出学校，既想挑战这样普遍意义上的社会精英角色，但又不愿意放弃内心的另外一些可能性。

大概是在读到硕士二年级的时候，我已经开始学会弹奏吉他简单的和弦，已经可以写出简单的旋律，填上词，完成一首曲子。但是，我也并不知道，这会成为我未来的职业。

因为我对于音乐似乎也并没有那么"专情"。对于我来说，更广义的人文艺术是一直的热爱。并不仅仅限于音乐。我还喜欢绘画、设计、建筑这些视觉艺术，热爱着诗歌、散文、随笔这样的文化艺术。

所以，我还不能确定。我想在东京找到答案。

于是，当我白天像这个城市里千千万万的年轻人一样，坐在办公桌前，完成一天的工作之后，晚上的我开始去到另外一些不一样的地方。

（三）

在来东京之前，我已经对这里的一些独立唱作人深感兴趣。那时候，日语学习了大概两三年的样子，开始自己去找一些日本有意思的动画来看，音

乐来听。然后竟然像是发现了宝藏一样，找到了很多我喜欢的声音。比如，手嶌葵、熊木杏里。比如，羊毛和花、汤川潮音、福原希己江、Humburt humburt。

慢慢地，顺着他们平时会去的演出海报，我在东京这座城，发现了很多有趣的独立音乐空间，地下LIVE HOUSE，音乐咖啡馆。

比如，东京港区南青山，这里有一家非常浪漫的LIVE HOUSE，它的舞台背景是一轮大大的满月。所以它的名字叫"月見ル君想フ"，翻译过来就是"望月思君"。在这里，我第一次听到了我喜欢已久的一位唱作人的演出。她的名字叫汤川潮音。潮音，潮水的声音。在夜晚徐徐荡漾开来。是美丽的名字。就像她的歌声一样。

她是一位非常具有浪漫主义气质的歌者。听她的第一张碟是2008年出版的专辑《灰色とわたし》，中文意思是《灰色和我》，里面的歌是她自己一个人远赴欧洲，在郊区的录音室与音乐朋友一起制作完成。里面她的声音悠远，空灵而又清透，一个乐句一段旋律都诗情漫溢。

再后来听到她的那张 *Sweet Children O'Mine*，整张专辑竟然把西方近年来的经典摇滚曲目拿来重新改编，比如Oasis的 *Don't Look Back in Anger*，Bobby McFerrin的 *Don't Worry, Be Happy*，甚至包括Radiohead的 *No Surprises*。全新的编曲和抒情民谣式的歌唱方式让人惊艳。

其中最爱她改编的The Pretenders的那首 *Don't Get Me Wrong*，完全消解了原曲的快节奏和紧张，换成浑厚贝斯的温柔烘托，她带来的是春末夏初的无限浪漫。

后来，她又有了一张新专辑，叫《濡れない音符》，意思是不会潮湿的音符。这里面的编曲与以往的作品风格又有不同，这次使用的乐器里面没有吉他，几乎全部是以钢琴为主的伴奏，再往上叠加各种古典乐器，小提琴、大提琴、号、风琴。完全走室内乐路线，庄重，仪式性，带有一些虔诚的意味。

她在那家舞台上自顾自地认真生活和歌唱着，衬着背后月的影子，我终生难忘。

再比如，距离东京很近的三鹰市，出了三鹰站之后左转走不到十分钟，有一家在地下一层的音乐咖啡厅，名字叫作"音乐时间"。我在这里第一次遇到福原希己江。初次认识她的音乐是来自东京的一位艺术朋友的介绍。他叫裕树，那时他来北京旅行，夜里来学校找我，我们在北大燕南园吃煮花生。他说他在东京的一家小LIVE HOUSE看演出时候遇到的一位喜欢的歌者，最近出了一张原创专辑，名字是《美味しい歌》（译：美味的歌）。他放给我听。

当按下播放键那一刻，仿佛世界瞬间变成她和她所演唱的那些食物和故事了。声线不甜不腻，自由朴素，唱着那些最司空见惯的日常食物，和弦走向毫不扭捏，听者的思绪却会跟着她的旋律一起翩翩起舞。

后来才知道她便是《深夜食堂》这部曾热播的日剧里，那位安静地唱着各种食物的歌者。

在"音乐时间"咖啡馆遇到她的那天，她穿着一件T恤。是她常去的家附近鲷烧き（鲷鱼烧）店印制的纪念T恤，上面画着大大的鲷鱼烧，然后她弹着吉他悠然地唱着她那首《鲷鱼烧》。歌词是："一边吃着鲷鱼烧，一边回家。一边加着调味料，一边走着。想起来，他最近好吗，感冒好了吗。全都是想着这些。"

歌里都是生活里最真实的味道。平淡的又是深刻的。就像这个小小的音乐空间，小小的，并不华丽。只能坐十几位观众。舞台上只有一把椅子。背后是一块绿色的黑板，用粉笔字写下的"音楽の時間"的模样，周边画了很多可爱的花纹来装点。却有着一种安然的舒适感，让人发自内心的安稳。

店里的人都很和善，都像在自己的家的感觉。在正式的演出开始之前，那天还给每个人提供了一道店里特意准备的冬日暖汤。是日本常常可以吃到的"豚汁（トンジル）"。里面通常会有猪肉、萝卜、胡萝卜、绢豆腐、蘑菇、蒟蒻，再加上味噌和七味调制而成。这其实是一道日本本土非常家常的汤。但味道因为每家喜好不同而稍有变化。我记得那时候喝到，觉得异常浓郁而鲜美。在听

到喜欢的音乐人的美妙歌声之前，可以先填一下肚子满足一下味觉，会对演出更加期待。而这样接地气的家庭食物，冬日里的一碗热汤，对于我一个异乡人来说，更有着一种特殊的慰藉。

在同一家咖啡馆，我还认识了另一位有趣的独立唱作人，她叫カラトユカリ。那天的LIVE是这家音乐咖啡厅的一次纪念日，来了很多在这家咖啡厅活跃的独立唱作人，第一个上台的就是她。她也是一个人弹唱。在她开始唱第一首歌的时候，我就被她脸上的表情和传达出来的氛围所吸引了。她和福原希己江很像，大概也是在这家咖啡厅活跃的音乐人的共同特质，就是很素朴和真实。她们的歌都是讲很平常的生活小事。

而我被她一下深深所吸引的，是她满脸洋溢的幸福感，那种唱歌时候就感觉人生很饱满的、幸福的感觉。她的歌的特点是超级随意。有时候一整首歌都没有歌词，就是一个字的哼唱，但你不会觉得无趣，因为进入了她的小世界，会跟着旋律而想象，反而觉得空间无限大。有时候她的歌，还会弹着乐器突然停下来，然后后面很自然地接上去。最先听到的那首《给全宇宙最喜欢的那个人说声"喂"》，就是这样。光听歌曲名字就会觉得是很有趣的人才会写出的歌。她的神情里面，在幸福感之外，就是那种鬼灵精怪。

不满足于仅仅是在台下做听众，后来我也尝试着开始在舞台上，去唱那些我悄悄写下的旋律。我把自己自行制作的那张小专辑《晴日共剪窗》，递给了那些音乐空间的店长们。他们有点意外，但又充满兴味地接受了。然后认真听完，给我回复邮件，邀请我试着做一场表演，唱我写下的那些中文歌。

就这样，我在这个异乡城市找到了自己最初的舞台。和这边的独立音乐人也渐渐认识起来，成为朋友，一起创作更多的作品，一起表演。这些都是在我的"正装"工作时间之外去实现的。是东京这座城市的丰富性和多元性，给了我这样的可能性。

（四）

我在东京的第二份工作，日本设计中心原研哉设计事务所，代表着日本甚至是世界一流的审美和设计水准，这个团队坐落在东京银座地区。

我期待已久。

经过了在证券公司大概有一年的适应期，我终于认清了自己与这个行业的距离。大家普遍意义上认可的"精英"生活，可能并不是那么适合我。我喜欢更自由的着装。我渴望能够在东京找到一份与艺术相关的工作。

而原研哉先生是我非常喜欢和敬仰的设计大师。能够去到他的事务所工作，是我学生时代的理想之一。原研哉先生身上有着浓厚的学者气息，反应敏锐，讲话思辨，也许这与他同时在东京武藏野美术大学开设课程有关。那座学校，是我曾非常喜爱的少女漫画《蜂蜜与四叶草》的原型，也是我向往过的美术大学的样子。

我喜欢读他写的《设计中的设计》一书，里面是他历来的设计作品与展览概念的集合。之外他还有一个重要身份：无印良品（MUJI）的品牌艺术总监。无印良品是一个非常日本式审美的现代设计品牌，把日本传统美学的很多特质用现代设计语言，表现得淋漓尽致。

但这家事务所门槛极高，里面就职的年轻设计师都是相关领域的翘楚。而我唯一的优势，可能就是流畅的日语，以及对艺术和审美的一点敏感性吧。他给了我这个工作机会。

原研哉自己曾经说过，"我是一个设计师，可是设计师不代表是一个很会设计的人，而是一个抱持设计概念来过生活的人、活下去的人。"这句话让我感动。

他的很多理念都给了我极大的启发。他总是独辟蹊径，看世界的角度非同常人。媒体评价他是以一双无视外部世界飞速发展变化的眼睛面对"日常"。"RE-DESIGN"是他在2000年担任［RE-DESIGN（21世纪日常用品再设计）］策展人时，所提出的设计概念，即把司空见惯的日常用陌生的眼睛来对待，重新加以设计。

他的一些观点，打破了我的一些固有认知，解放了我的很多创作灵感。而艺术又是相通的，在这里相当于一边工作一边学习，我的音乐创作也越发明朗起来。刚刚写好的旋律小样，我也会分享给他听。他很喜欢，甚至有一首还用在了他所设计的一支广告中。

在东京的生活，变得越来越充实。

那个时候，工作之外，我常常去到代官山的"蔦屋書店"，那里被誉为全球最美二十家书店之一。代官山本身便是一座非常时尚又有品位的街区，有很多独立设计师店，距离涩谷只有一站地，走路也就是十分钟的样子，但气质完全不同，没有吵闹，更加洗练。土地价格同样也十分昂贵。"蔦屋書店"的"蔦屋"，意思就是被爬山虎的绿色藤蔓布满外壁的房子。是我很喜欢的意象，也很适合作为书店的名字。

书店白色的外墙是由大写的字母T的设计概念完成。因为"蔦屋"的日语发音是Tsutaya，以字母T开头。这个设计来自著名设计师Klein Dytham。无数个白瓷般的圆润的大写的T编织而成的外墙，有一点像是森林中前卫感的白色鸟巢。

而"蔦屋書店"四个汉字的LOGO设计，以及书店内的整体导向标识视觉系统，都是出自原研哉以及他的整个事务所团队之手，是在我加入这个团队之前就已经完成的项目。我很喜欢这个设计，稍显宽扁的汉字看起来很有安定感，让人安心。笔画偏细，又显出了些许细腻。包装袋的设计也配合着展开，文雅大方。

而这又不仅仅是一座普通的书店。它的名字又写作Daikanyama T-Site，以"森林中的图书馆"为主题，整体以三栋建筑连贯构成，横亘其中的杂志大道（Magazine Street）全长五十五米。店内有咖啡馆和座位，在书店的每一个空间，都可以自由携带书籍到喜欢的位置阅读。

这里总藏书大约有十五万册，影音馆的DVD和CD出租约有十三万张。有着大量的外文藏书、外文专辑。只要你能想到的音乐作品，在这里都能够找到并自由试听。之外，T-Site还有一些周边区域，比如北村照相机店，收藏着很多中古相机和好品位的数码相机。还有很多有舒适落地窗的餐厅，以及为宠物提供服务的店铺。同时几乎被植物树木包围，闹中取静，官方取旨"为在东京居住的人营造出一处复合式的文化艺术生活空间"。

我常常是这样度过一个代官山的周末。中午从涩谷慢慢溜达过去，在"蔦屋書店"对面的西餐厅，点一份虾或者贝类的海鲜午餐意面，配合着浓郁但又清爽的玉米冷汤，以及新鲜的蔬菜沙拉。很喜欢这家餐厅的原因，是它的建筑构造，屋顶外面由深棕色的木材搭建而成，里面呈三角形，屋顶非常高，显得空间十分开阔。几乎没有墙壁，全部为明亮的大落地窗。经常会在这家餐厅遇见婚礼。有一次我就坐在非常靠近门窗边的位置，新郎紧张的表情看得一清二楚。

吃完午餐，就可以直接去对面的"蔦屋書店"内，买一杯咖啡或者豆乳拿铁，在喜欢的杂志区翻阅，比如KINFOLK、BRUTUS、CASA这些杂志，还有关于生活整理术方面的书，料理方面的书，还喜欢看各种海外版的不常见到的摄影集。而音乐区的全部专辑都可以提供试听，有专门的座位提供耳机。自己找一个角落，沐浴着午后阳光，可以安静地听一个下午。对我来说，是一个人的时候非常理想的周末了。

（五）

慢慢地，我在这个城市找到了更多有关文化艺术相关的好去处。

比如，都内会定期举办很多的茶会。把"美"融入日常，茶会中的各种仪式礼法，既是美的表达，又是品行的表达。甚至可以说是一种"修行"。很多日本前卫的设计思想，却其实和传统审美有着暗合。比如做减法的设计思想，其实和茶道审美有着深深的渊源。而这一点更是我在硕士期间的专业方向。

由大师千利休所奠基的日本茶道，讲究"和敬清寂"，是一种做减法的美学。茶会时候，大家会穿上"着物"（日本传统服装），布料非常讲究和细腻，但没有华丽的花纹装饰，看上去十分低调和素朴。茶室内只安置一枝花，让茶客去想象整个春天；仅放置一碗清水，又隐喻了整个春日湖面。

一处陋室，简单的茅草屋，小到比如只能弯腰才可进入的门，是对于当时权贵地位的一种温柔反抗：也就是说，任何人，只要进入茶室，就要忘掉身份，不分等级与贵贱，平等相待。茶道里最被推崇的茶碗，是乐烧式的漆黑的不规则外壁的形状，是当时千利休请乐家的烧陶人特意制作的。看上去非常不够精致，不光滑，流露着手工的痕迹，却独具韵味和厚重感。

这种审美或者说是价值观的传达，可以说与我心意十分契合。

茶道之外，那些散落的日式庭院，尤其是寺院里可以领略到十分独特的枯山水庭院，也是我的喜爱之处。所谓枯，是说真的没有活的植物和水，将"简素"发挥到极致。记得去到京都龙安寺就会看到这样的场景：整个庭院，仅仅用一池白沙和中间放置的几颗石头来呈现。

白沙在日本神社里面非常常见，这与神道思想不无关联。在日本的本土信仰里面，海洋是他们民族的精神原乡，原初社会人们的一切来自海洋，无论是生活道具还是食物。于是白沙便成了海洋的象征。而几颗散落在白沙中的石头，人们把它想象成岛屿。于是，在仅仅数十平方米的狭小枯山水庭院里，看到的却是整个浩瀚的海洋。

此外，有关艺术的巡礼，东京还有很多的美术馆可以去逛。在整个日本，大概有美术馆、文学馆、博物馆八千余座。不仅收藏人尽皆知的著名作品，也有很独特的小空间，收藏着不为人知的稀有物件。我自己非常喜欢的，有这样几座。

一处是位于惠比寿的东京都写真美术馆。最开始是在佳能设计相机的摄影朋友带我来。这里会定期展出摄影作品，当时正在展出日本著名摄影师荒木经惟的经典之作"伤感的旅行"。那是他和妻子的新婚旅行，而如今妻子已经离开人世。

荒木经惟的第一本摄影书，是拍摄的寻常街道里的普通男孩们。他们在镜头前的表情都是日常的，或者嬉笑，或者不经意地转头，或者调皮地直视相机，不会给人刻意感，非常放松。会感觉到书里面还有着当时热腾腾的日常气息。

除了荒木，我喜欢的日本摄影师还有川内伦子。在她的相机镜头下捕捉到的是大量的日常又非日常。水中张开嘴的鱼，绷紧的细线，剃了毛后耷拉下的鸡头，烟花绽放的刹那，给人的印象，都似乎是常常被忽视的琐碎日常，但在这司空见惯的场景中她捕捉住了那暗暗隐藏着的一股张力。似乎是带着一些柔美细腻的女性视角，但又偶尔尽现残酷。

另一处，是位于目黑的东京都庭园美术馆。顾名思义，这里的美术馆本身也是一座非常美丽的建筑庭园，采用的是20世纪初到30年代席卷欧洲美术界的装饰艺术风格。当时看完展览出来后，在大片的草地上奔跑的孩子，休息的访客，强烈的阳光，一切都是那么平和，那么美。而且，美术馆里面会定期举办小型室内音乐会，比如钢琴独奏、小提琴大提琴演奏。是除了特意看展之外，值得一去再去的地方。

再就是，去五岛美术馆看过《源氏物语绘卷》，还去六本木森美术馆第一次看草间弥生。五岛美术馆非常传统，而六本木森美术馆非常现代。因此里面的展出内容也各自相应。《源氏物语》是日本平安时代的古典长篇小说，作者叫紫式部。绘卷的意思就是根据书中的内容所画的插画版。是像我们古代书卷的样子，拉开看，非常长。而草间弥生是在纽约就读艺术的非常前卫的艺术家，如今已经八十高龄。她的波点造型，她的南瓜都深入人心。而除去这些已经十分商业化的元素，存在于她的作品以及她本人身上的那种热烈的生命力让人感动。

另外，我还发现，这个国度真的十分注重和喜爱四季自然风物。

平安时代，日本两大古典随笔之一，清少纳言所著《枕草子》中有着大量日常生活片段的记录。写时节，写虫，写插秧，写可爱的东西，写得意的事，也写难为情的事。任何一件小事在作者看来，在她眼中都是"颇具情味"的。开篇写四季："春，曙为最，逐渐转白的山顶开始稍露光明。夏则夜。有月的时候自不待言，无月的夜，也有群萤交飞。若是下场雨什么的，那就更有情味了。"

不仅是在千年以前的平安时代，直到如今，注重日常的审美依然渗透于生活，传统习俗依然鲜活地存在着。

春日樱花盛开之时，人们会成群结伴去到樱花树下喝酒畅谈。还记得那个樱花初绽的夜里，我和刚刚熟悉的几位朋友，相约到中目黑。那是第一次感受到岛国四月的夜风，温柔地把人灌醉。那里是赏夜樱的名所，临近代官山和惠比寿，街道不宽，房屋低矮，很多书店和咖啡厅，而且整个街道都是并排的樱花树，穿越整个目黑川的两岸。等到樱花开始落下的时候，似乎会落满整个目黑川，变成一条粉白色的樱花瓣河。

我们在树下席地而坐，举起杯里的清酒，诉说着每日，无论烦恼还是喜悦。记起来郁达夫笔下名作《春风沉醉的晚上》，对于这几个字眼，似乎到了几十岁的年纪，我才第一次感受到。回去我拿起了古典吉他，谱下这首曲子，写下这样的一段歌词：

"好美的风景，让我回想起家乡的感觉，仿佛闻到春天的气息，在这春分的夜里。树的枝丫撑满夜空，在这蓝色画布上，成千上万的花，次第绽放。四月将近，雨水刚停。温润的夜里，藏着喜悦的静。灯火阑珊，不见人影，空见一树花，在岁月无声里。"

到了夏天的夜晚，日本各地都会举办盛大的花火大会，东京尤甚。年轻的男女都会身着传统日本浴衣，一种材质清凉的夏日和服，拿着纸扇，踩着木屐，在河边席地而坐，等待烟花升上夜空。我去过的有隅田川花火大会，那时候是和公司里来自法国的同事去的，是我们第一次的花火大会体验。我和当时的法国女孩只顾着吃毛豆，喊着好美好美，另一位法国男孩拿着长焦镜头单反相机，一直在拍。

秋天是赏红叶的季节。有一年，我曾和朋友去往距离东京不远的镰仓，四周全是浓郁的秋色，靠海的地方有着湿润的空气，走着走着就到了晚上。在海边一家小店吃了刺身和海鲜沙拉。不久听到远处咚咚的太鼓声，原来是镰仓地区的传统节日，一众人头戴发箍，脚着木屐，抬着御神舆，喊着号子。传统习俗完好地保留至今，仪式感十足，着装十分到位，并且与如今的日常生活融合得那么恰当。

到了冬天，东京还是到处可见绿意，不同于北方的落叶树，冬天只剩下干枯的枝丫。所以除了感觉到温度的降低，城市的样子几乎没有特别的变化。唯一不同的是，这时候树木上常常会布置一些灯光展。尤其是到了圣诞节前后。因为这些五彩斑斓的灯光，街道似乎到处都充满了年末欢乐的气氛。

（六）

陆续熟悉了这座城市之后，慢慢感觉东京的很多街区，是大概可以年龄层来划分。

比如，原宿是十几岁的初中生高中生常去的地方。那里有很多可爱的二次元相关的店铺，衣服的风格也是漫画样式的。在那里可以买到一切可爱系的周边物品，印着大卡通人物的T恤，洛丽塔风的有着厚厚鞋底的圆头鞋，或者是公主蕾丝风的花边蓬蓬裙。价格当然也很适合这个年龄段的人的消费。在这里，追求的是青春和活力，而不是底蕴和奢侈。

而到了二十多岁，年轻人常常会去涩谷约会。109大厦不仅仅整栋楼都可提供女生选购，几年前，还开设了另一栋称为"109 MANS"的，供年轻男士选购。比起原宿，这里的物品明显更接近"大人"一点，可以满足已经走出青春期，慢慢转变为社会人的年轻人的购物需求。一些"卡哇伊"的元素仍然保留着，时尚风潮的变化速度非常快。

到了三十岁的人，似乎慢慢地开始去新宿这样的地方。这里明显商务感更加浓厚。人们的脚步更加急急忙忙，着装也省去了很多过分可爱的装饰部分，变得干练、成熟，完全的"大人风"。喝酒的人也多了起来，很多深夜食堂这样的小店。

这里有著名的歌舞伎町一番街。歌舞伎，本是日本的一种传统曲艺形式，风格多变，偶尔荒诞。这条街取名如此，也是契合这条"歡楽街巷"的意思，以取悦客人为主要服务内容，风俗店、情人旅馆林立，整条街彻夜不眠。同时，新宿也是东京犯罪率最高的地区。

四十岁、五十岁的人，随着工作年份的增长，工资的逐年上升，消费能力明显提高。而银座，便是适合这个年龄段的人，是代表着高级消费的街区。CHANEL等国际大牌旗舰店比比皆是，日本本土的百年老店鳞次栉比，高雅的格调不容小孩子在这里胡闹。

但除了这些过分知名、常常挤满了外国游客的超级街区，我自己更钟爱的，是另外的一些更具有日常生活感的小小街区。

比如自由丘。

正如它的名字一样，那里给我的感觉就像是一个自由生活的小镇。从涩谷乘坐东横线，一路上会经过都立大学、学艺大学，然后很快就到了自由丘。东京的每个街区几乎都是以电车或者地铁站为中心展开的。这里也不例外。围绕着车站的，都是最便利于人们生活的那些连锁店，比如LAWSON，7-ELEVEN，Family Mart这些小型连锁便利店；大型一些的家用超市，以及快餐店，例如到处可见的牛肉饭连锁店吉野家，以及定食（日本传统料理套餐）连锁店大户屋。

但是稍微走出几步，就会发现，这里的街道、建筑和店铺都变得越来越放松。没有车辆，全部是行人散步的街道。鸽子在马路上随便溜达，有一条长长的中心道，两边都是座椅和树木。有卖草莓奶油卷饼的小货车。有在一处店铺前唱歌的乐队，一个男生在弹吉他，另一个男生在拉小提琴，然后主唱是一位短发女孩。快要过圣诞节了，脖子上围着色彩明亮的围巾。路上的人走走停停。完全像是宫崎骏电影里常常看到的那种街区的模样。这里的建筑也确实有一丝丝欧洲小镇的气息。

而到了下北泽，又是完全另一番面貌。

同样也是非常亲切的街区，而这里遍布着各式各样的古着店。古着，是一个从日语中直译过来的汉语词汇。意思是"被人穿过的以前的旧衣服"。但一定不要惊讶，"啊，那不就是二手衣吗"，并没有那么简单。并不是所有的这样的衣服都可以被称为古着。一般都是被店家精挑细选的，有着一定吸引力的或者某种特别收藏意义的衣服，才算得上是古着。它代表的是一种复古的时尚和独特的品位。其实也可以称之为"古董衣"。

英文的话，我们常常见到VINTAGE和ANTIQUE这两个词汇，来形容这种调调，可能比较贴切。

比如那里我喜欢的一家，店主是一位看上去有七八十岁样子的老奶奶，穿着一件年代久远的法国手工蕾丝领长裙，那做工和质地，有着现代机械工艺可能根本无法达到的美。她的店里除了衣服，更多的是生活相关的道具。比如一把暗金色镶边的镜子，比如一盒有着可爱花纹的纽扣，比如还有很多我喜欢的复古耳饰。在那里似乎有着穿越时空的感受，那些年代久远的小物件被保留下来，带着独特的时光印记。

还有一家，店主看上去有点奇怪。是个中年长发男人，穿着一件亚麻白色的长袍。留着一点点胡子，好像有一点原始人的感觉。店里面全部都是20世纪意大利的画院学生所穿着的画画时候的衣服。也有一些是女性的复古蕾丝感的衣服。整体都是偏白色，价格不菲，起码每一件都在几万日元以上。因为年代久远，衣服很怕脏或者被碰坏，进去之前，都要把手中的包或者行李提前交给店里的人来保管，然后才可以入店。

这里的古着店一家挨着一家，让人很难想象这里怎么会有这么多人热爱古着文化。那些古着的价格并不是非常廉价，普通的古着都比那些年轻人爱去的连锁店例如说UNIQLO、ZARA、H&M的最新单品还要贵一些些。某些真的很稀有的物件，简直就是古董一般的价格。但人们就是喜欢这种旧日时光里淘出的永不过时的又独一无二的东西。

除了自由丘和下北泽，我爱的街区还有吉祥寺。

她好像把所有我喜欢的元素都集中在这一个街区了。有很大的一处湖水公园，被称之为都市的绿洲，春天可以赏樱，秋天可以赏红叶。有逛不完的杂货店，然后还有解决日常生活的一切店铺、餐馆、咖啡馆。几乎是个独立的王国。也是历来被杂志评为人们最想居住的街区第一名。

公园的名字叫作井之头公园，常年免费对外开放。街道和公园并没有明确的界限，常常是走着走着就走到公园里了。这里的树木郁郁葱葱，非常高大，几乎都要有十几米高，抬头看，像是被包围在森林里。这里面，还包含着一座生态文化园，分为两个园区，一个是以水里的生物和鸟类为主，另一个是更广义的动物园。动物园里有过一只大象叫"花子"，非常有名，广受人们喜爱，从泰国过来在这里生活到了六十九岁，直到最近刚刚逝去。

除了这些自然景观，这里的杂货店真的是有很多很多。杂货店，也就是很多生活中会用到的相关小物件。在这里，你可以买到自己最喜欢形状的水杯、勺子、筷子、手帕。可以买到舒适的居家或者外出的衣物。品位不凡、价格实惠。除了杂货店，这里还有花店、甜点店、餐厅、咖啡店。

尤其是这里有一家我很喜欢的"猫咖啡店"。顾名思义，就是以猫为主题的咖啡店。不是装饰的画上去的猫，而是真的猫。可以一边摸猫一边喝咖啡，

非常治愈。整个店的布置像是在森林里一样。大概有三十只不同种类的猫聚集在这里，每一只都有自己的名字。有的很黏人，有的对人爱搭不理，只管睡觉。可以买一些店里准备的小鱼干来喂食它们。人们可以在这里聊天喝咖啡甚至吃饭。

有人问，那卫生问题怎么保障。对于超级爱干净的当地人来说，这一点根本不是问题。进门都要先脱掉鞋子，然后用酒精擦拭双手来提前消毒。不是怕里面的猫不干净，而是怕客人从外面带进来细菌。东京大大小小这样的猫咖啡店感觉起码有几十家，是否有上百家还不知道。但每处都是超级安心，每处的猫咪也各不相同的可爱。

住在这样的地方，生活可以是这样：回家的路上可以在花店挑一束花，放进水瓶。不想做饭的时候，可以找到任何你想象到的食物的餐厅。东京是一个各国美食交汇的地方。各个国家的食物，在这里应有尽有。而且和本地的食物几乎是差不多的价格。比如中午，你可以选择吃一份意大利面，也可以选择吃一份咖喱饭，还可以选择吃一份日式拉面。这些对这里生活的人来说都是司空见惯。这里甚至还有中国火锅"小肥羊"。

到了晚上，想要和朋友约会，或者特殊的日子想饱餐一顿美食的话，有各种各样的烤肉。比如意大利式牛排，比如韩式烤肉，比如日本黑毛和牛烤肉。不同的做法，有着不同的口味。想吃涮肉的话，有すき焼き（寿喜烧），也就是把很薄的牛肉放进味道浓郁的酱汤里面煮，很快牛肉变色后，即可夹出，然后放进生鸡蛋里裹上蛋液直接入口，十分鲜美。还可以吃しゃぶしゃぶ（涮涮锅），也就是比较接近我们的中式火锅，比起寿喜烧，口感整体上会清爽一些。

当然，还有传统日本料理——寿司。把各式各样的生鱼片，放在醋米饭上的生食艺术。我记得刚刚来到日本的时候，第一天公司的欢迎晚宴就是寿司。这对他们来说，是非常隆重的欢迎礼。原本，我是有些怯怯的。并且在我们的饮食文化里，很少有这样的吃生肉的传统。但是当一盘一盘的寿司出现在眼前，以及看到旁边的人吃得不亦乐乎的时候，好像食欲自然而然就来了。

我尝到了金枪鱼肉寿司的肥嫩香腻，尝到了红色甜虾寿司清凉而又温柔的甜意，还尝到了生海胆寿司那种来自大海深处的独特鲜味，一下打开了我的味觉新世界。还有一颗颗晶莹剔透的橘红色的大颗鱼子寿司，嚼劲十足的章鱼寿司，可以稍微休息一下回归清爽口味的贝类寿司、纳豆寿司、青瓜或者梅子寿司。最后常常以软软脆脆的甜鸡蛋卷寿司结束。

美餐一顿以后，到了夜晚，还想特意和心爱的人去哪里散步的话，我想到了台场，想到了那里的彩虹大桥，微风徐徐、海波温柔的东京湾。晚上还有浪漫的闪闪发光的摩天轮。记得夏天的时候，在那里看了一场花火大会。海水很蓝，烟火灿烂。也想到了位于上野附近的浅草地区。那里的浅草寺，有着巨大的红色雷门。晚上也会点亮好看的灯光，那里的仲见世一条街，有着古早的江户庶民风情。

（七）

就这样，我渐渐在东京这座城市找到了很多音乐、文化、审美以及生活上的共鸣。它带给了我很多不同的人生体验，打开了我的想象力空间。

同时也让我更坚定地去做自己。

2014年，我辞掉了在日本的第二份工作后，回国开始做独立音乐。带着我在御茶水乐器一条街上买到的中古吉他。虽然并不贵，还是二手琴，但我对这把Mini square有着特殊的情感。需要介绍一下的是，御茶水乐器一条街是音乐爱好者的胜地，在这里乐器店成排成行，种类非常丰富，品牌齐全，新品旧品都有。不仅有电吉他、电贝斯、架子鼓这些现代电声乐器，还有非常古典的钢琴、大提琴、小提琴、倍大提琴等传统乐器。

我在那时候毅然决然要回国的原因，是我已经做好了准备。对于我的第一张专辑《诗遇上歌》的素材积累已经完成。九首歌的旋律和歌词，已经写好。而国内熟悉的录音制作团队在等我归来。我告诉自己，跟随内心。即将展开的路，是不确定的。有多少人会听到这些音乐，我真的不知道。做这些，我可以让自己填饱肚子吗,也不知道。但我知道的是,即使是还不行,那我也有基本的让自己生活安定的方法,我可以去做翻译等任何一份工作,我总不会饿肚子。就像我看到的那些东京独立音乐人做的一样。

《诗遇上歌》这张专辑的启发,还得益于在东京任教的旅日诗人田原先生,他是日本国民诗人谷川俊太郎的研究者和译者,同时他介绍我认识了当时来东京访学的著名诗人北岛先生。我分别为谷川俊太郎的《春的临终》谱曲,为北岛的《一切》谱曲。中间还亲自在诗人面前演奏,让他们直接给我提建议意见。

我记得跟着田原先生,去过谷川俊太郎老爷爷在东京的家,他已经八十多岁了,住在传统的那种和室房间,有着绿色的庭院。他还像是年轻人一样,思路清晰而敏捷,说话也非常利落。我们在他家里包饺子。饺子馅儿选的是韭菜,而饺子皮是从面粉开始亲手制作。谷川老爷爷吃得很开心,还偷偷藏了一盘要放在二楼晚上再吃。可爱得很。

他在《春的临终》开头写道,"我把活着喜欢过了。"让我不禁去想,同样的句式还可以有很多的文本。比如有人会说"我把活着体会过了",再或者会有人说"我把活着讨厌过了"。而又有多少人可以在生命的最后说一句,"我把活着喜欢过了"呢。这是一种面对死亡已经释然的心态,而这种云淡风轻又是来自于在活着的有限时间里,把自己希望做的都做到了,把活着认真活过了,才会有的心态。

就像他自己的人生。这样丰盛而有趣的人生,也是给予我的一盏明灯。

很快,这张专辑被很多人开始听到。大家很惊讶,如今还有人愿意从诗歌这样的严肃文学的视角出发,来做音乐。经常会被问到这样的问题,为什么想起来要为诗歌谱曲。我想,大概是因为我在接触音乐以前,与诗歌际会更久。我是在硕士二年级的时候才学会了弹吉他,但是在开始读书认字时候,就喜欢诗歌。

我想,诗意,始终藏在每个人的内心深处。诗人西川说,在这个世界上

摸爬滚打习惯了，感觉自己似乎已经变成了一个铁石心肠的人，不轻易展露自己的情感给别人看。可是总是在某个时刻，毫无预料地，自己内心最柔软的地方就会被一下击中。这是他在我的专辑发布会上，说听到我为北岛谱曲的《一切》时候的话。他说拿到专辑，在开车回家的路上，听到这一首歌响起，那些沉重的记忆落在干净的声音上，他的眼泪一下就掉下来了。

我愿意用生活本身就是一首诗的理想来过生活。也许，在东京的短旅生活，已经在我心中悄悄埋下了很多这样的种子。在我回国从事独立音乐三年，陆续发表了《我想和你虚度时光》《早生的铃虫》之后，如今，又重新回到这座城市，继续我的音乐创作，准备接下来新的这张专辑。

希望又将遇见全新的自己。

贝尔格莱德：
唯有生活永恒

文/曹然

复旦大学历史系毕业，曾在科索沃NGO和国际组织工作，常年研究东欧问题，长期撰稿讲述这片土地的种种故事。

Belgrade

  我来到贝尔格莱德,乃至一次又一次回到贝尔格莱德,是为了寻找一个梦境,一个与真实难舍难分的幻境。

  1941年德军入侵南斯拉夫王国时,人们为躲避空袭进入地下防空洞。日复一日,他们生产军火、严阵以待,但进攻迟迟没有到来。他们索性继续地上的生活,寻欢作乐、坠入爱河,忘却了时间。在这里演奏音乐一样狂野奔放,婚礼上照旧朝天射击。五十年后,他们意外重返地上,发现战争仍在继续。"打倒纳粹!"他们抄起步枪,把鏖战正酣的各族士兵统统击毙。他们徘徊在迷宫般的地下甬道中,哀号:"没有南斯拉夫了?这是什么意思?我要回南斯拉夫去!"

  这是大导演埃米尔·库斯图里卡的《地下》。我通过电影第一次触摸到这片土地悲剧的历史循环,念念不忘那行著名的字幕:"曾经有一个国家,叫南斯拉夫……"剧终是超现实主义的一幕,复活的众人在河岸上狂欢痛饮,脚下的土地突然与大陆分离,载着他们翩然远去。我想知道,被留下的大陆现在如何?又是怎样的时光胶囊,能使如此动荡流离的生活成为半个世纪的常态?

贝尔格莱德,曾是这个国家的首都。

挥之不去的念想引领着我,直到2011年的夏天降落在这个城市。我乘着机场巴士穿过郊区冷清的田野,穿过灰暗、丑陋、庞大的社会主义住宅区,驶入多瑙河大桥。灰白雾气中,对岸老城区始建于罗马时代的堡垒和奥匈帝国时代的建筑群猛然舒展。还未来得及感叹,巴士已经穿过火车站前街驶向"斯拉夫广场",毁于轰炸的国家电视台大楼赫然矗立。优雅的新古典主义街区环绕着它扭曲的钢筋和粉碎坍塌的水泥立面。

那一瞬间,1999年的硝烟飘进了这个盛夏宁静的清晨。我意识到无论笼罩着怎样的浪漫与传奇,此地的生活首先是血淋淋的现实。从那天起,我无数次站在马路对面凝视这座废墟,看神色淡然的行人从安全棚下穿过——"当心石块坠落"。有些人望了它一会儿,又扭头向前,或许在回忆北约轰炸的那些夜

晚。作为一个伤痕或勋章,它一直被保留在贝尔格莱德市中心,直到今天。对我而言,这座城的象征不是古老的城堡或繁华的中央大街,而是它。我不知能否理清这些错综复杂的历史与现实、传说与神话,但一个声音击中了我:这就是塞尔维亚。这就是你在找的。

(一)"贝尔格莱德不愿被描绘"

不像伦敦、巴黎之类的名城在文学中不朽,对贝尔格莱德的描绘难以寻觅。西巴尔干的作家们,如伊沃·安德里奇留下了史诗般的维舍格勒,数不清的波黑作家歌颂过热烈的萨拉热窝,米洛拉德·帕维奇创造了神秘的哈扎尔世界,但贝尔格莱德始终维持着模糊的面孔。

塞尔维亚作家莫姆切洛·卡普尔名声并不响亮,但他罕见地写出了这座城的精髓。他认为,贝尔格莱德习惯于藏起自己的灵魂。它不愿被人描绘,从不

在镜头前摆好姿势,永远处于运动之中。在相片中,它看起来如此平常,似乎可以是任何一座欧洲城市;它不像巴黎、伦敦、罗马、布达佩斯或莫斯科拥有标志性的景致。贝尔格莱德的心在哪里?它哪里都不在,又无处不在。它在于街头饱经战争风霜的平静老人们,在于餐馆里坐下来和客人共饮的侍者,在于那些你永远不会感到身为陌生人的喧嚣街道,女孩们掩饰过的贫穷之下是骄傲优雅的富人派头,还有那些无论发生何事都不会背井离乡的居民;"城市交织的街道、桥梁和河流如同我们的心血管图……它永不会吸引追求美的收藏家,但会在徜徉过这些街道的人心中激起几近痛苦的渴望。"卡普尔写道。

我对这种渴望如此熟悉,它可以被听到、闻到、看到。

这是我在塞尔维亚的第一个清晨。在"斯拉夫广场"附近的旅社被缓慢的教堂钟声唤醒,推开窗便可以看到世界第一大东正教堂——圣萨瓦的圆形穹顶。无论古典或社会主义时期的建筑,皆灰暗、朴素却整齐,彼此和谐相依地

贝尔格莱德:唯有生活永恒　　035

往教堂高地绵延而去。随着钟声，还有小巷里收旧货的吉卜赛人的铃声，邻里元音饱满的谈话声，隔壁蔬果市场的车水马龙声。正对门的小铺子里飘来煎汉堡排的香气。"首先要尝尝他家的汉堡，"旅社前台卡特琳娜说，"城里数一数二的正宗诺维巴萨尔风味，纯牛肉。"诺维巴萨尔是塞尔维亚西南地区，受奥斯曼土耳其影响深远，居民多为穆斯林。

花大约一点五个欧元买了汉堡——巨大的本地扁面包裹着还在滋滋作响、夹着洋葱粒的汉堡肉，还有掺了辣椒末的软奶酪。和路人一样边吃边走，转角就是弗拉查尔蔬果市场。来自附近村庄的农民们趁周末开着小货车来摆摊吃喝，"最好的草莓！番茄！自家种！"

就在我应接不暇的时候，响起一个声音："你会说英文吗？"口音带着塞尔维亚式的骄傲。

我抬头一看，目测是一位五十来岁的先生。虽然头发灰白，但一丝不苟，头戴牛仔帽、身穿polo衫，皮肤晒成红黑色。他自我介绍名叫斯拉夫科，是一位工程师。得知我来学塞尔维亚语，又是学南斯拉夫史的，他大感意外。我告诉他，我还希望读懂塞尔维亚人。

"我一辈子都在这里度过，以后也会留在这里。你找对人了。"他挥挥手，示意跟着他走。

从此，跟着斯拉夫科闲逛成了我每周的固定项目。

弗拉查尔市场周围的建筑多是20世纪早期的产物，大气、简洁的现代主义风格在今天依然体面。斯拉夫科就住在其中一栋公寓楼里，雪白的阳台上点缀着鲜花。沿着小巷下坡不远，就是曾属于他祖父的奥斯曼式小平房，大门紧锁，我分辨不出墙壁原本的颜色。

斯拉夫科的祖父母来自黑山北部，20世纪初远赴美国谋生，在芝加哥做矿业生意赚了点钱。第一次世界大战后，卡拉乔治王朝宣布建立史上第一个联合塞尔维亚、克罗地亚和斯洛文尼亚人的国家：南斯拉夫王国。他们当即决定回归故土。"这里是他们的根。"斯拉夫科说，"他们相信一个无与伦比的新国家诞生了。"

这里见证了他的家族在贝尔格莱德的辉煌起点，也见证了他们从资产阶级一夜回到无产。二战后，随着社会主义的到来，房子和店铺都被政府收去，直到今天还未走完归还程序。

还是在这里，斯拉夫科见证了南斯拉夫最后的日子。我们走进居民楼背后的庭院，下到一处黑洞洞的地下掩体，入口处已经扔满了垃圾。1999年春天那场长达七十八天的轰炸里，这就是居民们的避风港。"我只来过几次。后来我想，随它去吧，死我也要死在自己床上。"4月的一个深夜，炮弹击中了弗拉查尔街区的一座居民楼。

这一切似乎非常遥远了。

我们坐在贝尔格莱德最古老的咖啡馆——Znak Pitanja（意为"问号"）的后院，在午后温和的阳光里，雨后空气格外清新。问号咖啡馆以塞尔维亚传统菜闻名，19世纪初就开业，是城里保存最完好的奥斯曼小楼之一。两百年来无数塞尔维亚的知名人物都是这里的常客；诗人、作家、政治家、音乐家聚会在此，墙上挂着他们的画像或是照片；室内保持着19世纪的风貌：厚重古朴的圆木桌，一百多年前的座位，昏暗的油灯般的光线，民族乐器古斯莱挂在墙上，还有众多图片展示着这里的历史。这里的菜号称是最正宗的塞尔维亚菜，总能勾起贝尔格莱德人的自豪感。

服务也带着塞尔维亚式激情。侍者甚至能记得你的名字，上菜动作如行云流水：这位小姐的沙拉，先生您的酒，那是鱼汤；哦对对对，这个时候味道最好了，请您慢慢欣赏，祝胃口好，还要来点什么吗，没问题，为您效劳！

每天不留出在咖啡馆无所事事的时光，就不可能融入塞尔维亚民族精神。我很快习惯于点一客内含半融化的奶酪的卡拉乔治炸肉排，喝土耳其黑咖啡，喝家酿李子白兰地——塞尔维亚的灵魂之酒，就如同伏特加对俄罗斯人的意义。

这种氛围让人很难想象十几年前紧绷的局势。然而一个午后，正当手风琴声和一旁十指相扣的恋人都令人沉醉，一个身影突然闪到桌边，和我们简短握手之后落座。"这是米尔科，"斯拉夫科介绍道，"我多年的兄弟。"

来人有一张过早衰老的脸，年过五十已似七旬老翁。他抬起深陷的眼窝望了我一眼，"你是中国人？"我还没来得及作答，他就举起了双臂。右臂比左臂短了一截，不自然地僵直着。轰炸时，他是国家电视台摄像师。"那天晚上，我在办公室值班，眼看着同事死在我面前。我们是在阻止自己的国家分裂，美国有什么理由这么做？中国理解我们。"

我不知如何接话；是自述政治立场，还是展开关于国家和个人关系的冗长演说，抑或随声附和？任何一种反应似乎都是苍白的。眼看南斯拉夫分崩离析，塞尔维亚人曾希望至少保住民族圣地科索沃，但换来的只是无情的炮火。他们发现，世界已站在自己的对立面。科索沃最终成为阿尔巴尼亚族的独立国家，给塞尔维亚人留下了不可磨灭的创伤。

触目惊心的电视台大楼废墟就是这道伤口的具象。

我想起塞尔维亚史诗中，1389年拉萨尔大公在科索沃舍身抗击土耳其入侵者，天使告诉他：若放弃地上的国，便能得到天上永恒的国。

斯拉夫科和米尔科沉默不语。这或许是贝尔格莱德的宿命：无论此刻多么无忧无虑，过去的阴影总会突如其来造访。毕竟在这个国家，每一代人都经历过至少一次战争。

（二）无论如何，还得生活

"你去了哪里？哪儿也没去。你都干了什么？什么也没干。"卡普尔在

《贝尔格莱德生活方式》中如此描绘最常见的街头对话。今天的塞尔维亚生产总值仍然只有1990年（南斯拉夫内战前夕）的百分之八十，失业率超过百分之二十。

要是算上所谓"灵活就业"的情况，塞尔维亚的形式更不乐观。我在贝尔格莱德语言学校上课时，已然察觉到老师们的繁忙。教口语的老师伊万早上结束了课程，又匆忙赶往另一个学校授课。我们几次邀请他晚上去酒吧小聚，都被婉言谢绝：他晚上还得上网给身在伦敦的学生辅导。我在旅社和咖啡馆认识的年轻人们都是这样，白天在店里打工，晚上换到酒吧或俱乐部帮忙。口袋里攒了几个闲钱，才能有休息日。

"我不喜欢蒂姆·朱达的书，里面全是对塞尔维亚人的偏见。"一天夜里，两瓶啤酒下肚，一贯沉默寡言的旅社前台萨沙突然说。朱达曾是《经济学人》驻前南斯拉夫记者，将战地经历写成了好几部著作。我有点意外，因为印象中朱达很清楚西方人对塞尔维亚人的种种妖魔化。我正要和萨莎探讨细节，他的朋友奥列格插话了："你们哲学系学生就喜欢对这些事较真。我们都已经在旅社当前台了，西方偏见不偏见有什么要紧呢？唉，生活！"

我吓了一跳。设想在后海青年旅社遇见北大哲学系毕业的前台，也会有类似的效果。然而没几天，我又陆续遇见了贝尔格莱德大学政治学系毕业的咖啡店员、经济系毕业的长期失业者，等等。战争和前南斯拉夫经济空间的解体的致命打击还在继续，自20世纪90年代以来，已有无数人移民国外。

但这不意味着贝尔格莱德的生活黯淡无光。卡普尔还感叹过：贝尔格莱德有什么是独一无二的？建筑和食物，似乎在维也纳、布达佩斯和伊斯坦布尔之间折中；河流与山丘，比起巴黎和伦敦也不突出；唯有这片天空及其变幻莫测的云朵只属于这座城，一切风景在其映衬下自成一幅生动画卷。

正因为如此，贝尔格莱德的精华无偿开放给所有人。无须预订昂贵餐厅或私人俱乐部包间，所有最佳观景处都是公共空间。无论是360度河景公园还是俯瞰全城的电视塔，兜里一个子没有也可光顾。无数个落日时分，我们提着啤酒和汉堡坐在河畔草地上，看漫天红霞逐渐变成深重夜色，笼罩了古老的天际线。

不似这座城市的难以捉摸，贝尔格莱德人从不遮掩本性。公元前3世纪建城以来，贝尔格莱德历经约一百一十五次战争，其中四十四次将它夷为平地。未知的文明在公元前6000年来到河岸。之后，色雷斯人、凯尔特部落和罗马人建起了城市。匈奴人、萨尔马提亚人、哥特人和阿瓦尔人前来征服和毁灭。这之后是斯拉夫人、匈牙利人、拜占庭帝国和土耳其人反复拉锯。后来，塞尔维亚人的国家逐渐稳定，又迎来了奥匈帝国和德国入侵……

层叠的历史保存在河岸堡垒上，这里葱郁的树木和没心没肺的年轻人最终抚平了创伤，他们大笑、相爱。

在我的房间里挂着一个相框，里面是一张20世纪90年代战乱时期发行的纸币，数字一后面魔幻般地跟着十几个零。物资短缺和超级通货膨胀使得生活变得超现实主义，就像一个法国政治家说的：要是把南斯拉夫圈起来，就能盖一座世界最大马戏团。每次来做客，我的朋友伊娃都不厌其烦地讲起她的亲身经历：父母早上发的工资还能买一斤肉，晚上就一片面包也买不起了；大家都疯了一般想尽快把钱换成稳定的德国马克，兑换所前面排起长龙。她无数次帮着父母排队，跑遍了黑市。望着这张纸币，她发出爽朗的笑声。"现在的日子还不坏！"

是的。即使父亲去世、母亲重病、她自己每月只有一百多欧元收入，但我们还能坐在河岸喝一欧元的啤酒。还不到走投无路的时候。这片古老的风景似乎有一种魔力：即使一生乏善可陈，仅仅居住在这样一座城市就是了不起的成就。它从不畏惧在访客面前袒露阴影与缺憾，相信当下与永恒拥有同样的分量。

"这里的年轻人总比邪恶岁月存在得更长久，他们在历史面前欢笑，将脚下古老帝王的枯骨抛在脑后。"他们像多瑙河上空瞬息万变的云朵一样善变，总能在历史洪流中幸存，用笑声和耸肩表示对命运无可奈何。哪怕毁灭，人们也会以一种轻松调笑的姿态从废墟中重建它，没必要因为任何事情绪失控。这是他们能把握的永恒。

这里也没有什么"政治正确"。在欧洲和北美"文明社会"待久了的人，初到贝尔格莱德往往很不适应。人们会因为你一句问路把你护送到车站，但你如果支持科索沃独立，即使最自由主义的人也会扭过脸去，还可能直截了当地说"阿尔巴尼亚人都很坏"……但这里没有滴水不漏的说辞和言行不一的习惯。

塞尔维亚语中Prijatelj一词，意为朋友；而Neprijatelj，直译"不是朋友"，意为敌人。在朋友与敌人之间不存在中间地带，仍有18世纪被土耳其人称为"充斥野蛮人的山区"之遗风。这是个直到20世纪中叶仍然有近百分之八十人口是农民的国家，人们仍然在脸上清晰地表达好恶，为维护小小的荣誉大动干戈，世界只有黑和白两个维度。"看到他们，如同看到我们欧洲人原初的模样……如此忠诚，如此勇敢，如此笃信上帝、热爱自由……他们是抗击异教徒的欧洲守护者。"19世纪曾有英国作家对此大为赞赏。这种性格今天依然如此。

（三）辉煌岁月已过去了吗

"回来吧，铁托。一切都可以原谅。"

贝尔格莱德街上有这样的涂鸦。无论是他的诞辰、忌日、二战胜利日其至90年代战争纪念日，从萨拉热窝、萨格勒布到卢布尔雅那的民众都表达着同样的心声。这不是一种悲观的怀旧：随着南斯拉夫分崩离析，失落的不只是相对健全的社会保障、稳定的工作机会、大体融洽的民族关系和较为完整的产业体系，还有许多人作为"南斯拉夫人"的身份认同。

在整个西巴尔干地区，作为曾经的大国首都，贝尔格莱德无疑最具"南斯拉夫气质"。

过往车辆上、广告牌上和店铺招牌上，还可以看见很多".yu"（Yugoslavia）结尾的网址。南斯拉夫解体后，塞尔维亚和黑山从2007年开始启用".rs"和".me"，直到2010年，".yu"才全面停用。但是至今，由于种种低效率，许多地方还维持原样。看着这些网址，颇有些时光倒错的感觉。

高层建筑全部是社会主义风格,对比二十年前的照片,城市面貌几乎未变。

"直到现在,还有不少人认为他们首先是南斯拉夫人,其次才是塞尔维亚或克罗地亚人,"斯拉夫科说,"尤其是那些来自跨族通婚家庭的人,他们的认同超越了民族。我也是一个南斯拉夫人——我的根在黑山,成长在克罗地亚杜布罗夫尼克,在贝尔格莱德学习工作。我当然是塞尔维亚人,但这个描述并不完整。"20世纪90年代的血与火之后,这些人愈发渴望回归失落的故乡,如同试图复活记忆中永葆青春的死者。Yugo-nolstalgia(南斯拉夫乡愁)已成为一个专有名词。

我也曾去铁托之墓"朝圣"。它坐落在贝尔格莱德一处幽静山坡,每年都接待从前南各国来访的崇拜者。他在世时,每年全国都会举行祝福伟大领袖生日的马拉松接力赛。铁托安葬的"鲜花之屋"四面陈列着代表各民族和职业特点的千奇百怪的接力棒,上面的装饰从闪闪红星、国产小汽车、农具到塞尔维亚马头琴等等不一而足,封存了外部世界已不存在的社会主义民族与阶层大团结。"亲爱的铁托",这些礼物上无一例外铭刻着。

一次在墓前漫步，一位手捧鲜花、身穿共产主义先锋队制服的波黑人告诉我，铁托是她心目中最伟大的人。"他的出现带来和平，他的消逝带来毁灭。在南斯拉夫我们是在生活，现在大家都知道，我们只是在生存。"在这里，朝圣者们重温昔日的共同体，得以暂时弥合乡愁酿成的裂隙。

在俄罗斯，"体验斯大林时代的日常生活"正在成为新兴旅游卖点，但体验南斯拉夫时期的生活却没有什么猎奇价值——南斯拉夫毕竟曾是东欧社会主义阵营中最富足、最自由开放的国家。年轻人听着猫王和百花齐放的本地摇滚乐队唱片、看好莱坞电影、流连在各式咖啡馆，一本护照自由来往欧美——就和今天一样，甚至更好。

在贝尔格莱德生活，有种感觉挥之不去：最辉煌的岁月已然过去，未来是无尽的下坡路。或许唯有今朝有酒今朝醉的洒脱，才能让生活得以继续。

每周末，弗拉查尔附近的古董店是不能错过的消遣。带南斯拉夫国旗和南共标志的各类旗帜像章固然满足外国游客的怀旧需要，但更让人过目不忘的是当时的考究家具、时髦套装和皮具，到今天也毫不过时。我想起了铁托夫人约万卡，她因装束优雅时髦被誉为"社会主义世界的杰奎琳·肯尼迪"，也曾令南斯拉夫的形象在缺乏审美趣味的兄弟国家中脱颖而出。简而言之，在南斯拉夫可以尽享世俗生活的乐趣——这对普罗大众而言远比追求政治自由重要。

我正盯着一双女士小皮鞋出神，正在看电视的老店主转过头来，指着电视里演讲的塞尔维亚总统说："看，南斯拉夫总统！"

"塞尔维亚总统。"我呆呆地说。

他有些不耐烦地挥了下手，继续看他的电视。

生活在贝尔格莱德，会有很多如此"回到南斯拉夫"的时刻。有人怀念铁托的南斯拉夫，还有人希望重现国王的南斯拉夫。不管怎样，大家都对政权更迭处变不惊了。从19世纪到21世纪，贝尔格莱德人坐地就经历了七个国家。

一个秋日，我和美籍塞尔维亚人伊琳娜一起去参观南斯拉夫皇室产业——市郊的"白宫"。皇室在社会主义时期流亡英国，米洛舍维奇倒台后，政府将宫殿物归原主。伊琳娜的家庭和皇室有着相似的命运：父母是二战期间保皇派游击队成员，铁托上台后流亡美国。我们正欣赏大厅里美轮美奂的马赛克壁画和俄罗斯风格的装饰，导游突然宣布：卡拉乔治皇室继承人、南斯拉夫王国开国君主亚历山大之孙正在宫里，决定接见我们。

这简直是一声惊雷。人群沸腾了，所有人都开始颤抖着整理衣冠，女士们赶紧拿出化妆镜和唇膏。我发现，许多游客都和伊琳娜一样，是归国探亲的移民。海外的生活丝毫没有削弱他们的塞尔维亚身份。

亚历山大王储步入大厅，众人热泪盈眶，拼命鼓掌。我们获准问王储几个问题，我抢到了机会："在塞尔维亚共和国，您身为南斯拉夫王储，这是怎样的体验？"

"特别疯狂的体验！"王储爽朗地大笑，"回家的感觉非常美妙。要复兴饱受挫折的国家，我们还有许多工作要做，"掌声与欢呼再次响起，"我希望未来的塞尔维亚是一个君主立宪国家。"

民调表明，居然有百分之四十的塞尔维亚人支持他的想法。2013年，这个共和国罕见地为王储四散海外的父辈遗体举行了迁葬皇家墓地仪式，成千上万人为了目睹王储风采在烈日下等待数个小时，"国王万岁"的呼声排山倒海。

出了皇宫气派的大门，进入一个貌不惊人的住宅区，路旁有一座似乎久已无人居住的大宅。它没有任何显眼的标记，门前亦没有行人驻足——这一带远离市中心，除了每日来往于旧皇宫的游客，一贯冷清。这就是铁托遗孀约万卡的住处：许多往来此地的塞尔维亚人居然也不知道她还在世，更不知道她隐居于此。我在门口徘徊许久，但没窥见任何人影。铁托死后，她独自在此度过了三十年穷困潦倒的岁月。

2013年，她去世了，住宅门口终于出现了花束。人们纪念她，是因为把她当成了社会主义南斯拉夫最后的遗迹。当时的总理达契奇甚至借她的遭遇来批评近年的亲西方潮流："她揭示了我们塞尔维亚人是怎样对待自己这一段过去的——我们把它抛弃，与它割裂，将它彻底否定，就像对待她一样。"

从始至终，少有人有兴趣了解她作为一个普通女人的一生。我有朋友将分隔她的住宅和王宫的马路称为"心碎之路"：晚年铁托受党内高层怂恿，怀疑约万卡有狼子野心，两人在他生命最后三年再未见过一面。

已是秋天。人去楼空之后，唯有行人脚踩遍地落叶，沙沙作响。远离贝尔格莱德中心密集的时代风云，这里给人与生活的内核留下了空间。

这一片凋零之色，当是约万卡晚年心境的写照。从少女时代起，她倾心崇拜着他、无条件爱着他、信任他。临终前她接受报纸专访，认为丈夫不得已疏离她是为了保护她，"我相信，他到死都一直爱着我"。

我愿意相信这是一段"南斯拉夫的罗密欧与朱丽叶"，一个只属于贝尔格莱德的故事。

（四）"新柏林"的秘境

2012年夏天，我决定离开塞尔维亚，放下巴尔干研究，回国寻找出路。

这个决定，一样是在河边堡垒的草地上做出的。望着依然平静辽阔的萨瓦河面，突然感到一阵尖锐的酸楚：我受这座城市、这片土地的感召来到这里，但始终无法成为一个塞尔维亚人，一个可以因为当下而忽略未来的人。我并不知道这种感召通向哪里，但它居然如此强烈，令人惶恐不安。而我做不到像这座城市一样，任凭时间给出答案；在一个有根深蒂固线性时间观念的人看来，这如同任泥沙入海，最终了无踪迹。

但我像每个贝尔格莱德人一样，已然习惯让萨瓦河水见证生命中那些重要时刻。欢聚或离散，大笑或是流泪，只要来到这里，总能听见一个承诺：无论道路如何，幸福是可能的。

回到北京之后，在琐碎的日常工作里，每次看见天空总能想起贝尔格莱德。这些流动的云彩是否会一路飘向萨瓦河畔，成为那片"独一无二的天空"的一部分？在最迷茫空虚的时刻，曾经想过索性放弃，就此随波逐流消磨意志罢了。可一旦想起那座城，那段来路的坎坷与甜蜜就变得鲜活，它已成为我自己的一部分。它能包容一无所成,但受不了死水般无波澜的生活。

2016年冬天,我辞去做了四年的工作。当年那份感召并没有消失,我决定试着去描绘它的形状。翻过西巴尔干的崇山峻岭,在一个气温零下二十摄氏度的深夜,我乘火车回到贝尔格莱德。

窗外出现火车站熟悉的土黄色屋顶时,我想起了当年告别时卡特琳娜和伊琳娜在车窗外挥着手大喊:"你会回来的!很快就会的!"一年后,她们一个回到美国,一个去了德国打工,月台上反而空落了。

这座城市好像没有变;又好像不一样了。在巴尔干十年来最冷的冬天里,我和亚历山大穿过共和广场和波西米亚区,去找一家禁止吸烟的酒吧。冰冻的路面上行人寥寥,我甚至有一种错觉:这座城市空了吗?这几年我错过了什么?

然而推开酒吧大门,这种感觉立刻消散了。满满当当的大厅里,古董家具质感依旧,人们的谈话依旧亲密愉悦。而且与过去不同:英文对话随处可见。

孤僻、醉心于绘画的亚历山大也感受到了这种变化。本来只是来旅游几天的德国朋友留下来了,靠远程写代码生活。路过这里的巴西姑娘也留下来了,嫁给了画圣像的塞尔维亚丈夫,教桑巴舞和葡萄牙语。还有原籍塞尔维亚的美国人,第一次访问故里就决定留下,做了英语-塞语翻译。这股愈演愈烈的潮流让亚历山大不太理解。"你知道,几年前这里都没什么外国居民。来旅游几天可以,但要来生活简直难以想象。这里是战后国家,是欧洲野蛮神秘的角落,不开化的地方……"

要说五年前我第一次踏上这片

土地时完全不这么想,是不可能的。历史和现实的纠结吸引着我,但不可避免掺入了猎奇和历险的成分。而现在的贝尔格莱德再也不是蛮荒之地了:越来越多的廉价航空公司将它定位为周末好去处,十几欧元的机票轻松把你从伦敦、巴黎甚至马德里带到这里。欧洲经济的整体走弱使越来越多自由职业者发现了这片乐土:生活成本低而质量不打折扣,交通四通八达,夜生活惊人的丰富,且从来不知道什么是社交恐惧症。

从北京回到贝尔格莱德,这种感受尤为强烈。我在共和广场附近的小公寓安顿下来,窗外看得到大半个市中心。尽管北京也具备所有生活要素,但在这里,一切似乎刚刚好放在你的掌心。若想去公园野餐、喂鸽子,想去圣萨瓦大教堂听晚祷,不必跋山涉水、地铁转公交,不必在无尽的堵车中身心俱疲。只需拎上啤酒和烤肉,晃晃悠悠步行一刻钟。在路上,或许还在露天咖啡座撞见几个朋友,当下就约好去码头区仓库酒吧喝一杯。

我们在一个旧仓库改建的俱乐部里找到了奥列格。几年不见,他有些谢顶,但欢乐的情绪更强了,头戴画家帽、身上依然是不修边幅的旧大衣,手拿香烟大笑着给了我一个熊抱。他当上了文化公司的经理,工作就是接触西巴尔干的各种先锋乐队、剧团和舞团,安排他们到公司小剧场演出。我在媒体上看过报道,近两年这家公司是一颗冉冉升起的新星,很快就要把剧场开到萨拉热窝和萨格勒布。

"现在的生活太酷了!"他的日常就是和艺术家们谈生意,在咖啡和酒精气味中完成工作,然后奔赴夜场在实验戏剧中客串登台。他最新一部戏叫《我们在塞尔维亚的生活是什么鬼》。上一个夏天,他注意到夏季演出间歇期时大批外国游客无剧可看,就和朋友几个通宵写了这部剧。"说的就是90年代以来我们谜一样不可解的生活。"

我对他表示羡慕;他过上了最适合自己的生活。

"但我没像你那样去了那么多地方,又是中亚又是美国的,中国我也没去过呢。"近年来他去的最远的地方是阿尔巴尼亚,开车走过海岸壮观的悬崖峭壁。

我说:"你不需要去那么远的地方就能找到自己的生活。"他想了想,又咧开嘴大笑起来,和我碰杯。

同样的话亚历山大和我说过。他家离斯拉夫广场不远,冬夜里我跟着他爬上自家天台,整个城市的灯火尽收眼底。不同于大城市的灯火辉煌,贝尔格莱德低矮紧凑的建筑织出一张地上的银河,黑暗中并不去争夺月亮和星星的光芒。为数不多的几座高层大楼孤零零立在黑暗里。我们裹着毛毯,脚边放着红酒,打算等到日出。

"或许,这就是我不急于搬到其他地方的原因。"他说。一片沉默;无须解释与争论。

是啊,还能去哪里呢?是纽约、伦敦,还是巴黎,能回馈我们这样的生活?能让一个名不见经传的小插画家、一个工人的儿子买下看得见如此风景的房间?

在黑暗与寂静中,我们知道城市脉搏日夜不息跳动着。看似死气沉沉的屋檐下，是地下俱乐部、左派小政党的酒吧、废弃电影院改装的小舞台。晚上10点，这些地方的生活才刚刚开始。初来乍道的人摸不进圈子，要跟对了人才能揭开一扇扇门背后隐秘的世界。

我和亚历山大从一个仓库逛到另一个，一天午夜突然闯进了四十年前的世界：在这个波西米亚区厂房角落里藏着一个迪厅，安装了银色球形旋转灯和血红色塑料吧台，戴假发的女服务生穿卡其布无袖裙，音乐是20世纪七八十年代最火的南斯拉夫摇滚。"举起手来／做好准备／没有车，没有车去普里什蒂纳……"

我们跟着唱了起来，随着音乐摇摆，这首歌本是形容科索沃的首府普里什蒂纳是个文化荒漠；在科索沃已经不属于塞尔维亚的今天，它有种无可奈何的感伤。酒精和逐渐升高的体温作用下，逐渐微醺，自称不问政治的他也激动起

来,"我由衷敬佩死守在科索沃的塞尔维亚人……连根都失去了,人还算存在吗……"

1991年夏天,南斯拉夫内战爆发前夕。亚历山大全家在希腊度假。斯洛文尼亚开战的消息传来,在一片祥和的希腊海滩,父亲突然变得暴躁不堪。他因为衣服摆放不合意发火,因为儿子们吵闹发火,和妻子为了鸡毛蒜皮的小事大吵。"战争来了,"他念叨着,"这种时候我们要回贝尔格莱德去。"假期才过了没几天,一家人提前踏上归途。

故土和他们的命运紧紧缠绕在一起。

我和贝尔格莱德之间的联系是否也是如此呢?面对永恒的天际线,为何同时感到甜蜜、哀伤与痛苦,似有一只手攥紧了心脏?

我想,我不是唯一有如此感受的异乡人。渐渐地,英文媒体开始称贝尔格莱德为"新柏林",因为这里的一切恰似铁幕倒塌之际的柏林:一个刻着战争伤痕的处女地,欧洲版图上的边缘地带,有一群西方人难以理解的人民和相差无几的生活条件,以及低得不可思议的物价。当时的柏林就这样成了嬉皮士、亚文化群体和其他理想主义青年狂欢的天堂。

我第一次去废弃电影院改建的隐蔽剧场KCGRAD,就是长居于此的美国程序员安德鲁带我去的。时光流逝,他已经摸清了城中大部分秘密。剧场椅子已经全部拆掉,变成了舞池和散落的坐垫。我们席地而坐,听赤裸上身戴着天使翅膀的男歌手唱mellow歌曲(迷幻轻柔的电子乐)。几曲完毕,他又换上塞尔维亚传统马甲,唱起了东方哀伤调调的民歌,似乎是关于一个黑发美人。我们聊着他的愿望:买一所萨瓦河边的房子,永远留在这里。

但是,有一小撮本地精英们对"新柏林"的说法嗤之以鼻。他们认为,贝尔格莱德没有柏林蓬勃的创新力量和经济实力,触目惊心的人才流失迟早将它变成荒漠;而我们视为空气的文化狂欢也并未创造出什么,只是深渊中排解苦闷的出口罢了。无论文学艺术或电影,塞尔维亚都已沉寂多年。《地下》这样的杰作,没有再出现过。

这个冬天,还有一批初来乍到者是来自中东和非洲的难民。在火车站附近的废旧仓库,领取食品、服装的队伍如潮水般流淌。但这一次,市民们成了旁观者。他们望着阿富汗人、巴基斯坦人和叙利亚人在队伍里缓慢移动,彼此打听着下一次慈善机构发放大衣还是棉鞋。然后他们消失在火车站后面的废弃仓库里;不时发生小团体之间的斗殴,落败的一方晚上搭起帐篷住进了街心公园,升起一堆堆篝火。他们的目标是冲破匈牙利边境的封锁,前往德国、英国或法国,稳住脚跟后把留在后方的家人接来。回头则意味着前功尽弃。

每天清晨,我顶着灰蒙蒙的天色到火车站与其他志愿者汇合,到仓库里帮忙分发食品,再到服务中心分发衣物。四处是拖家带口、衣衫褴褛的人们,在垃圾遍地、异味刺鼻的室内席地而坐。经历了20世纪的动荡,贝尔格莱德人一时无法相信居然有外国人来寻求庇护。但或许也正因为此,他们大多带着同情注视着他们,自发送来衣服和食品。"我们尝过流离失所的滋味,"妇女中心志愿者米丽查说,"我们理解他们。"

空闲时,我陪他们玩牌、下棋、做手工,陪他们度过漫长的等待时光。我们聊着警察在希腊海岸怎么差点弄翻了他们的船,匈牙利警察开枪击中了一个同伴,保加利亚警察放狗追逐女人和孩子。他们说,只有塞尔维亚警察温柔友好。虽然政府下令所有难民近期必须住进七个封闭难民营,慈善团体也被建议停止在火车站开展活动,但警察没有采取任何干预措施。一辆孤零零的警车停在仓库外,偶尔见到一两名警察在旁闲庭信步。我们每天分发物品也没有任何人打扰。能够留在火车站这一开放空间,对于难民们而言就有了更多希望:不受政府控制,不会被遣返回马其顿或希腊,能够一次又一次尝试从北部边境进入欧盟。

或许我们都是深渊中的流浪者,才会从世界各地追随这座城的魔力而来。它就是一座方舟,于迷茫苦闷中与我们共振,从不评判。在它阅尽沧桑的眼中,万物自有逻辑。

（五）有多少青春能重来

一个早春午后，阳光隔着薄雾笼罩在水面和岛屿上。岸边漂浮着一些塑料瓶和包装袋，静止的驳船仿佛还未解冻。冬天的枯枝和灰色、白色的水鸟一同顺流而下，直到不远处的泽蒙镇，萨瓦河与多瑙河缓缓交汇。这里曾有贝尔格莱德最厚的冰层。岸上，猎犬互相追逐，人群漫无目的地闲逛。

在这一瞬间，我忽然明白为什么热爱这座城市：它历尽了苦难，具备所有伟大的潜质，却永远处于青春时代。

我和亚历山大沿着缓缓上坡的老街爬上河畔高地。这座曾被毁四十四次的城市发源于此；或者说，四十四座城市的幽灵在此共生。在卡里梅格丹城堡周围，历代的砖石层层叠叠。由上而下，途经伊斯坦布尔门、塞尔维亚国王斯提

凡之塔、卢吉查东正教堂、奥斯曼达玛阿里帕夏陵墓、奥地利水井和神圣罗马帝国的查理六世之门。传说匈奴王阿提拉的坟墓深埋于城堡之下,凝视着萨瓦河与多瑙河交汇。占据制高点俯瞰河水的是纪念塞尔维亚在巴尔干战争中战胜奥斯曼帝国与奥匈帝国的胜利者之像;2014年,最新树立的塞尔维亚-俄罗斯纪念碑献给了这场战争中为保卫贝尔格莱德牺牲的两国士兵。

"你会留下吗?"他突然问我。

我会的,心里有个声音在呐喊。我可以和这座城市一样无数次从头开始,重新生长。无尽的历史层叠没有把它变成一个老人。青春的模样就是如此:无穷无尽的长日从沐浴永恒阳光的萨瓦河畔掠过。余晖中有金色的城堡,脚下是广阔的草地。儿童和狗在奔跑。通向市中心的米哈伊洛国王大街上,橱窗后的甜食、古董和华服散发香气,恋人在露天咖啡座和狭窄老街的暗影中享受酒杯和呢喃。独属于青春岁月的敏感与热烈在空气中燃烧。

在早春的芬芳与河水的气味中,年轻男女的脸庞与谈笑声甜蜜而热情。斯拉夫人的轮廓中融合土耳其人的神采,天生美丽而泰然自若,对你毫无保留。若只是询问塞尔维亚人在哪买公交卡,可能瞬间已被簇拥到准确地点、手把手教你完成了整个过程,然后对方以完美无瑕的风度表达认识你荣幸之至,再握手道别。

我在人生的十字路口回到贝尔格莱德,沉醉于青春时代的港湾。这里只有当下,谈论未来和计划都是徒然的。而我,正好不愿去想。

走在夜里冰冻的大街上,亚历山人突然在一栋老房子前面停住脚步。这是一座新古典主义建筑,外观上看可以追溯到20世纪早期。推开沉重的大门,高高的门廊里面一片漆黑,似乎就已无人居住。"我记得这个地方,"他示意我跟着他往前走。摸黑上了老式旋转楼梯,我脑海中正浮现出种种鬼魅的场景,他不知在哪里摸到了灯开关。空间顿时被昏黄的光线点亮,我才发现身处一个奇异的空间:楼梯上遍布美丽的马赛克花纹,已褪成淡蓝色的天花板上,手绘的植物四处延伸。

我不知道是什么人给这座老屋留下了这样的印记。他是一个永远不乏奇思妙想的贝尔格莱德人,还是偶然浪游于此的过客?这座城市诸多隐秘角落背后的传奇或许早已不可考,但都成了无穷无尽历险的一部分。

我知道,亚历山大问我这个问题,不意味着他将计划改变自己的生活。我们每周在深夜见两三次面,放任自己沉迷于宿醉般的历险。其余的时间里,我们努力维持"日常劳作":我写作、去难民营值班、见形形色色的人,他关在家里赶堆积如山的画稿,高峰时期一连几天与世隔绝。他一连两三年都想着去葡萄牙度假,去年甚至连房子都看好了,到头来还是因为过度疲惫留在了家里。作为贝尔格莱德人,他有种少见的焦虑。没有创造出真正的杰作之前,他停不下来。筋疲力尽时,他只需要顶楼的露台:整个世界仿佛都在眼前,很大又似乎很小。

我们默契地不谈未来。我会留下吗?如果我有答案,一定只与我自己有关。

我眼中的贝尔格莱德容不下庸常的生活。但若是在任何地方落地生根,又怎能不陷入庸常呢?这真是一个悖论。宿醉再怎么五彩斑斓,能长久吗?

有些人期待战争带走这种庸常。我认识的一对打零工为生的年轻夫妇,梦

想着为国而战，击溃阿尔巴尼亚人、夺回科索沃。他们喜欢谈论科索沃对于塞尔维亚的神圣意义，从今天一直追溯到14世纪。他们对上一场战争的印象局限于北约轰炸时期在地下室"躲猫猫"或者被父母派去走街串巷寻找面包和香烟；对孩子而言，这简直是一种游戏。他们怀念那些日子，仍然在平淡的生活中寻找英雄主义。女孩们对男人有自己的评价标准，她们互相打听某人是否参过军？要是用公共服务代替了兵役，或者因为其他原因免于兵役，那么……她们露出怀疑的表情。真正的塞尔维亚男人不能回避这个传统。

2017年1月14日，一列用二十国语言喷涂"科索沃属于塞尔维亚"的列车从贝尔格莱德驶向科索沃北部的米特罗维察。自1999年科索沃战争以来，这一路线就已停驶了。除了坚守在北部飞地的塞尔维亚人，没有人再去科索沃。这辆列车像一座教堂，装饰着东正教圣像，载着政客们驶向边境。最后关头，总理声称科索沃当局在边境附近埋下了炸弹，叫停了列车。

"没有人知道他们是怎么想到这一出的，"我的朋友维斯娜笑得前仰后合，"一定是有人心血来潮：'我们比比谁的主意最蠢吧！'如果我是科索沃政府，一定开枪扫射他们，突突突全部干掉！"她比出拿枪的手势。

考虑这些问题大概没有思考如何度过二十四小时重要。无数年轻人唾弃政治，只醉心于爱情、艺术和派对，像奥列格那样始终处在精神亢奋中。但对于有意改良社会的人，眼下是种煎熬。

最困惑的时候，好朋友萨尼亚提议去街上帮她分发杂志。她和几个死党创办了公益杂志《街道的面孔》，供无家可归人士出售，每卖出一份能分到售价的一半。她是个斗士，活跃在各种公共事务中，也参加了最近反对"水上贝尔格莱德"商业地产项目的大游行。社会普遍认为这一项目超出了塞尔维亚的经济实力，是政府和阿联酋财团达成的洗钱计划，还会破坏河岸的老城区。警察找上门来威胁关闭她的设计工作室，以各种名目提高她的纳税额。网上声讨该项目的民众也经历了各种各样的威逼利诱。萨尼亚一举把政府告上了法庭。

"我现在觉得有点累了。"她叹了口气，"付出了这么多，好像也不能改变什么。我只想远离烂摊子,生活在一个正常的地方。"

只是塞尔维亚从来不是一个"正常的"地方。这里睿智而愚蠢,高贵而野蛮,可爱而可怕。

我和萨尼亚坐在路边,一个无家可归者朝我们走来。他是个唐氏综合征患者,带着大大的笑容,紧紧拥抱了萨尼亚。自从开始卖杂志,他有了不错的收入,更有了尊严。把新一批杂志小心翼翼地放进背包,他转向我。

"你也是个贝尔格莱德人了!你会留下来吗?"

我正犹豫,萨尼亚抢着说会的,一定要想个办法让我永远留在这里。

"其实我不知道。"我说,"但我希望……"

"无论你想怎么样,都很好!"他挥手告别,"只要你想回来,这里永远是你的家!"

五年前,我试着在塞尔维亚找到一份工作,因为不能如愿而在萨瓦河边大哭。五年后,虽然未来仍不清晰,我知道这里不会是我的终点。我将继续寻找

自己的轨道，即使它依然无以名状。

没有哪里像贝尔格莱德。时间的流逝感如此强烈，时间又如此无关紧要。我曾希望能永远沉溺于这样的青春，然而生活是否可能永远轻盈如梦幻？不需要答案，无须解释。收藏这座城的最好方式，是在无尽的远行中将它留在心底。我终于明白，比起身处何方，更重要的是能做什么。

这是贝尔格莱德教给我的。

漫无目的的流浪者在这里找到港湾，又因为更深远的召唤与它告别。有多少青春能永恒？

贴身看平壤

文／杜白羽

新华社记者，曾常驻平壤，特派首尔，美国东西方中心、夏威夷大学访问学者。著有纪实散文《我的平壤故事》、摄影随笔《朝鲜印象》、文化随笔《我的夏威夷——当东方遇上西方》。

Pyongyang

初见平壤——街边鹅黄、暖绿、灰白、浅粉色新旧交错的住宅楼，一眼望去就像中国北方的城市；街道整齐而安静，行人步履匆匆，神情笃定，或推着自行车上坡，或背着鼓鼓的双肩包下行……

朝鲜多是山地，这与韩国的地形很相似，上坡下山考验着人们的体力，也培养了他们登山的爱好。车窗外，放学回家的小学生，欢乐玩闹着过马路；接送幼儿园孩子们的校车，在马路边等候；身着黄绿色军棉衣，挖土栽树的军人们，三五成群正在埋头苦干。

平壤城区街道宽阔，比起北京的走走停停，我一下子喜欢上了这里车行无阻的流畅。每个红绿灯路口中央，都精神抖擞地站着一位女交警（当然也不时会看到交警大叔），她们身穿鲜亮的湖蓝色制服，配上狐狸毛的衣领、袖口，警帽，黑靴，远远望去，煞是惊艳。

女交警指挥动作的劲道与英姿，举手投足间彰显出专业军事化训练的巾帼范儿，车近了，转个弯，识得女杰的真面容——妆容精致明艳，眼神刚强地投向前方。她眼角余光迅速瞥过来，我刚举起手机的手瞬间缩了回去——"不可拍照"的含义被不动声色地准确传递出来。女交警的美，美得令人敬畏。

我每到一个城市，总是迫不及待地要去一览她的容颜。以记者的身份来到朝鲜，一个纵使在朝韩圈子里也多是"有耳闻，难得一见"的神秘之国，又是另一番心情。我将在此常驻，在此雕琢时光……

（一）食物

作为新华社记者，在平壤的确属于"上层社会"了。我们工作和生活都在中国驻朝鲜大使馆里，安全又方便，这也是为数不多的新华社和使馆在一起的特殊待遇。每天中午可以吃使馆食堂，吃了两年多的东北菜。早上和晚上则是自己解决，通常会去朝鲜蛋糕店买些新鲜的面包、饼干，配上牛奶，就是早餐。晚上自己熬粥，加点水果，倒也营养健康。周末则必定和朋友相约下馆子。

每次都会被朋友问到："在朝鲜吃什么？""朝鲜人能吃饱吗？"

朝鲜的餐馆通常分为外事接待餐厅和朝鲜人自己的家常饭馆。前者较贵，是收取外汇的，后者便宜，以朝币结算；前者往往是西式、现代的装修风格，后者曾经昏暗狭小，但近几年来两者的界限在模糊，差别在缩小。如今在一些高档的涉外餐厅里，常能见到一些朝鲜家庭和情侣，而街边翻修一新的家常菜馆，也常有外国人光顾。

在平壤，只要手里有外币，就可以实现："没有吃不到，只有想不到"，西餐厅、快餐店、中餐火锅、日式料理……各种正宗口味的食品应有尽有。在平壤海棠花餐厅，我点了一盘黑亮似糯米糕的点心，叫作"土豆馒头"，土豆粉和的面，色呈棕黑，皮厚而有嚼头，咬开来，竟是"泡菜馅"。朝鲜人对土豆特别偏爱，朝鲜两江道大红丹郡盛产土豆，有首动听的歌叫《大红丹三千里》，歌词里唱到"美丽的土豆花"。

朝鲜人还喜欢一种特色的"脱皮"（明太鱼干）吃法，即撕着吃风干、烤干的明太鱼。大家一人截取其中一段，像剥瓜子似的，一层层撕去鱼干的纹理。撕鱼之乐不在肉，在乎其乃饮酒之伴侣也。有了明太鱼干，啤酒才喝得尽兴，喝得绵延不绝，若将其烤了吃，就更香更易嚼了。

都说朝鲜人爱吃狗肉，朝鲜族悠久的饮食传统中，有三伏天吃狗肉"以热治热"的说法。但如今在朝鲜，大多数餐厅的菜谱上并没有狗肉汤这道滋补名肴。吃狗肉要跑到专营店，在光复大街上有一家提供外卖的狗肉店，堪称老字号。

传统料里中，高丽饭店旁边的一家小店的酱汤很好喝，阿里郎餐厅以拌饭闻名。还有朝鲜绿豆煎饼，将绿豆磨成粉，加入蔬菜、肉、葱等，调成糊状摊制而成，有预防和治疗动脉硬化及解酒的独特作用。开城参鸡汤，将鸡的内脏去尽洗净，灌入糯米和人参，放到陶制罐子内炖熟，滋补又美味。

要问坐落在大同江畔那座通体透亮的玉流馆"宫殿"什么最好吃，答案是冷面。来朝鲜一定要品尝一下正宗的平壤冷面，清流馆和玉流馆是卖冷面的老字号，青瓦白墙的古典建筑新装修后更显气势。在那仿佛锅盖状的金黄色铜器里，铺上一层牛羊肉、桔梗、蕨菜，浇上鲜美的肉汤，拌上足料的白醋和芥末,一道朝鲜人最爱的传统美食就做好了。酸甜冰凉的口感让人越吃越爱。

平壤有不少擅长日本料理的餐厅,口味都很正宗。一次外国人聚餐,在门面并不起眼的庆兴餐厅,各色寿司、生鱼片和日式料理让原本口味难调的各国友人赞不绝口。大厨从后厨走出,询问我们口味如何,得到我们的赞扬后,他说:"我这全靠自学,没有受过日本人培训。"得意扬扬地炫耀自己自主学习的本领。

在外交团会馆的定食中,还能品尝到日式"松茸茶"。先将一片柠檬放入壶中,再将壶顶上的茶杯取下,我自斟自饮,坐在二层落地窗旁朝下望,看着游泳池里自由徜徉的人们,度过一个惬意的下午。

在朝鲜餐厅用餐、超市购物,有个十分有趣而独特的现象:各种货币可混合交易结算。比如一份拌饭,菜单上标价为八百朝币,但结算时却只能用外汇。按照官方比价美元对朝币一比一百的汇率换算,即约八美元,无论外国人还是朝鲜人,拿美元、欧元、人民币、日元付账都行。

在平壤生活期间,和朝鲜人一起出入集贸市场。平壤最大的统一大街市场上,蔬菜、肉类、水果和各类生活用品齐全,每天来此采购的平壤市民多到"摩肩接踵"的地步,交易活跃。

朝鲜政府2009年更换货币后,美元等外汇在朝鲜的流通日益广泛。据说现在普通朝鲜民众手里都持有一定数量的外币。朝元对美元汇率基本稳定。现阶段在朝鲜市场上一元人民币可兑换一千二百朝元,一美元可兑换七千三百二十朝元。官方汇率为一美元兑一百朝元,两者之间的差距在六十倍至七十倍之间。在朝鲜此般的经济双轨制下,居民可用外币购买一些配给制之外的商品。

我们同朝鲜人一样,常用一种叫"翅膀"的预付卡,其实并不是朝鲜的信用卡,而是提前储值的储值卡,省了各种找零钱。在朝鲜,还没有银行借记卡和信用卡这些"东东"。

年轻貌美的女服务员身着黑色裙装,千鸟格背心,头发盘起挽成发髻,职业而素雅。她们经受过专业训练,倒茶点餐,均使用的是朝语最高敬语,也就是陈述"思密达"和疑问"思密嘎"体,声音轻软,虽不娇嗲,却也婉转,如歌唱般动听。

我注意到,和国内通常以一位服务员为主服务一桌不同,每一次上菜,都由不同的朝鲜美女端上,其中一位长得和韩国明星金泰熙十分相像。这位气质出众的服务员,只是浅浅微笑,和我们的面部交流,仅限于嘴角内收、微微上扬。她的眼睛明亮清澈,皮肤白皙,脸盘精致而饱满,最符合朝鲜人的审美——圆脸,且越白越好。她们化了妆,只是眼影、眼线的笔法,颇值得切磋。同事介绍说,朝鲜的服务员都是从专业外事培训的商校毕业,歌舞乐器,至少有一样精通。

低头看她们穿丝袜的鞋子,黑皮粗高跟,难以"handle"的高度!她们个个脚蹬厚底松糕,有的甚至是目测高度约十二厘米的超厚高跟。出门之前,我指着她们的高跟鞋,夸赞漂亮,问哪里可以买到。她们相视而笑,回答道:"市场就有卖的。"我问是什么市场。"随意哪家市场,到处都有卖的呢!"朝鲜姑娘灿烂地咯咯笑答,露出洁白牙齿。

(二)市井

平壤新地标——一年半之内建成的仓田街,成为朝鲜人民创造强盛国家美好生活的典范。蓝白相间的高层住宅楼群,被外界称作"平壤CBD",夜晚灯光璀璨,霓虹炫目却不刺眼,繁荣却远离奢华。驻朝使节、前来观光旅游的欧洲游客同样为朝鲜之变而赞叹,这里竟然是……平壤?

仓田街两侧错落有致的民用、商业建筑多用蓝色、茶色玻璃,富有设计感和现代气息。日出餐厅一层设有超市,各国进口商品琳琅满目,从新鲜水果、巧克力、饮料、零食,到现做的北京烤鸭、紫菜包饭,生活用品应有尽有。二层左侧是日出餐厅,右侧则是蛋糕店和咖啡厅,各式西点蛋糕品种丰富,有布朗尼蛋糕、裱花生日蛋糕以及牛角面包、泡芙等。两位穿着时尚的朝鲜姑娘自选好面包后正在结算、打包。

仓田街上，有儿童百货商店、洗衣房、音像店、药店及各类特色餐厅，生活方便，然而仓田街并不算是真正意义上的朝鲜CBD（中央商务区），这里没有广告，没有金融机构、商务酒店，在高层居民楼下的繁华地段，设有中小学、幼儿园。商店门牌低调，恩情茶社、大同江啤酒屋，成为朝鲜人和在朝外国人最爱去休闲聚会的场所。

集餐饮、洗浴、按摩为一体的柳京院，朝鲜"高富帅""白富美"云集的海棠花馆，成为百姓"享受社会主义荣华富贵"的休闲场所。

光复地区商业中心、普通江百货商店，让大型超市的概念被平壤市民普遍接受。时常可以在超市看到购物的朝鲜百姓，一家老少推着购物车，选取各国商品，以外汇支付，过上了现代化的消费生活，也改变了我刚到朝鲜逛百货店时"凭票供应、物资短缺"的印象。

朝鲜百姓的生活图景究竟是怎样的？通过一段时间的观察，我发现了颇具朝鲜特色的"四个没有"——当然这里的"没有"已经不是"没吃没喝"了。

第一，"没有防盗网的楼房"。

楼房不安防盗网却鲜有偷盗，夜里街道黑黢黢的，人们也不怕独自走夜路，这足以证明朝鲜的社会治安稳定。取代防盗网的，是家家户户摆放在阳台上的鲜花（也偶见假花）。平壤的高层住宅楼挺多，且造型讲究，色彩鲜艳，粉白、鹅黄、暖绿、月蓝、淡紫，体现了朝鲜民族的色彩审美取向。有些楼房经年久远，色泽日渐暗淡，居民会在卫生月和节庆前重新上色粉刷。而更神奇的是，朝鲜式为楼房加宽加高的盖楼法，在不拆除原有楼房的基础上，将楼房向两侧和高空延展，此般垒积木的盖楼法，让外国人看得心惊。

朝鲜的治安好，是所有外国人有目共睹的。习惯了四海为家、常年在世界各国工作的国际NGO工作者，比较起在其他欠发达国家地区的工作经历，最大的感受就是，"朝鲜社会稳定，是个与犯罪黑暗绝缘的净土"。朝鲜百姓都是"人民"，鲜有混杂其中的"敌人"，这正是朝鲜要建设社会主义文明国家的目标。正因为在朝外国人总抱有"朝鲜≈世外桃源"的认识，也偶尔会因大意疏忽而招致财物损失。近来，偶尔听说在一些允许外国人出入的集贸市场，外国人的皮夹、手包被"挤掉"的事件。尽管朝鲜公安部门会鼎力协助，但踪迹往往难觅。"看来小偷还是哪里都存在啊，朝鲜也不例外！"听外国朋友发出这声感叹的同时，另一番滋味在心头：我们还是把朝鲜人想得太非同一般了。

平壤人夜早，地铁通常到晚上10点，公交车只开到晚上9点，平壤极少人有私家车，外国人走夜路出行时，不时会看到有朝鲜人站在路口招手搭顺风车，待车开近了，一看到是外国车，朝鲜人也就不再招手了。

如果周末从光复大街的少年宫路过，常会遇上一些清纯貌美的女中学生，站在路边招呼搭车。这个时候路过的外国车辆热情地停下，朝鲜小姑娘一看是外国车，会礼貌拒绝，但最近倒也听说多了些"胆敢"上中国朋友的车的"女杰"。

有一次，我穿着新做好的朝鲜传统服装到万寿台区照相，出门才发现忘记携带记者证。我们司机开玩笑提醒说，万一遇到警察问询，可一定要只说中文不讲朝语哟。其实，警察大叔已不像从前管得那么严格，睁一只眼闭一只眼，任我在市中心随意摆拍。不时有市民向我投来稀罕的眼光，他们甚至举起手中的相机拍我。不远处,有几个看热闹的学生,我招呼他们一起合影,他们大方地走过来,冲着镜头微微笑。

第二,"没有拥挤的排队"。

平壤市民出行的交通工具有地铁、有轨电车和公交车等,近来出租车数量也多了不少。今年起陆续增加了一些新公交车,公共交通看上去不再那么不堪重负。我多次乘坐朝鲜地铁和公交车,票价均为五元朝币,价格低廉,是大众出行的上选。

在车站排队等了十五分钟后,我跟随人群"拥而不挤"地乘上一辆公车,虽然车里的座椅、扶手都很沧桑,却丝毫不觉得脏。

女人骑自行车,在朝鲜长期以来被视作是"伤风败俗"、有损道德形象,于是我常常看到女人推着载有大包小包行李的自行车,却从不骑起来。

从2012年9月起,朝鲜已经放开限制,允许女人骑自行车。我曾向朝鲜女盟的干部求证,得到了肯定的答复。今年以来,在平壤街头,可以看到越来越多骑自行车的男女老少,更多出了不少摩托车。

从2012年开始,平壤的公交站点开始安装长椅和休息亭,但还是能看到宁愿蹲在地上,也不去长椅上坐的中老年人。朝鲜人特别能蹲,不知道是不是和从小坐炕有关。他们干活一般也愿意蹲着,蹲在草地上拿小剪刀细致地做园艺,蹲在炕上"舒服"地做饭。每逢节假日在路边、在草地上、在绿荫下,喝啤酒吃明太鱼的男女老少,不用铺垫报纸,只需舒舒服服地朝地上一蹲,就能吃一顿安稳欢乐的野炊。

更神奇的是,据说那些长途跋涉去异地的人们,天黑了走累了,就这么"猫"着蹲下休息,不用躺铺盖,不用坐马扎,两腿叉开蹲坐下来就是休息。不得不佩服的是,女人脚踩高跟鞋也能蹲得舒服安稳。

第三,"没有人声的街道"。

朝鲜的城镇普遍都安静整洁,没有车水马龙般拥堵的交通,宽广的马路上行人车辆总是悄默无声,在市中心闭上眼睛,宛若置身公园小径,行人并肩低语交谈，音量低至绝不妨碍他人享用安静的公共空间。

我参加过许多朝鲜的大型集会活动，朝鲜人动静结合的转换功力让人叹为观止。大型团体操文艺表演《阿里郎》有十万人参演，结束之后，我眼见数万人有秩序地默默离场，不由得感慨这是怎样的"训练有素"。我好奇地问朝鲜同志，为什么朝鲜人在公共场合如此无声？何以在欢歌热舞之后迅速"散热"，是社会习俗或组织者的要求吗？得到的答案却超出预想："是家庭教育吧，家长会从小教育子女不要在公共场合大声喧哗。"

第四，"没有广告的城市"。

没有广告，是朝鲜最大的特点之一，除了平壤机场路上和火车站外的"和平牌汽车"广告牌外，道路两边的店铺名牌很少，道路显得干净整洁，企业、公司没有宣传竞争的概念，没有商业广告，店铺的名称也比较单一，如餐饮就叫"餐厅"、"清凉饮料"，前面通常以地名打头，"大同江""普通江""万景台""牡丹峰"等。当然，朝鲜是个政治性极强的国家，有一些标语和口号。曾有报道说"平壤惊现英文广告CNC"，这当然不是中国网通的广告，也不是像新华社占据纽约时代广场大屏幕一样，到仓田街抢占先机打出自己的电视品牌CNC。这里的CNC是Computer Numeralize Control（数控机床），在朝鲜象征着"突破尖端科技"。

（三）时尚

夏末秋初的平壤街头，不时有手撑遮阳伞、脚踏复古松糕鞋、身着亮丽职业裙装的女子从你身边飘过。她们略施淡妆，披波浪卷发，散发出清纯的时尚气质。如今，人们时常可以在平壤街头瞥见衣着入时的年轻女子，从头到脚都与国际正流行的"复古风"接轨：大波浪卷发搭配罗马高跟鞋、裸色衬衫搭配海蓝色百褶裙、蕾丝连衣裙搭配复古手包……在不经意间演绎出颇具时尚感的个性美。

近年来，时尚界"长裙"当道，但朝鲜女子的裙子却有逐渐短上膝盖的趋势。如今，除了夏季里以穿裙装为主外，朝鲜女性在春秋冬三季主要还是以穿裤子为主，这点和外界漫天飞的"朝鲜女人不穿裤子"的谣言，出入甚大。朝鲜女人热爱穿裙子是一种传统，韩国女人也一样，正式场合女人应该穿裙子，否则会被认为不礼貌。而如今，这种观念也渐渐在转变。

多年前有则趣闻，有位使馆阿姨，喜穿裤子上市场买菜，被当成本国人，屡被街道办的大妈从身后按下，"骑马（即裙子）！为什么不穿骑马？"是女人就要穿"骑马"，穿裤子的是男人。以至于朝鲜俚语中，把男人叫"裤子"，比如委婉地问未婚女孩子："你想要怎样的'裤子'啊？"

其实，朝鲜允许女人穿裤子早已有些年头了。不过，朝鲜女性穿的裤子还是20世纪90年代流行的阔腿裤——上下一般粗的布料裤子，以白、蓝、黑为主。

年轻女子则特别钟情丝袜。夏季里的肤色丝袜质量奇好，透气而不容易挂丝，我从国内带来的品牌袜一律"退休"，夏末初秋里两双"平壤袜厂"的袜子就足够了。在朝鲜，衣着最"开放大胆"的要数小朋友了，不到上学的年龄就不必穿统一的校服，所以，常常在街上看到穿得很公主的小女生，艳丽的色彩、蕾丝花边、蝴蝶结……夏天也属她们最"暴露"，小短裙、吊带背心，穿得还真少。

"走，到银河店淘宝去。"出口转内销的银河牌，是在朝外国人最爱的淘宝小店。衣服款式虽不多，却用料讲究，价格是国内同类产品的两到三折，比如一件丝质衬衫仅卖三点八美元，到了冬天，羽绒服更是"冰点价"，十几美元就能淘到一件质量上乘的羽绒服。休闲欧版、甜美日韩系，有些裙装的款式十分开放时尚，露背吊带的迷你裙挑战试穿者的接受尺度。

虽然街头没有女生穿吊带短裤，但她们更多的炫耀是在脚底——大街小巷，行走中女人的最大共性就是人人脚踩一双厚底松糕鞋。朝鲜厚底松糕鞋的流行跨越年龄、职业，从"大妈"到中学生，清一色地脚踩松糕鞋。朴素的中学生虽身着统一的白短衫、高腰百褶裙校服，却有松糕鞋张扬个性。这些鞋子款式多样、色彩缤纷，从水晶防水台到木质粗跟、从黑白色拼接到渐变色……

应有尽有。这样的鞋子在凭票供应的百货店难得一见，引导流行的地方在人群熙攘的集贸市场。

位于平壤凯旋门附近的北塞洞商业街的北塞商店，是平壤为数不多的高端"奢侈品"店，由一家新加坡公司控股。外墙色泽淡雅的两层建筑，茶色镜面玻璃透露出它的低调、华丽，门口不时有平壤市民进进出出。卖场主营各类进口高档乐器和电子产品，陈列其中的有精致的架子鼓、吉他、小提琴，索尼、东芝等知名品牌的液晶电视，各类国际知名品牌的笔记本电脑、数码DV以及数码相机等。

而相比非常人问津得起的"大牌"化妆品，一般的朝鲜姑娘更喜欢用物美价廉，属于朝鲜人自己的"春香牌"。唇彩两到三美元，人参补水七美元，一个精美的礼盒套装下来也就二十五到三十五美元，且原料天然，因而人气颇旺。不化妆不出门的朝鲜女子，为拥有物美价廉的国产品牌化妆品而骄傲。"春香"和"银河"等国民品牌，在许多商场设有专柜。

华丽的阳伞也是夏日出行的必需品，一如朝鲜传统服装色彩明艳的风格，朝鲜女子撑的阳伞也是色彩斑斓，装饰闪亮。假若可以随意在这里街拍美女，或许还真能为国际时装舞台提供灵感，刮起一股返璞归真的平壤风。

"朝鲜百姓不再是从前印象中的样子，女孩子穿着鲜艳的羽绒服搭配长筒靴，男女朋友亲密地牵着手在大街上散步。"一名来自瑞典的游客对我讲述冬日朝鲜给他留下的直观印象。

朝鲜女性出门时都会略施淡妆，衣着风格可归纳为"简单大方"。朝鲜姑娘认为，穿衣要和自身的形象气质相吻合，如果只片面追求花哨，而不注重内在修养，会被认为很轻浮、没有定性。身着军装制服的女文艺兵对我说："'先军'朝鲜的女人要美得有民族特色，并且与时代流行相结合。女人要美丽，世界才会更美好。"

比起俏丽的女性，朝鲜男人的服饰相对单调。他们依然推崇类似于军装颜色的"将校呢"系列，橄榄黄、银灰蓝，四季衣物仅厚薄不同而已。初来朝

鲜,千万别误以为满大街走的都是军人,身着这种橄榄黄色工作服的,只是朝鲜男人较正式的工作服,而军装则颜色更深,料子更厚,且有大檐帽。

平壤街头还有一景,即时常可看到朝鲜百姓头顶重物,或负重行走。双肩包是朝鲜人不论年龄、职业的普遍选择。这种被称为"背囊"的大大的双肩包,背在去集贸市场做生意的大妈肩上,背在去单位上班的青年人肩上,也背在穿职业套装的"白领"女士肩上……

如今朝鲜人的发型、服饰已与政治化、符号化渐行渐远,开始追求个性化与时尚化。虽然直到现在,在朝鲜的街头也鲜见有人穿着被视为"资本主义的象征"的牛仔裤,不过朝鲜人对外国人穿牛仔裤并没有反感和抵触情绪,他们认为自己不穿是因为民族差异,并非出于什么"抵制西方影响力"。

朝鲜总被西方误读,是因为隔阂过深。如果同朝鲜人多加交流就会认识到,其实被外界投以奇怪眼光的朝鲜民众,与任何国家的老百姓一样,有自己的喜怒哀乐,关注自己的家庭与衣食住行。

(四)市场

"你见过这么大的市场吗?这可是亚洲最大的市场!"一个朝鲜人曾经这样自豪地问我。他说的是平壤最大的集贸市场——统一市场,面积和一个足球场差不多,是外国人在平壤能够自由进出购物的几家市场之一。我笑而不语。

逛一趟菜市场,就可一窥朝鲜百姓的日常:

时令蔬果,蛋奶肉鱼,摆摊大妈,统一制服,一人守半米摊位,相互还有竞争,刚准备买金大妈三千朝币一斤的苹果,朴大妈马上会给便宜个两百朝币。

那时一块钱人民币能换八九百朝币,但美元更神奇,按官方汇率一美元只能换一百朝币,而在市场其实可以兑出五千朝币。

父母暑期来朝探亲休假,我带他们坐地铁、乘公交,进朝鲜本地人餐馆,体验市井民生。爸爸提议到最大的统一市场看看。

朝鲜的集贸市场一般都是傍晚才开门。临近下午5点,蹲在门口的售货员一边手拿扇子扇风,一边用脚护着新鲜的水果篮和包裹好的肉蛋,等待入场。

门开了,售货员拥进,趿溜来到自己的摊位前,从储藏柜里拿出货物:整只卤鸭熏鹅,还未破冰开化的海鲜,朝鲜特色的虾酱、泡菜,各种不知名的海产品。

"姑娘,新鲜海鱼看看吧!"招揽声不绝于耳,却一直不见传说中的美味——野生甲鱼的身影。

我问售货员:"有 자라(甲鱼,发音:擦啦)吗?"

几位相互帮忙照看摊位的"阿朱妈"(大妈)中,一位迅速掏出手机,一边讲电话:"快快,拿几只擦啦来!"一边跟我报价,"要几个?大个儿的十五万,小个儿的十万。你们先逛着,十分钟就到。"

摩肩接踵中,我陪爸爸逛这个兼农贸市场与百货商店于一体的综合市场,两层楼高的密集空间内,销售着服装、家饰、小家电、日用品……

可以说,只要带够了朝币,几乎所有的东西都可以置办齐全。卖家人手一只计算器,买卖都可以谈价。市场里热闹嘈杂,但外国人依然可以一眼辨别,人群中我就瞥见了几位使馆的朋友。

回到摊位前,第一家左等右等不来,几个摊位之隔的另一位大妈招呼我过去,走上前来递过一只大布袋,大大小小的甲鱼探着头,活腾腾地扭着。

两家抢生意,于是我开始还价,最终说好二十万买两只大"擦啦"。

"我朝币没带够,要去拿美元换呢。"一听说换钱,这位靠"快"抢来生意的大妈,身手敏捷地拎起甲鱼,兴冲冲地赶在前面,我一路紧追,随她来到市场大门口,二层就是外汇兑换处。

"就在楼上了。"她停下脚步,让我上楼兑换。

我心里没底,早听说这里的兑换处不给外国人换朝币。果不其然,营业员透过小如手机屏的窗口,弯腰递给我一眼色,明确传达出"外国人不换"的信息。

无论我再怎样好声相求,对方都再不理会。无奈,我只好下楼去。

"不行呢,你们这儿不给外国人换钱,怎么办?"听罢,正要将甲鱼袋递到我手中的阿朱妈将手缩了回去，毅然摆摆手，脸上一抹醒悟的愁云闪过。

"收我的美元不行吗？"

"这不行，坚决不行。"说完，她转过身，头也不回地消失掉，背影里找不到遗憾，或是没做成生意的沮丧。

美元和朝币不一样都是钱吗？

在另一家外国人可以去的光复百货，专设有外币兑换窗口，把美元、人民币兑换成朝币完全光明正大。

但在统一市场，就邪了门地不行。没道理讲，朝鲜特色。

我想告诉她，其实可以拜托一名朝鲜顾客帮忙换钱，再给人家几千元零钱的报酬就是，这样你好我好大家好，想点小办法，又不违章犯法。

但她当初想要卖出几只甲鱼的热切之心，在美元面前瞬间变成了纪律控的"铁石心肠"。

我和爸爸遗憾地再次折回海鲜摊点，第一家大妈看见我们沮丧地空手返回，开始新一轮热情推介，边让我看她家新送来的货，边试探地和我议价。我在人群中找到几位使馆的朋友，将剩余的差额补齐，最终花了十九万把两只"擦啦"收入囊中。

（五）酒吧

神秘的隐士之国竟也有酒吧。

从东平壤一家涉外加油站左拐进胡同，便进入了外国使馆区，两旁是独门立户的院落小楼，春天桃花盛开落英缤纷，夏阳下爬墙虎葱郁旺盛。这里集聚着各国使馆和国际组织，还有一家外交团餐厅、一间平壤商店，提供新鲜的牛奶面包、洋酒香烟。

友谊酒吧就坐落在使馆区的一片绿光里。这家友谊酒吧，用朝语讲是"亲善"。外国朋友见面，通常都喜欢来这家"friendship"。

这是平壤屈指可数的涉外会所，五彩夜灯闪烁在两层小楼周身。推门而入，门口一张台球桌，总见到朝鲜服务员同外国客人PK球技。较一般餐厅不同，友谊一层的咖啡厅和餐厅总是关着门，隔离出相对独立的空间。右侧咖啡厅里另有吧台，可以点餐品酒，可以慢享茗茶、现磨咖啡。屋内装潢明快，几张油画，几瓶红酒，时不时推门进来几位外国人，大家相互打个招呼，随即安静，融入各自的私语氛围。左侧的餐厅气氛则要热烈许多，家的温馨感觉流转其中。

友谊酒吧的氛围很友善，互不相识的外国人相互之间友善地打招呼，与服务员之间也像朋友似的。每位服务员都同顾客彼此熟识，直接称呼对方的名字，问候近况，自如地在朝语和英语之间转换，还时不时地蹦出几句中文。友谊酒吧没人醉酒闹事，有时客人会邀请服务员一起跳支三步、四步舞曲，不会要求服务员陪酒。如果服务员实在不愿意一直跳下去，拒绝也没有问题。

　　一层直走还有舞池、吧台、茶座。在二层的KTV，服务员训练有素，齐耳学生短发，清纯干练，外国朋友随意点唱英文歌也不会难倒她们，从后街男孩到布兰妮，从玛丽亚·凯莉到萨奇拉，一招一式大大不同于传统朝鲜舞的含蓄，节奏动感十足。要问她们是怎么学会这些外国流行歌曲的，她们总是谦虚地说，就是边听边学，唱得不好，脸上会露出一丝羞涩。朝鲜小姑娘大多会唱邓丽君的歌曲，中文流行歌曲《童话》《小薇》人气很高。

被日本人称作卡拉OK，中国人称作KTV的"东东"，在朝鲜被称作"画面伴奏音乐"。平壤许多较高档的餐馆都有KTV设施。在平壤的大同江外交团会馆二层的KTV，常常顾客盈门。在不少新装修的餐厅包房，都设有点唱机，可以边吃饭边唱歌，按时间收取包房费用，平均约十美元一小时。朝文、英文、中文、日文甚至更多语种歌曲应有尽有。友谊酒吧也是唯一只要点了酒水就可以随意点歌，不收点歌费的KTV。神奇的是，这里的画面播放着20世纪90年代的韩国MTV。之前由于"关系紧张"，韩国流行歌曲始终不能在友谊酒吧播放，韩国组合"东方神起""少女时代"的歌曲，被视为禁忌。

在这里，我遇上了我的朝鲜姐妹。是的，友谊酒吧的漂亮女服务员，我们一见如故，以姐妹相称。

同眼前这位活泼大方的短发姑娘简单做了自我介绍后，我俩的话匣子便再也关不上。小雪，比我小一岁，"白羽姐姐"，她大方地直接同我以姐妹相称，不再是"杜白羽同志"，不再是"杜记者"，让我找回了轻松的生活感觉。我们聊闺蜜、死党才会胡闹和玩笑的话题，不再一本正经谨言慎行。

小雪的眼睛好似善良的小鹿眼，眼神清澈。我们一起合唱中文歌和英文歌 Take me to your heart、When you believe，手拉手跳舞，像两个失散多年的姐妹。小雪的模仿能力超级强，跳 Waka Waka 一招一式很有范儿，只是像我一样，不好意思彻底放开跳。友谊酒吧的氛围无论多轻松，我也始终无法彻

底释放,大约是一人在外要处处留心的习惯造成的吧。

跟着小雪,我学会了深情的朝鲜歌曲《美丽的平壤之夜》《我的心你可懂》《我的幸福,我的爱》以及年轻人爱唱的流行歌曲《别问我是谁》(朝鲜第一夫人李雪主的成名作)、《学习吧》,牡丹峰乐团的新作《火热的愿望》。

姐姐怎么这么年轻就当上了记者呢?是不是我以后可以在电视上常常看到姐姐呢?上次卫星发射的时候死死地盯着电视台,姐姐没出现,好失望啊。我每天都认真学习《劳动新闻》,要做一个像姐姐一样优秀的人……第二次见面的时候,小雪已经开始惦记我,让我好感动。

小雪特别聪明好学,每次见我都会问我一些中文口语。"没能上大学,独自用功在学经济和英语呢。"小雪说。她毫不避讳地同我聊她将来的职业理想,计划先考轻工业大学或商业大学,学习商务,将来从事和教育相关的business。她觉得国家义务教育使学生普遍没有太多压力,但对于那些父母工作太忙的孩子来说,他们缺少的是良好的家庭教育。

小雪说她就是因为小时候贪玩没大人管而没考上大学,她想将来开创"家庭教育"方面的事业。"和姐姐聊天很长见识!"小雪说。而我又何尝不是呢?她毫不避讳地和我说她的真实想法,是我在朝鲜弥足珍贵的友人。

如果说同小雪是"一见如故"仿佛亲姐妹,那用真希的话说,对她我是"一见钟情"了。真希若生在中国,估计早就被星探发掘去当明星了,脸盘小如Angelababy杨颖,眉眼是那么精致,最美的是她笑起来的酒窝和洁白整齐的牙齿。真希最让人爱怜的就是被韩国人称作"眼酒窝"的小"眼袋"——在中国人审美标准里可有可无的附属品,却被韩国女孩子封为致命可爱的法宝。

我指着她如清泉般澄澈的双眸下的"眼酒窝",问她这叫什么。她不好意思地表示不知所云,叹出一句:"唉,天生就有唉。泪囊?"她问我。我笑了,这个朝语长达五个字的发音,直译即"眼泪收集袋"。我告诉她们韩国姑娘对此(眼酒窝)的爱称。她笑了:"原来还有这种说法哈!"

真希也比我小一岁,此前在贸易公司做文秘。她说很高兴换了工作来到这里，"氛围很轻松，还可以认识不同国家的人，提高英语。"真希知道我对她"一见钟情"，常常和小雪比吃醋，我每次去都要均衡照顾好她俩的感情，在一层舞厅和二层KTV之间均匀分配时间。哪次和小雪在一层聊久了，临走前总会遭到真希醋意浓浓的埋怨："姐姐你都不理睬我，好伤心啊。"

就是这样两位大美女，对照相却有着莫名的畏惧。我提出想同她们一起合影，竟然遭到"按照规定不允许"的无情拒绝。开始她们还冠冕堂皇地说不能违规，后来我渐渐明白了其实是她们羞涩"不好意思"。

"姐姐穿得这么漂亮，我们却穿着工作服。好没面子啊！"真希终于道破真相。和韩国女孩子一样，她们总爱将"好丢脸啊"挂在嘴边。相当于中国人常说的"不好意思"，而他们用的词程度更重一些，足见朝鲜民族爱美、爱面子的秉性。

"天然美女不需刻意装束打扮的，就这样清水芙蓉多好。"我说。

"长得难看，哪里好意思拍照啊。姐姐，不要生气嘛。"小雪闪着她那善良的小鹿眼睛，做着小牛生气发火的样子，手指竖在头顶，一弯一曲地告诉我。我佯装生气，小雪哎哟着说："怒火怎么能灭掉？这样吧，我下周从家里带相机来，我们悄悄照吧。"我和小雪拉钩盖章，盖章前她还将拇指呼呼地吹那么两下，然后，示意要好好保管在口袋里。

月香姐姐比我大三岁，我直接喊她姐姐，她也像姐姐一样"要求"我："要经常来哦！"月香笑起来眼睛眯成一条缝，我说她像一部韩国电视剧的女主角。她不好意思地说："哪里有我这么丑的女主角。"我说："是真的，脸小多上镜啊。"她反倒夸起我来："在我们国家，演员都是找脸盘圆润。像妹妹这样圆润才叫有福气，才能当演员呢。"

曾几何时，中国的女演员也都是以大气的圆脸或鹅蛋脸为美，20世纪三四十年代的胡蝶、王人美、黎莉莉、宣景琳，后来的白杨、秦怡不说，众所周知的巩俐、张曼玉、邓丽君，没有一个是小脸尖下巴的。朝鲜至今仍保持着喜欢大气圆脸的审美。月香告诉我："妹妹，你如果把自己打扮成我们的样

子,一定会有男孩子来主动搭讪的,比如:'请问现在几点了'、'我可以和你一起走一段吗'、'我可以给你打电话吗'等等。"

"那要是从前没手机,怎么办?""打家里的固定电话呀。""如果父母接着怎么办?""那当然是马上挂掉的了。"哈哈哈,好不纯情。

当然,朝鲜姑娘也会对中国男人产生好奇:"中国男人怎么样?""相比较,没那么大男子主义,中国女性地位挺高的。尤其是南方男人,更体贴。"听我这么一说,月香流露出羡慕的神情。

我问月香喜欢怎样的男子。她说:"希望找个性格活泼点的,之前相亲介绍的都太一本正经了。"月香对男子的三大标准是:要帅、要会办事(有能力和责任感)、要能赚钱。这和我们现在"高富帅"的标准,没多大差别嘛。

(六)外国人

"听,寂寞在唱歌,温柔的疯狂的……"在朝鲜的单身日子,工作之余的闲暇里，我学会了独处。难得周末午后，安然在家。从平壤商店买来的瓶装牛奶，朝鲜罐装山蜂蜜，混合雀巢咖啡，为自己调和一杯奶咖。换上薰衣草色的睡衣，偎在沙发里，拿起一本英文书，听一首Kelly Clarkson的 *Stronger*。

直到有一天，我才发现，在朝鲜还有一个外国人的圈子，打开一扇窗，发现的是另一个世界。

在朝鲜的外国人中，中国和俄罗斯两国的使馆人员最多。两个使馆分别位于西平壤的中心地带，独立门户，而其他外国使馆均设在东平壤的使馆区。在朝鲜的外国人不多，相互间总有机会熟识，读书会、电影之夜、外语角、友谊酒吧舞会，成为我一个非宅女在朝鲜的社交圈集合。

周五不眠夜，友谊酒吧外国人云集，轻松欢快的环境颇有点全球化的影子。使馆区里，和谐的邻里关系，见面告别都以亲脸颊示好，无论欧亚非，不分穆斯林基督徒。波兰大叔每次要亲脸三下，巴西女孩和我热烈拥抱，同非洲哥儿们文雅握手。我逐渐适应了所处小环境约定俗成的习惯，握手、拥抱、亲脸，仿佛一夜回到四五年前那个在土耳其的蓝色盛夏。

德国使馆隔周三都会举办一个小型晚餐会，来自德国、英国、法国、意大利、瑞典、西班牙、瑞士、埃及等国的朋友，在这里自由聊天，喝上两杯小酒，分享几张比萨，几只热狗。

在朝鲜常驻，人员流动性挺大，刚见过一面的朋友，过两天就要参加他的欢送会，在欢送会上再认识新的朋友……在WFP（世界粮食组织）的办公大楼里，不分国籍，不论年龄，各种舞蹈各种曲风，大家会自带些酒水，彼此分享，吧台里热心公益的欧洲帅哥为你调制一杯鸡尾酒，舞池里卸下所有工作压力的"群魔乱舞"。那支拍手耸肩的扭臀舞，成为呼风唤雨、众人齐扭的"广场舞"。

在国内的许多Club里，各路人等鱼龙混杂，初次见面的寒暄都花在询问"国籍、工作、为什么来中国"之类无从考证的基本事实问题上。安全方面，"平壤之夜"倒是值得放心的：都是国际机构或NGO、驻朝使馆以及大型国企的工作者，相互间都是朋友。据说周五舞会每次都几乎开个通宵，而我总会乖乖地在午夜一点前做第一个开溜的灰姑娘——周六还要继续战斗写急稿呢。

在这里，我认识了年纪相仿的法国女孩莱斯利，我们是"语伴"，她向我学中文，我跟她学法文；认识了到访过世界一百多个国家、颇具国际主义精神的古拉特，他拥有尊重民族特色的包容胸怀。谢谢可靠的印尼朋友诺万，他总是热情地告诉我每一个聚会的消息，来使馆接我同行。

2012年万圣节舞会过后一周，被大家亲切称作"泰迪熊"的法国朋友查尔斯连开两场送别会，在他家休闲地吃完早午餐，再驱车到许多人不曾到访过的庆兴餐厅共享日式晚餐。餐厅里预先将所有长条桌子拼凑在一起，呼啦一下子坐满了三十多位各国朋友，氛围之轻松愉悦，关系之融洽和谐，即使是在北京、上海、首尔，也未尝体验过。

来自加拿大的英语老师克里斯汀聊起她在中国教英语的经历："那时，我在中国吉林省延吉教中国朝鲜族的人英语。"她的灰蓝色眼睛和笑容十分纯净，如果发现彼此气质相投的人，便会激动地分享来到朝鲜的经历，"那时（在延吉）起我就对朝鲜产生了浓厚的兴趣，想要有机会来看一看。"

克里斯汀供职的NGO总部设在中国，专为全球高校教授英语。跟其他常驻朝鲜的国际组织职员享受高薪不同，加拿大和朝鲜官方都不向他们支付薪水，他们要自筹来朝的经费。"作为一个基督教信徒，我对朝鲜这样一个国家充满了想要解读的兴趣。"她说，她教的朝鲜学生都很聪明，思维灵活，会好奇地向她和同事们询问外面的世界。

集体晚餐过后，全体大陆漂移一般移至友谊酒吧。我和来自德国、法国、蒙古、加拿大的几个女孩子，以及英国、俄罗斯、瑞典、埃及的男孩子，年龄相仿，聚在一起，舞池里即汇集了各种鼓点、舞姿。

（七）谈恋爱

初来朝鲜时是有这么点小野心的——等回国后拍一部名叫《平壤爱情故

事》的电影，以爱情故事展现朝鲜社会的生活点滴，算一种对革命年代同志情意的穿越式回顾、对自己两年青春的交代。

在这片祥和宁静的土地上，纯情的爱情悄悄发生着。一个爱情边缘的游荡者——我站在圈外，冷静旁观。

傍晚的4·25文化广场，夕阳西下，喷水池前，朝鲜男青年在等女朋友的出现，不忙着打电话，不频繁地看手机，更没有微博可刷屏消磨时间，就那么简单地虔诚地等待着。当女朋友悄然出现在身后，两人四目相视，手拉手坐下，开始纯情的革命式恋爱：脸，不是望向对方，而是望向被灯光照射熠熠发光的领袖画像。憧憬的眼神，美好的向往，仿佛领袖见证了他们的相遇、相知……

秀丽的牡丹峰山坡草地上，光着膀子躺在草地上的男子身旁，妆容俏丽的女子，静默融融地，就那么安静地躺着或坐着，只要你在身边就好的满足，让人一见即萌生岁月如此静好，任指缝流年，我心不变的淡定。

朝鲜女人撑起的是朝鲜半边天，在家贤淑孝顺，吃苦耐劳；在外温柔婉约，含蓄芬芳，朝鲜姑娘是超适宜娶回家做老婆的。曾有位中国男性朋友对我哭诉他的遭遇，他问朝鲜男人："在家谁做早饭？"朝鲜男人万分诧异地表示对这个问题"不能理解"："肯定是老婆做啊，还能谁做？"这位朋友低头无语，他羡慕朝鲜男人绝不干家务。

即使如此，我还是遇到了年轻一代朝鲜男孩子的"甜言蜜语"。出去采访时，总能遇见他。个子很高，喜欢穿一件休闲版的银色西装，在人群中十分抢眼，他每次都很礼貌地同我打招呼。一次在万寿台议事堂等候采访时，我们聊起来，闲着也是闲着，我邀请他一起合张影，他"腾"地从沙发上起身，礼貌地让我坐下："女士优先，请坐请坐。"我被他拉到沙发上，而他自己则移坐到一旁的长椅上。我说他："干吗这么客气？"他回敬一句道："在朝鲜女性第一。"我反问："朝鲜也有女士优先这一说吗？""当然了，无论何时何地，女士优先，女性第一。"

那张照片，我们笑得都很开心，只是如何把照片给他成了难题。总不能天天放在包里背着吧，十天半个月遇不到一次。好久之后，一次采访偶遇，我哪有先知会随身携带，他追在我身后讨要照片，还作生气状地开玩笑说我是"小骗子"。

另一位朝鲜青年，我们在"太阳节"的系列活动中一天见好几面，每次他都很谦虚地开玩笑说："我长得不帅，不好意思和美女合影。"让我叫他"允浩欧巴（哥哥）"。大约还是禁不住"此时一别何时再见"的感伤。活动临近结束，他主动找我拍照。可惜，合影照片他也没有拿到。

一次欣赏音乐会，邻座的朝鲜小伙子和我聊起来。他三十岁了还没有谈过恋爱。"当年读书的时候太用功了，有喜欢的女孩子却没有表白。现在等着让人介绍吧。"他表现得一点不着急。他说问题在于现在连相亲的时间都没有，周一到周六，从早晨7点工作到晚上10点，周日有时还要加班。

"青年肩上的任务太重了。"他指指靠近我这一侧的肩膀，耸耸肩。

是我想多了？看了太多韩剧、美剧，对男女肢体动作的理解产生了固定模

式?如果不是他那句话的内容,还以为是他让我靠在他的肩头呢。"我们身兼重担,不能掉以轻心啊。"他目视前方,活生生一个朝鲜80后好青年的形象。

每逢大型集会,身着笔挺挺深蓝西装,系着红色领带,胸前佩戴着领袖像章的青年才俊们,一排排朝你走来,脑海中只会反反复复地出现一句词:"恰同学少年"。他们将风华正茂,将热血豪情,投入到祖国建设需要的战斗场上,交付给无悔的军营,满腔"誓死拥卫"领袖,随时为国奉献一切的凛然正气。

据金亨稷师范大学的中国汉办老师说,朝鲜的大学生不允许谈恋爱,如果被发现是要被处罚的。但也有朝鲜朋友说,没有明文规定不允许大学里谈恋爱,只是"不提倡、不鼓励"。听中国留学生说,她们同寝室的姐姐会时常神神秘秘地接电话,跑到角落里一聊就好长时间。终于有一次,她的男友浮出水面了,在学校附近的一家餐厅里,看到他们两个在一起吃烤肉。

大学校园里很少见到并肩行走的男生女生,倒是有不少并肩同行的男男,或女女,男生非常纯洁地"勾肩搭背",不去避讳哥儿俩好的铁哥们儿关系。"同志爱"是朝鲜人经常说的一个词,就是同志之间的友情,如今却被一些人以词害意浮想联翩。

在朝鲜常驻久了,有不少机会遇到朝鲜熟人,彼此开玩笑、聊家常,还会不时被问到婚否的话题,朝鲜人如今尺度渐大,不是扬言"给你介绍个朝鲜男

朋友吧！"就是慷慨盛邀"嫁过来吧"。一向以"不与外国人通婚"闻名的朝鲜朋友，倒也不把我当外人。

我笑笑，摇头说："支持国产。"他们立即流露出赞赏的目光，潜台词是：这才地道！朝鲜人思想意识中浓重的尊崇纯洁民族性情结，令他们觉得与外国人通婚是"玷污"民族血统的不当之举。

朝鲜女子不乐意"外嫁"，不是愿不愿意嫁近邻中国人的问题，而是任何外国人都不是她们的菜。这当然与开放程度有关，也根深蒂固于朝鲜全面强化"主体性"及"民族性"的体制中。问朝鲜人是否政府有明文规定说不许与外国人通婚。他们的回答是："不是不允许，只是需要领导人特批。"

比起2012年我刚来的时候，尽管如今平壤街头牵手拉腕的情侣已越来越多，却极少有给女朋友拎包的朝鲜男人。走在街上，时不时会见到年轻妈妈不仅背着孩子，还往往手提重物，年轻力壮的爸爸却甩手阔步在前走。朝鲜女子的吃苦耐劳可见一斑。

当然，朝鲜男人也与国际接轨常爱说"Lady first"，在家务活之外表现

出冲在前、有担当的纯爷们儿做派。在先军朝鲜,"以一当百"战斗精神的熏陶下,朝鲜可谓盛产硬汉。

朝鲜社会的大男子主义,这一朝鲜族的民族本色保留完好。作为全世界唯一的单一民族国家,朝鲜认为韩国人大量使用外来语破坏了民族语言的纯洁性,同理,对通婚外嫁,朝鲜姑娘的反应不是羡慕,而是叹惋失望——"听说韩国姑娘嫁给外国人的不少唉"。此般固守,对正在拥抱全球化转型的韩国社会,已是明日黄花。

里斯本：安东尼、奥黛特和我

文／龚沁伊

上外葡萄牙语专业，现供职于葡萄牙驻上海总领事馆。

Lisbon

（一）

　　一下飞机，掏出手机，我拨出了早已烂熟于心的九位号码。听筒里传来了第一声"嘟"响，脑海中浮现出Odete竖起耳朵仔细辨听的模样——那双狡黠的眼睛咕噜一转，双手在抹布上胡乱地揩了两下，飞快利索地褪下围裙，圆滚滚矮墩墩的身子穿过被木质家具挤满的走道，兴奋地向客厅里的电话机挪去。

　　电话接通还没来得及多寒暄几句，Odete振聋发聩的惊呼声便一股脑儿地从听筒那端袭来："天哪！我的上帝！我亲爱的孩子！你在里斯本？！你回来了？！哦天哪！这是真的吗！"老太太激动、带点沙哑的嗓音如烟花般在耳膜里炸开，彻底绚烂了我脸上的笑容："是真的Odete，我回来了。在家等我，我们一点见。"

　　挂了电话，走出机场，迎面扑来了柔柔的凉风，夹杂着大海的清冽和淡淡的肉桂香，玩世不恭地掀起我针织衫的衣角，调皮地纠缠着我的发丝。里斯本秋日的阳光明媚而含蓄，如同一层金色的薄绒，暖暖地熨帖在皮肤上。缓缓抬起头，无垠的天蓝得晃人眼，一抹抹雪白澄净的云絮宛若一双大手，慢慢捧起我的脸，轻揉我的发顶，来回安抚着风尘仆仆的身躯和躁动的呼吸。

行李箱在精致漂亮却高低不平的石子路上艰难滑行，咯噔咯噔发出不满的抱怨声。路边一位戴着呢毡帽的司机慵懒地倚在出租车门旁，大喇喇地吞云吐雾，不紧不慢地招揽着生意。

一见我，他立马脱下小毡帽礼貌地往前一伸，说起带着浓重口音的英语"早上好！美丽的亚洲姑娘，需要坐车吗？"浓密的栗色卷发下一双深邃的黑棕色鹰眼一瞬不瞬地打量着我，脸上的皱纹因为海风的常年侵蚀显得有些触目惊心，说话间随着嘴角肌肉的上下牵动变成了一道道昭示岁月痕迹的刀刻褶子。"谢谢你，先生！不需要了，我对里斯本很熟悉！"摆了摆手，我微笑着用葡萄牙语婉拒了他。"啊，姑娘你会说葡萄牙语！真稀奇！我很少碰上会说葡语的亚洲人。"他脸上绽开粗粝却真诚的笑容，眼里闪着惊喜而友善的光芒，"好，那祝你今天过得愉快！"我腼腆地颔首道了谢，拖着箱子继续赶路。"嘿！姑娘！"身后突然响起了大叔洪亮的喊声，我疑惑地转过头，看见他正挥舞着手中的小毡帽，"下午有雨，记得带伞！"大叔的嘴角欢快地向上勾着，牵起一个清爽明朗的笑容，两排洁白的牙齿镶嵌在他棕亮色的脸上，闪闪发光；整个人在蓝天红瓦的映衬下，显得无比生动，叫人移不开视线。

里斯本，我回来了。三年不见，你的所有，一如当初。

（二）

在市中心的酒店放下行李，我便乘上15路公车急急地往贝伦赶。从老城南端出发的15路沿着里斯本的特茹河穿行市区。我坐在靠窗的位子看着身边的景观迅速向后掠去，唯一不变的是蓝得让人心空的天。这抹沉静的蓝让我如释重负地叹了口气：一天前自己还在上海如沙丁鱼罐头般的地铁里挤进挤出，一进办公室工作如雪花片般纷至沓来，一头扎进去从白天忙到黑夜。时间被侵占，情趣被消磨。我开始变得无趣，我的生活渐渐地被拉成了一根没有起伏的直线。刚从大学踏进社会的我悲伤地发现：自己就是一朵温室里长大的小白兰，现实吐出的第一口浊气就轻易让我枯萎了。于是没有缘由地，我疯狂地思念起在里斯本的那段日子，想念Odete和Antonio，想念广阔的大海和蓝天，想念那个每天都认真、尽力发掘生活点滴美好的自己。看着如今被现实的一根指头就轻易撂倒，躺在地上不愿动弹的姑娘，深深的厌恶感夹杂着某个强烈的欲念将我包围：我要回里斯本看看，我要回去看看许久不见的Antonio和Odete，我要回去看看，曾经的那个自己。

公车行驶在石子路上，颠簸着把我的思绪拉回现实，广播里传来公式化的报站声：贝伦到了！一下车，独属于海风的猎猎低吼在耳畔穿梭，航海纪念碑气势不凡地屹立于海旁的广场上——达伽马、麦哲伦都从这个名叫贝伦的地方扬帆出海，虽然并非人人最终都平安归来，但他们的名字与脸，已被雕刻在里斯本的码头上，永远守候着那段蔚蓝而遥远的岁月。纪念碑旁的热罗尼莫斯修道院，这片曾经我每天路上都要经过两回的宏伟建筑在阳光的照射下散发着浓重的历史气息，让人感觉仿佛打开了一本积满灰尘的史书——1497年，达伽马出航前曾在修道院旧院祈祷。斗转星移，功成名就的他最终长眠于修道院的教堂之中。陪伴这位杰出航海家的，是葡萄牙那段早已逝去的流金岁月和如今川流不息却不曾停留的人潮。生命中所有的灿烂终究将归于尘土，或许我挣扎着想要活好的这一辈子，在历史上连痕迹也不会留下。我有些悲观地自嘲着，迈开腿向贝伦的百年葡挞店走去。

买了Odete最爱吃的肉桂蛋挞，继续沿着我记忆的轨迹往前赶。刚到主街，远远就看到一个熟悉的胖乎乎的身影在家门口东张西望——是Odete！我拎着蛋挞，兴奋地上下跳着，朝她胡乱挥手。老太太一眼就瞥见了手舞足蹈的小人，咧嘴一笑朝我张开双臂，红色的头发像蓝天中一片夺目的彩云。我飞奔过去一头扑进她怀里。"Odete，你怎么站在外面呀，在等我么？没等很久吧？""才等了半小时，不久不久！"我仔细端详着她，还是老样子，只是把一头金发染成了时尚的棕红色，弯弯的笑眼已经眯成了一条缝。我小孩子般撒娇地在她肩头蹭来蹭去："你怎么不在屋里坐着，到了我会摁门铃呀。"Odete捋捋我的长发，又捏捏我的手："这么好的天气干吗要坐在屋

里！"她浅棕色的眼里碎芒滢滢，声音微微地发着颤："再说，这么久了，我怕你不记得回家的路了……"

初秋的里斯本早已消了暑气，可下午烈日直射的街道还是隐隐泛着热浪。Odete额上沁出细密的汗珠，脸上淡淡浮着激动过后还未散尽的红晕，琥珀色的眸里溢满了再次见到我时的欣喜，眼波流转间，又无声诉说着这三年间对我浓得化不开的相思之情——Odete啊，我当然记得回家的路，我总是记得回家的路，三年前记得，今天记得，将来也不会忘记，Odete啊，我回来了。

（三）

三年前的盛夏，我拿着国家奖学金意气风发地来到里斯本，开始了一年的留学生活。那个炎热的午后，顶着舟车劳顿的熊猫眼和被时差折磨得混沌欲裂的脑袋，我第一次见到了Antonio和Odete，一对在里斯本贝伦海边住着的老夫妻，我在葡萄牙的房东。

Odete是位矮小敦实的老太太，一头凌乱蓬松的金发随意挽在脑后，圆乎乎的脸上架着一副金丝边眼镜，眼镜后那一双和西方面孔格格不入的凤眼友好地上下打量着我。Antonio那天穿了套熨烫得一丝不苟的蓝色西服，笔挺挺地站着。大热天汗珠从他长满老人斑的脸颊往下淌，打湿了雪白的衬衫领边，他却丝毫未察觉似的，只顾一个劲憨憨地朝我笑。"老爷爷，老奶奶好！我叫Irene，很高兴认识你们！"我用生硬的葡萄牙语做着自我介绍。"欢迎你来我们家Irene！以后你就叫我Odete，叫他Antonio就行！"Odete脸上的笑容灿烂亲切，她一边拉起我的手往屋里带，一边暗暗戳了戳仍站得像根木头的老爷爷，Antonio抹了抹脸上的汗珠呵呵笑道："哎呀，今天可真热啊，Irene你要不要喝杯冰啤酒？"

就这样，我毫无负担地在这对没有子女的葡萄牙老夫妻家里住了下来——一大早搭电车转地铁去大学上课，下午就悠悠地在里斯本街区闲晃，走走古老的街道，喂喂闲庭信步的鸽子，看看晒着太阳呷着咖啡的人群，听听被夕阳浸

染的大海低吟浅唱。我最喜欢在阿尔法玛老城里穿梭游荡,摩尔人统治的鼎盛时期,这里曾是贵族的住宅区,在1755年里斯本大地震中被夷为平地后,繁华落尽,沦为贫民区。然而,这里却是最"里斯本"的地方,就像古老酒吧里的女侍,身上带着油腻的烟味与呛人的酒气,却又甜蜜泼辣得让人移不开眼睛。蜿蜒错综的街巷里有时会传出悠扬的法朵歌声,歌里勾画着锦缎的长绸裙,蕾丝的黑发网,黄金的马鞍与首饰,宫殿里的水晶吊灯、银质烛台,海边壮志凌云的水手,屋里愁思满肠的妻子……一切的一切,仿佛在每个音符间鲜活地跳跃,可终究还是被尘封进人们的记忆里,只能像传说般一代一代流传下去。里斯本的角角落落都透着对曾经流金岁月的缅怀,里斯本人对每一件旧物都给予了超乎寻常的热忱,我时常会在街边碰到望着人海感怀的老者,拉着我,给我讲述他们那个年代的里斯本故事。

夕阳西下的傍晚,我偶尔会坐在圣乔治城堡山顶的长凳上,呆呆地望着山下的红顶房屋,蔚蓝大海和如织人流:里斯本,这座平地飞金的城市,因为航海、贸易与黑奴,财富曾像风吹来的沙一样堆积;然而转瞬间,又如沙一样被风吹散。所谓人人向往的金钱和权贵,最终皆幻化为过眼云烟,只剩下这一座斑斓而古老的城,如被岁月散乱遗落的便笺,向人们讲述着这片土地上曾经的

云卷云舒。

　　里斯本独有的忧郁气质常惹得人心间发涩，有时身处其中的异乡客会被莫名感染，悲春感秋；幸而这座城里的人民是热情潇洒的，即使世间纷扰，他们却能从自己心中的那片乌托邦里，觅得一方快乐和宁静。回家后我总喜欢和老爷爷老奶奶聊聊天，去院子里种花除草，和Odete一起研究新的葡式甜品，听Antonio给我解释他最近咏诵的经文；我们会在晚饭的餐桌上互相说说今天发生的趣事，可初来乍到的我葡语生疏，总是表达不清自己的意思，只能手脚并用，使劲比画，最后累瘫在椅子上自暴自弃地耸耸肩。"葡萄牙语太难了，还是你们去学中文吧！"每当我说这样的话，Odete总会坏笑着捏捏我的脸，"真是个懒孩子！"我呵呵一乐，立马又恢复了鸡同鸭讲的热情。吃饱喝足后，我帮着Odete收拾饭桌和厨房，然后一起手挽着手去贝伦海边散步。夜间的贝伦比白日安详许多，海浪仿佛是海抬起的手臂，轻轻逗弄着天上的星星，惹得他们调皮地眨眼睛。我们还会一起去面包店买早餐，一起窝在客厅看晚间黄金档的电视剧，彼此亲吻脸颊互道晚安。那段日子里，欢乐甜蜜的笑声每晚都从这栋海边小屋中溢出，一缕一缕，飘散在贝伦黑丝绒般的夜空里。

（四）

　　夏末的某个夜晚，Antonio突然在饭桌上神秘一笑："明天我们一起出游！"Odete往我盘里舀了一大勺桃子果冻，解释道："Antonio做的木工工程昨天完成了，拿了好大一笔报酬，他想庆祝下。Irene，你还没去过辛特拉吧，我们明天就去那儿好不好？这么美的地方一定要亲眼看看才行。"Odete三言两语间吃完了自己盘里的果冻，又添了一大勺，"好久没去辛特拉了，我和Antonio就是在那里度的蜜月。这穷小子，结婚前明明说要带我去巴黎度蜜月的！"Odete语气嗔怪起来，余光刀子般锐利地扫向Antonio，"这糟老头！"她用力舀了勺桃子果冻，啪地甩进Antonio的盘子里。

　　第二天一早，坐在老爷爷有点破旧的小汽车里，我们向位于里斯本以西

二十公里的辛特拉驶去。传说辛特拉是一座被神赐福的小镇，当山下的真实世界里王宫贵族忙着争权夺利时，王子和公主乘着白色骏马，拉着黄金马车，一路驰骋到辛特拉的梦幻皇宫里，躲避着外界的纷争。他们手牵着手在摩尔人的城堡遗迹上踱步，登上高塔眺望向那人鱼出没的银白色海湾，微笑着捕捉逃进屋里的云。在辛特拉，没有人焦头烂额，没有人讨论远方的战事和隐忧。在辛特拉，人人都活在童话故事里。

  刚开到小镇山脚，摇下车窗，新鲜的空气便直往肺里钻，我们穿梭在起伏跌宕的山间小路上，不久就看到一座被苍郁森林包围的美丽城堡高傲地伫立在山峰上。它扬起橙黄色的堡顶，耸直赭红色的高塔，像一只飞出森林直破天际的七彩幻鸟，绮丽得让人移不开眼睛。Antonio说，这就是辛特拉最著名的皇宫——佩纳宫。我望着它耀眼奇特的样子，不禁感叹："这城堡看上去就像一座乐园！""佩纳宫本身就是多种建筑风格的大杂烩，具体是哪些风格我说不

清,那些名词太难记了!所以它看上去真的很怪诞是不是?"Antonio耐心地给我讲解着,一边拿起傻瓜相机咔嚓咔嚓拍个不停,"我也好久没来了,来,Irene、Odete看这边,笑一下!"每个女孩心底都埋藏着一个公主梦,佩纳宫这座造型天马行空、五彩斑斓的城堡,似乎是为了童话故事而建造的,宫内的寝室、餐厅与起居室都很小巧,比起欧洲其他金雕玉琢的皇宫,它显得很居家,很温馨。我和Odete三步一停,都想在这里多停留些时间,都想在这里多做会儿梦。

出了佩纳宫,在Odete的执意坚持下,我们去了镇内著名的甜品店Piriquita,排了好一会儿队买到了辛特拉最出名的甜点:奶酪塔。"Irene,甜食是我的天使!"Odete坐在车中抱着满满一纸袋甜品无比开心地嚷道,"辛特拉产的奶酪特别新鲜,所以制作出来的奶酪塔也口感细腻,非常好吃!""你要是少吃点甜食就不会这么胖了!"接过Odete递来的奶酪塔,我好笑地揶揄道,余光不经意瞥见正在开车的Antonio,他从后视镜里默默望着

两个脸上乐开花的女人，嘴角牵起一抹幸福的弧度，打着方向盘，慢慢向罗卡角驶去。

我坐在车上认真翻看着地图，葡萄牙的国土犹如停泊在欧洲大陆边缘的一艘驳船，而罗卡角就好像是它美丽的舷窗。尽管前夜已经在网上看了好多气势磅礴的图片，下车的一刹那，我还是被眼前的景色深深震撼了——站在"欧洲大陆的最西端"，我清晰地感受着大西洋上吹来的风，礁石悬崖，海风猎猎，碧草青青；一座灯塔，一个十字架碑，一片大洋，烘托起无边无尽的苍茫孤独感。海天一色的湛蓝美得令人心醉，可那无遮无挡的风却肆意地吹刮，险峻的山崖也陡峭得叫人心颤，还有那些远看平静，一挨近就激情满怀的海浪，翡翠般碎裂，溅起晶莹的浪花，溅起那份早已淹没在历史长河中的悠远情怀。那座临海而立的朴素十字架石碑，上面刻着葡萄牙著名诗人卡蒙斯的名句：Onde a terra se acaba e o mar come c a，一句话说尽了这里的一切：陆止于此，海始于斯。

Odete的金发在狂风中乱舞，仿佛无枝可依的鸟儿。Antonio见状，低头从包里拿出一条丝巾，轻轻裹在她头上，随后温柔地牵起她有些粗糙的手，迎着大风缓缓朝海边踱去。我望着他们艰难向前挪动的背影，拿起相机，定格下了这帧美丽的画面。尽管恶风猎猎吹得人睁不开眼，耳旁呼呼的什么也听不真切，但脑中仿佛有千百朵玫瑰在悄然绽放，吐着温润而甜蜜的气息，我快步跟上他们，一股暖流在心间弥漫：即使世间险恶，可至少，我们还有爱情。

在辛特拉的这一天，应该是我在里斯本夏日里收获最多的一天——我终于第一次真切地认识了这片净土，这个拜伦口中的伊甸园，这个见证了葡萄牙每一个历史转折的小镇。它仿若镜面那端的理想世界，从权力与欲望的燥热中挺拔而出，像一朵出淤泥而不染的莲花，与诡谲的政治气氛遥遥相对，兀自清丽绮美着。在辛特拉的这一天，或许是我在里斯本夏日里最快乐的一天——逃开了大都市的喧嚣，和Antonio、Odete一起，赤着脚在金黄的海滩上疯狂地奔跑，伸手抚摸蓝天上自由飘荡的云絮，在苍苍茫茫、海天无际的罗卡角许下了最诚挚的心愿。

我把这些细碎的幸福小心翼翼地存进了记忆里，盼着有朝一日，它们能慢慢润养出一份感恩而豁达的心境。

（五）

"Odete我上学去啦！"迅速叼起一片面包，扶了扶肩上的书包，一打开门我便甩着膀子向电车站飞奔——天哪！又睡过头了！清晨的贝伦街道像初生婴孩般恬静，耳畔只有呼呼的风声掠过，皮靴撞击石子路的啪嗒啪嗒声，有节奏地附和着我急促的心跳。秋天本该是一个略伤感的季节，万物开始凋零，天气幽幽转凉。可贝伦的秋日却仍旧草木青葱，鲜花繁盛，举目望去，一片斑斓明媚。我一边跑着，一边思绪纷繁：时间过得可真快啊，一眨眼，我来里斯本都好几个月了！跑到街口，体力透支的我俯下身，累得直喘粗气，抬头远远望见一辆有轨电车正靠在站台，百年历史沉淀下的车身被漆上了颇有年代感的金黄色，娴静地散发着古朴的气息，像极了凡·高画笔下惊艳绽放的向日葵。我赶忙扬起双臂挥了挥，大喊："等等我！"起身继续拔腿

向车厢跑去。

"呼——"扶上电车栏杆的瞬间我吐了口浊气，幸好赶上了！"早上好，Pedro！"我还有点小喘地向司机先生打招呼，步履踉跄地往车厢里走，找到老位子一屁股瘫了上去。"Irene，今天要是再晚二十秒我可就开走了，你别忘了，我每次只等你两分钟！"Pedro比着数字二的手从驾驶室里伸出来，悠悠地晃了几下，"赶不上车，你上课迟到可别怪我！"他低沉的嗓音里尽是调侃的味道。"坐稳了，我们出发了，今天因为你耽搁了两分钟，我得稍微开快点。"刺啦一声巨响，Pedro往后一推操纵杆，电车突然向前一顿，我一个大趔趄差点弹出座位。"哈哈哈，抓好扶手Irene！你这小身板！"Pedro从后视镜里看着我狼狈的样子颇有点幸灾乐祸，我赶紧抓牢前面的椅背，赌气地撇了撇嘴。"哐当哐当"，电车顺着窄窄的街道，在起伏的山路上缓缓地爬上爬下，时而扭动，时而拐弯，车身有时候几乎擦着建筑的外墙行驶，就在我以为快要撞上一楼窗户的当口，猛地一个急转，又是一片海阔天空。清晨的里斯本很安静，车开得不快，行人也走得很慢，我坐在左右摇晃的车厢内，看着车外两侧房子外墙上斑驳的岁月痕迹和空中交错的电线，看着海边被初升朝阳染成淡紫罗兰色的天空，恍惚间，身心都跟着盈盈地荡漾起来，仿佛坐在一条古老的帆船上，柔软地温暖地被包裹进无边的蓝色海浪里。

秋天，里斯本各式各样的农贸集市、跳蚤市场都开始热闹起来。每天除了读书，我最大的乐趣就是和Odete、Antonio一起去这些充满市井气息的地方闲晃。老城里的道路几乎全由碎石铺就，无数条随着地势而起伏的台阶路经常让我晕乎，可Odete却像有魔法记忆似的，总能左拐右拐上绕下绕找到我们要去的店铺。这些小铺子里还是百十年前的格局，没有像样的货架，海鲜、干货、奶酪，统统堆在地上，散发着各自的气息，仿佛在向我们诉说那久违了的慵懒生活。"哦，Odete，下午好！又带着你的小白来了，今天要些什么？"肉铺的大叔留着浓密的络腮胡，和鬓角同样浓密的棕发默契地连在一起，简直完美诠释了中国的诗句"人面不知何处去"。他总喜欢叫我小白，挥着刀切肉时还不忘唠叨上几句"Irene，多晒晒太阳，你看上去太苍白了，不健康。"嘭嘭嘭，大刀在砧板上发出闷响，零星的肉末向外飞溅，橱窗的玻璃上凌乱地粘着各种红白色的肉渣。"Odete每次都买这么多肉，也不见你长胖，你们亚洲人是不是天生就吃不胖？我们家楼上的日本女人和你一样，手臂细得我一捏就会断似的。"大叔一边不紧不慢地剁肉，一边继续和Odete闲话家常。我就安静地蹲在角落，和肉店里的大黄猫玩得不亦乐乎。

刚到十月，Antonio就每周拉着我往跳蚤市场跑，说是要给今年的圣诞节做准备。里斯本的跳蚤市场位于阿尔法玛区的圣克拉拉广场，摊位多的时候会延伸到国家宫殿，有时甚至会蔓延到圣文森特大教堂的后院。每逢周二和周六，这里就会变成人声鼎沸的市集。广场地面上摆满了各式各样的古董和旧货，大到桌椅板凳老式家具，小到针线纽扣首饰小勺，地上铺的桌上摆的树上挂的应有尽有。偶尔还会有街头艺人在集市里表演，唱着带有浓浓阿拉伯风格的歌曲，我以前从未听过，觉得新鲜，每次一遇到就站在他们面前听得出神，直到Antonio过来敲敲我的脑袋，才回过魂，吐吐舌头，赶紧跟着他离开去办正事。

Antonio和Odete每年都会用在集市上淘来的小玩意装点圣诞树，因为是木匠，心灵手巧的Antonio还会在圣诞树旁制作宏伟的Presépio——耶稣诞生场景模型。在我这个大懒人看来，装饰圣诞树已经够麻烦了，一会儿要修剪树枝，一会儿彩球被勾住了取不下来，一会儿颜色搭配不好要重新调整，我实在无法理解Antonio怎么会如此有耐心和毅力，整天跪在地上，把木头打磨成山的形状，全神贯注地雕刻小人、植物和动物，戴着老花镜给他们上色。"Odete，就在树上挂几个可以装礼物的袜子不行么？"我拿着手里一根被扯断的松树枝丧气地抱怨道，"这些球啊灯啊的不弄了不好吗？我觉得简简单单挂几个袜子更好看大方！""那可不行亲爱的，圣诞节是我们一年中最重要的节日。为了迎接这神圣的一天我们要好好做准备工作，把爱和心意倾注到每一件事里，来年就会有好事回报在你身上。"Odete一边柔和地说道，一边耐心地解开被我缠得乱七八糟的彩灯，"赶快抓紧时间，完工了今晚就做你最喜欢吃的红酒炖梨。"我耸了耸肩，还是无法彻底理解Odete说话时那虔诚的语气，对于我这个从小在中国长大的孩子而言，信仰、轮回几乎都是虚无缥缈的名词。"也许对于西方人很重要吧。"我心中嚅嗫着，想起最爱的红酒炖梨，不禁加快了手上的动作。

  那天半夜，我起来上洗手间时发现客厅里仍亮着昏黄的灯光。我慢慢地朝那束光走去，路过Odete和Antonio的卧室时听见里面传出了雷动的鼾声，隔着门都听得真真切切。"哎，这个Odete！"我好笑地甩甩头继续往前走。双手轻轻地扒上门框，悄悄地探出脑袋，眼睛滴溜溜地向内张望——只见客厅中，Antonio披着睡袍，正认真地伏在地上摆弄他的Presépio，时而手执锉刀在边边角角来回打磨，时而用力地吹走多余的木屑，时而用白色的颜料把不满意的上色盖掉，时而站起来歪着头打量整座山的布局，他太投入了以至于我在他身后站了十多分钟都浑然不觉。我望着鼻尖几乎要贴上Presépio的Antonio，脑中突然响起Odete下午说的那句话："为了迎接这神圣的一天我们要好好做准备工作，把爱和心意倾注到每一件事里。"Antonio的背影在客厅昏黄灯光的包裹下显得温暖柔和，整个人因眸子里闪耀着的执着光泽而显得神采奕奕。

  此刻，我好像突然明白了虔诚的含义，与Antonio而言，它或许关乎宗教；与我而言，那便是一个人对生活最美好、最真诚、最令人感动的态度和追求。我默默转身，不愿惊动正沉浸在作品中的Antonio。"明天再给圣诞树修剪下树枝吧，好像再缝几个雪人挂上去也不错！"我暗暗思忖着，蹑手蹑脚地往洗手间走去。

（六）

  圣诞前一周，Odete彻底地忙碌起来——打扫屋子，准备平安夜晚餐，装饰圣诞桌，挑选礼物……而Antonio则继续对着圣诞树和他的Presépio做最后

修饰。什么都插不太上手的我只能帮忙做些最简单的事,比如去集市买平安夜要吃的鳕鱼。

拿上钱,我笃悠悠地朝鳕鱼店踱去。贝伦略显陈旧的狭窄街巷早已弥漫起浓浓的圣诞气息,许多店家和住户的门口都挂上了鲜艳的红绿色彩带,彩带上系着一串串金色铃铛,在风中"丁零,丁零"摇晃,仿佛教堂那头传来的悠扬钟声,又好似小精灵清脆的甜笑,调皮地拨弄着人们欢愉的神经。一抬头,那些砌满蓝白瓷砖的阳台上,忙于晾晒衣服的葡萄牙大妈时不时地向外张望,目光穿过洒满阳光的碎石小路,微笑看投向不远处正在踢球的孩子们。晾衣绳上夹着五颜六色的大小衣物,迎风招展,宛若圣诞庆典中翩翩起舞的男女老少。阶梯式的居民楼高低错落,窗台上丝绒般的圣诞花火红明艳,当路人正被寒流修理得缩手缩脚时,它却是一副喜气洋洋的模样,两撮随风摇动的红叶像不停合十又松开的双手,优雅地往人间播撒祝福。深冬的里斯本海风阵阵,泛着寒意,但空气中迎接初春的清冽之气却止不住地隐隐外渗。街边落光叶子的树风骨犹存,比枝叶繁盛时更具况味,坚毅笔挺地扎根在这片历史厚重的土地中,连同来来往往的行人，在暖融融的阳光里浸满了无限情深。我对着天空幽幽呵了几口白气，看着它们慢慢凝成了话语的形状："亲爱的圣诞老人哪，刚刚把今年想要的礼物悄悄告诉你了哦！"我静静望着这缕缕白气在里斯本冬日的蓝天里渐消渐散，恍若一朵纯美的昙花温柔一现，花开刹那的欣喜和幸福混着大海澄澈的味道，在心中浅浅吟唱起独属于这座老城的圣诞赞歌。我心满意足地裹紧了身上的大衣，低下头迎着风，继续向前走去。

鱼店的门框上悬挂着一排风干的整尾鳕鱼，远远望去好似一把把白色的三角弦琴在风中轻轻摇晃，不紧不慢地弹奏着关于葡式美食的歌谣——葡萄牙所食用的大西洋鳕鱼多从北欧进口，在早年间并无发达的制冷技术，为了保证鲜鱼不变质只能做成鱼干运输。虽然19世纪时有了完善的制冷技术，但葡萄牙人还是钟爱这种鳕鱼干。得天独厚的充沛阳光和清新的海风使葡萄牙风干的鳕鱼味道鲜美，营养价值丰富，丝毫不输鲜鱼。我盯着橱窗里白嫩嫩的鱼干，出神地想象着他们被Odete端上餐桌的美好样子，咽了咽口水，三步并作两步上前推开了店门。"早上好！Mario！圣诞快乐！"我贪婪地来回打量着货柜上的鱼块，"麻烦给我半尾鳕鱼，肥一点的，我们平安夜那晚吃！""好嘞！没问题！"Mario大声应和着，从天花板上抱下一大整尾鳕鱼，嘭地甩上砧板，提起大刀朝下用力挥了又挥，洁白的盐粒呲呲向外四溅，夹着大海的气息扑面而来。

圣诞老人赶着驯鹿，拉着装满玩具和礼物的雪橇挨家挨户给孩子们送礼物，终于，在12月24日风尘仆仆地抵达了里斯本——平安夜到了啊！傍晚，走进客厅时，我仿佛踏入了一个崭新的神秘世界：Antonio轻手轻脚地揭开了房间角落里的黑布——硕大的Presépio亮着灯，栩栩如生地呈现在了我们面前，正娓娓讲述着关于耶稣诞生的故事。"Irene快过来！"Antonio迫不及待地拉着我走近他亲手打磨的艺术品，滔滔不绝地解释起来，"你有没有看见那个坐在圣母玛利亚膝上的小婴孩？"Antonio指了指那个被布包裹着的婴儿，他正阖着眼，一脸安详恬静，"这孩子就是耶稣！是弥撒亚，被上帝选中的人！还有，你看，玛利亚身旁身穿束腰外衣站着的那个男人就是耶稣的父亲约瑟，他和我一样，可是个出色的木匠！"Antonio自豪地拍了拍胸脯，脸上尽是得意的笑容。我俯身仔细观察着这些被一刀一刀精心雕刻出来的小人——玛利亚产后脸上疲惫的神情惟妙惟肖，约瑟站在她身旁，左手拿着一本书，右手指着头上的一颗星。围绕在四周的牧人们彼此低声交谈着，空中的天使徘徊在耶稣身边，高唱着赞美诗，连牛和驴都很专注地伏在玛利亚脚边，动物灵性的双眼慈爱地望向圣母怀中初生的救世主。整个Presépio虽然人物众多，却神态迥异，被各司其职地完美安放在了每个角落。老爷爷打开了话匣子，仿佛有一肚子讲不完的故事，我入神地聆听着，小心翼翼地摆弄起小人雕塑想要看得更真切些。Antonio嘴里的宗教一点也不苍白无趣，一个个丰盈的传说仿佛一把打开世界奥秘和人类心灵的钥匙，咏诵着生命的高贵与神奇。眉飞色舞的Antonio抚摸着Presépio，沉浸在一份激动却祥和的情绪中，客厅的各色彩灯为他的脸庞镀上了层层琉璃光泽，原本那双被岁月轻蒙上灰浊的深棕色眼睛，此刻却宛若新结的琥珀，透亮迷人，浑厚的嗓音仿佛来自于不可触及的远方，在他信仰的乌托邦里虔诚地声声回响。"Irene，Antonio！鳕鱼烤好了！快过来吃饭啦！"Odete洪亮的催促声将我们的思绪从缥缈的云端拽回了现实的平地，我和Antonio默契地相视一笑，步履轻盈地走向餐厅。

餐桌旁，浑身挂满装饰的圣诞树像身着华服的应侍生一般，热情地邀请我们入席，享用满桌的珍馐美味。缠绕在树枝间的彩灯伴随着欢快的背景音乐有节奏地明灭，方形的长木桌被铺上了绣着绿松叶的红桌布，每个人面前摆放着镶金边的白瓷餐具，为这顿节日大餐增添了些许雅致的格调。餐具和餐盘被Odete用一条条精美的宽缎带缠裹起来，系上了俏皮的蝴蝶结，每套餐具下还垫着一块钩针编织的蕾丝花边小布垫。餐桌中央几根长短不一的白色细蜡烛被置于一个点缀着坚果的圣诞花圈内，花圈的绿叶上还挂着未散的水珠，在灯光的折射下晶晶亮亮，煞是好看。如此面面俱到，这或许就是葡萄牙人骨子里不可磨灭的仪式感吧。

"Irene！这是我送给你的礼物！"Odete乐呵呵地把一个巨大的盒子往

我面前一放,"快打开!看看喜不喜欢!"我解开粉色丝带,满心期待地打开盒盖,看见里面堆满了各式各样、风马牛不相及的礼物,不禁捂上嘴咯咯笑不停:"哈哈!Odete!你的礼物真实诚!居然还有个大蛋糕!""你不是喜欢吃马德拉的蜂蜜蛋糕吗?前几天隔壁的Paula去那里出差,我让她给你带了一整个回来!够你吃好久啦!当然,如果你一个人吃不完的话我可以和你一起吃!"Odete偷偷瞄了眼黑乎乎的蜂蜜蛋糕,几不可见地咽了咽口水,笑盈盈地继续王婆卖瓜,"看看,盒子里面那副耳环怎么样?我觉得配你鹅黄色的大衣一定好看!""一点也不搭好吗!"我摸着镶满宝石、浑身都透着贵妇气息的耳坠子,好笑地低声嘀咕:"和我清纯的少女气质简直相差十万八千里!""我还给你织了双手套。"Odete无视着我对耳环的小小抗议,卖力地从盒底拿出两坨深灰色的毛绒,"特意织得厚些,冬天里你的手总是冰冰凉

凉的，有了这手套应该会暖和些。虽然今年的冬天马上要过去了，或许用不上了，但明年冬天可以用，等你……"Odete突然顿了顿，原本欢快的声音暗淡了下去，甚至有些不易察觉地发哽，"等你……等你回到中国以后，可以戴。"她递上手套，对我挤出一个偌大的笑容，嘴角的弧度有些僵硬，弯弯的眼里有些许闪烁的晶莹，宛若一钩盛满星星的新月，在以后的岁月中无数次出现在我梦里。Antonio一言不发地凝视着妻子，伸出一只手覆上了她布满皱纹的脸颊，轻轻抚摸，另一只手从口袋里掏出了一个小巧的盒子推到我面前："这是我的礼物，Irene，圣诞快乐！"一只小巧的巴塞罗斯公鸡摆件静静地躺在盒里，黑身红冠，雄赳赳地站在一个圆形木垫上，鸡身点缀着好些个大红心和葡萄牙传统的民族花纹，色彩鲜艳夺目。"天哪！太漂亮了！"我惊喜地叫出了声，不停把玩着摆件。Antonio咻咻笑着，努了努嘴："那天看见你在集市上盯着巴塞罗斯鸡的雕塑发呆，我就想给你做个小的，这下你不用去纪念品商店买了，希望你喜欢。"Antonio温柔的声音让我想起了那天下午在集市里他急急催我回家的模样，呀，原来他什么都记得。"我太开心了！谢谢Antonio！谢谢Odete！"我抱着怀里的礼物爱不释手，嘴角快咧到了耳后根，有什么情愫像蜜一样在心间化开，绵绵的，甜甜的。

  饭后，我跟着Antonio和Odete去家旁的教堂做弥撒。里斯本圣诞的夜晚静谧祥和，一抹抹温暖的橘黄色柔光透过窗户洒在石子路上。偶尔，电车从身旁穿行而过，蜿蜒蛇行，朝着海边尽头布满星子的夜空缓缓驶去。我挽着Odete的胳膊一步一步慢慢走着，大街小巷里造型各异的圣诞灯饰在黑夜下闪着朦胧的霓虹光彩，夜风中飘扬的红绿彩带有着不同于白日的别样风情。"Irene，孩子，你是上帝送给我们最好的圣诞礼物。"Odete低着头，声音轻得刚出口就散在了风里，"这几十年来，我收到的最好的礼物。"嘭嘭嘭嘭！远处的海面和我的心间同时炸开了绚烂的烟花，一朵一朵，凋谢又绽放，忘情旋转着，最终优美地坠入海浪温柔的怀抱里。那一瞬间，我忽然觉得整个里斯本如同一棵巨大的圣诞树，而我和我身边的两位以及这座城里所有热情、善良的人们都是这颗树上被神赐福的彩灯，拥有着努力去爱和被爱的神奇魔力。云疏有影，月钩沉沉地在海面上闲钓，烟花仍纵情地恣意绮丽，晚风轻抚过Antonio和Odete笑意盈盈的侧脸，我想，我会永远记住这一晚。

闭上眼，我又轻轻对着天空呵了一口白气："圣诞老人，谢谢你。"

（七）

6月初里斯本的街头，气候刚好，湛蓝的特茹河不谙世事地向前流淌，澄澈清透的天蓝进了人的心底，新鲜美味的烤沙丁鱼轻易地就让游客们口水直流，甜中带辛的罗勒香萦绕齿间久久不散，还有那两千棵散落在街头巷尾的蓝花楹，伴着初夏的微风翩跹而至，为古朴的里斯本添上了一份灵动，将整个老城映衬得美丽动人。

午后，Odete拿着工具在后院里来回忙活，扫帚划过地面的呲啦呲啦声间，夹杂着老太太气呼呼的抱怨："这蓝花楹可真麻烦！扫完又落，弄也弄不干净！"她一边喊着一边又伸手朝地上另一摊花瓣使劲扒拉。"可你前天还说它们美极了。"我不停摆弄着手中的浇花壶，转头对着那个胖墩墩的身影揶揄道。"嘿嘿，它们开花的时候是挺美的，像不像蓝紫色的精灵在跳舞？"Odete放下扫帚，转身定定地看着我，淡淡开口，"和你一样，像来到人间的精灵。"被她突如其来地一夸，我竟有些不知所措，赶紧害羞地转移话题："哈哈，再忍忍吧，你又不是不知道，蓝花楹花期短，下周就该落完了，到时候就不用这么费劲啦！"我一本正经地说着安慰的话。Odete只是笑了笑，拾起地上的扫把，转身朝屋里走去，树梢的蓝花楹投影在她背上，斑斑驳驳。"是啊，下周就该谢了，和你一样，终究都会离开的……"望着老太太有些佝偻的背影，我站在原地许久都没有动弹。蓝花楹在这初夏的午后用劲开到荼蘼，灿烂得仿佛融进了碧蓝的天里，老城中的一切在这蓝紫色的映衬下显得祥和安宁。"是啊，下周花就该掉完了，下周，我就该回去了……"我怔怔地伫立在院中，一抹柔紫色的花瓣伴着香气从头顶坠落。

后院里的那个午后似乎被里斯本初夏的好天气轻悄悄地抹去了，我和老爷爷老奶奶还是像以往一样——一起谈天说地，一起种花，一起研究新的葡式甜品，一起去海边散步，一起去面包店买早餐，一起窝在沙发里看电视……只是偶尔在兴致勃勃的聊天中Antonio会突然沉默，只是偶尔，我会瞥见Odete一瞬不瞬地凝视着我出神。我知道：他们舍不得我。

　　临走前的那一晚，Odete特意烧了我心心念念想吃的海鲜饭，执意往我盘里舀了好几大勺。望着几乎看不见的米粒和快要溢出来的海鲜，我第一次模糊了双眼。"多吃点，然后今晚早点休息，明天你要坐十几个小时的飞机。"Odete嘱咐着，声音里听不太出情绪的起伏，"我还做了红酒炖梨，夏天怕坏放冰箱里了，你喜欢吃的，今天允许你多吃几个。"她望着眼里氤满水气的我笑了笑，这是她今晚第一次对我笑。Antonio始终一言不发地吃着饭，从头至尾只和我说了一句话："明天我们送你去机场。"饭后，Antonio和Odete照例出门散步，而我则借口理箱子留在了家里。其实箱子早就理完了，我只是害怕在这个当口和他们相处，害怕去面对即将到来的离别。我在屋里来来回回漫无目的地踱着步，嘴里絮絮叨叨地哼唧着不着调的歌曲，脑海中胡思乱想着天南地北盛夏寒冬，不经意，来到了冰箱前。"我还做了红酒炖梨，夏天怕坏放冰箱里了。"Odete的声音像魔咒般在屋里回响，我伸出手，颤巍巍地拉开了冰箱门，里面最下层的隔板上整整齐齐地摆放着十几个红酒炖梨。"你喜欢吃的，今天允许你多吃几个。"我默默地拿起一个梨咬了下去——清甜的果肉带着熟悉的红酒香，带着Odete最喜欢的肉桂辛气，在嘴里慢慢化开——这总是叫人难以忘怀的美好味道，或许就是，家的味道吧。我突然再也抑制不住心中翻涌的哀伤，崩溃地蹲下身，把泪眼婆娑的脸深深地埋进了臂弯里。

　　大阴天的清晨，我坐在Antonio的小汽车里，整个里斯本一片灰蒙蒙。穿越记忆的时光隧道，无数场景的碎片如车窗外的景物，飞快向后掠去：大海边给我讲故事的老爷爷们，巷头巷尾传来的幽幽法朵歌声，天涯海角不问世事的猎猎海风，集市里闻歌欢快起舞的阿拉伯人，起伏的马路和海边的彩色房屋，大幅白花蓝瓷的墙面和白花蓝瓷般的天……我默默将头倚上车窗，看着里斯本的街道，看着里斯本的广场，看着里斯本人的脸和姿态，仿佛总是相同，却又总是不同，这独属于里斯本的记忆，如今，好似一首被撕成碎屑的飞逝着的长诗，向着遗忘之乡一路飘洒。

到了机场，Odete执意帮我拉箱子，我们走得很慢很慢，仿佛多走一秒离别的伤痛就会减淡一分。在国际航站楼的大门口，她放下手中的拉杆，颤巍巍地捧起我的脸，泪光盈盈地嘱咐："孩子，一路平安。"我没说话，只是用劲地点点头。Odete吸了吸鼻子，指着小汽车里正低头盯着方向盘发呆的Antonio："他说就不送你进去了，你知道的，他害怕离别。"Odete伸手取下眼镜，用衣袖胡乱抹了抹脸，颤抖的嗓音里尽是无奈和不舍，"下次不知道什么时候能再见上面了，我的孩子……你一走，又只剩下我和Antonio两个人了……"一句话，好像触动悲伤的开关，Odete激动地喘着粗气，难过到了极致。大颗大颗的眼泪夺眶而出，不受控制地往下淌，却被两颊密布的皱纹阻挡着，时而扩散，时而汇聚，在她哀伤变形的脸上铺陈为一片水光，看得我心都要碎了。我紧紧搂上那个沉浸在无限悲伤中的矮小身躯，哽咽着安慰："别难过了，Odete，别难过……""记得给我们写信，记得给我们打电话，记得有空一定要回来看我们。"Odete伏在我的肩头，断断续续、口齿不清地呜咽着。我轻轻抚上她的背，拿脸颊蹭了蹭她带着香气的金发："别再哭了Odete，我会记得给你们写信，我会记得给你们打电话，我会记得回来看你们，一定会回来看你们……"

自动玻璃感应门合上的那一瞬间，我看见Odete正使劲地朝我挥手，她向我最后告别时，是微笑着的，宛若我在里斯本初见她时一样，脸上挂着那明媚温暖，直达人心底的笑容："欢迎你来我们家Irene！以后你叫我Odete，叫他Antonio就行！"

（八）

望着Odete柔波荡漾的眼眸，我仿佛被吸进了一个令人心安的时空，枕着三年前所有的往事，静静躺在大海起伏的波浪上，摇晃着做了一个很长很长、很美很美的梦。直到被Odete急急地拽进屋，我仍旧好像踩着一团云絮，轻飘飘地，流连在愉悦绵长的回忆里。这三年间，里斯本的一切美好我都如数家珍；这三年间，小房子里所有的欢笑和泪水仍都历历在目；这三年间，我似乎从未真正地离开。

客厅里，Antonio还是如平日的午后一样，戴着老花镜坐在桌前摆弄他心爱的木质玩意儿。再次相见时，我们俩都比Odete平静得多。"欢迎回家，我的孩子！"Antonio放下手中的活儿，一个大跨步上前给了我一个结结实实的拥抱。"其实，我都没觉得你离开很久，你总是隔三岔五就会打电话来。"他慈祥地对我笑着，两鬓的头发花白了许多。"有时候实在想你了，就看看那张照片。"Antonio指了指放在餐桌中央的木质相框，里面夹着一张我们在辛特拉海滩拍的照片——今日看来，三张神情各异的脸在蓝天的映衬下仍是如此生动，因为爱和眷恋的渲染，即使岁月肆意地侵蚀，也并未褪色分毫。"三年了，时间真是走得飞快啊。"我收回视线，又再次孩子般地拥上Antonio——三年了，我真的很想你们。

Odete今天高兴坏了，特意准备了红酒炖梨。我坐在桌边，一边吃着心心念念的美味，一边和两位老人家愉快地闲话家常。老太太执意要我退了酒店，和他们一起住。我仍有些拘谨，带点客套地左右推辞着。Odete见我如此扭捏，不禁气呼呼地耷拉下脸，有些倔强地坚持："既然回来了就应该住在家里！你的房间我都给收拾干净了！"她激动地指了指半掩的房门，那头新染的红发仿佛也随着情绪的起伏止不住地张扬起来，愈发明艳夺目。是啊，没错，我在里斯本有家，我在里斯本有家人，既然已经回来了，怎么还会想着去住酒店呢？我拍了拍脑袋，略带抱歉地握上Odete的手，笑着点头："好，好的，就住家里，和你们一起。"

从屋里出来时已是傍晚，下午那场突然降临的大雨也早已停歇。雨水将整个贝伦冲刷得窗明几净，空气里潮漉漉的味道混着丝丝清新，恍若雨后初霁的森林，格外好闻。我慢慢朝酒店的方向踱去，准备把行李搬回海边小屋，想到可以和Odete、Antonio一起度过愉快的一周，心情也不自觉地明朗起来，低下头，捂着嘴咯咯笑出了声。

老城初秋的微风缱绻絮语，时而乖巧地伏在人们耳边，低吟着首首咏诵昏黄的情诗；时而轻轻撸皱丝绸般柔滑的河面，旋转着曼舞在殷红的晚霞间，为里斯本粉刷上一层令人荡漾的温柔光彩。特茹河畔，一对对情侣仿佛爱情老电影里的男女主角，亲昵地拥抱、热吻，或就静静坐着，如一幅精美的油画，悄悄被记录进游客们举起的相机里。这极致的浪漫使多巴胺不由自主地强烈分泌，那种小鹿乱撞的情愫，那种怦然心动的感觉，在这座名叫里斯本的城市里，全被慢慢拾起。

我在河边找了一个位置坐下，默默望着天空发着呆。此时此刻此景，好像又回到了三年前的旧时光里。某些城市似乎并不仅仅是地理意义上的存在，即

使你已离开,它仍会蛰伏在你想象的世界里,花一般扎根在脑海深处,不经意盛绽出绚烂整片记忆的旖旎,摇曳着撩拨怀旧的神经。葡萄牙语中有一个特殊的单词来形容这种恋恋不舍——Saudades——那是对某种逝去的人、事、物或情感的念念不忘,至深眷恋。里斯本于我,便是这样一个存在。虽不及巴黎、罗马那般繁华、那般光芒四射,但那骨子里自成的悠闲气质自18世纪以来从未改变——带着旧时的荣光,带着浸透人心的蓝天,带着大海的气息,面朝大西洋,在世界的一隅,兀自悄然美丽,兀自云淡风轻。

海鸥拍打着翅膀从头顶掠过;岸边,孩童们彼此追逐、打闹嬉戏;街头艺人摇头晃脑地拨弄着琴弦,忘情地歌唱起生活的酸甜苦乐;而那些属于里斯本的经年往事,也被无声无息地尘封进了朱红色的砖瓦间,消散在了法朵的声声叹怀中,最终随着大海的潮起潮落,永远地融入了历史的滚滚洪流里。

我抬起头,风吹动发丝。夕阳,像一针缓缓推入身体的镇静剂。

爱与黑暗的耶路撒冷

文／关鹤

80后东北妹子，毕业于复旦大学新闻学院和伦敦政经传媒学院，怀抱着成为战地记者的梦想来到以色列，却误打误撞进了以色列事业单位，后来又成了投行"民工"，辛勤往返于中以两国。

耶路撒冷的冬天，总是非常潮湿、阴冷与漫长。

这是我在耶路撒冷度过的第二个冬天。凌晨，天边微微泛白的时候，我躺在床上，迷糊中听到从不远处巴勒斯坦Issawiya社区的伊斯兰宣礼塔传来的阵阵诵经声，伴随着淅淅沥沥的雨声。日复一日，我在灰蒙蒙的房间里转醒，伴着那婉转而苍凉的吟唱声，思考我为什么会在这个城市逗留，思考未来何去何从。

有一百多年历史，由爱因斯坦、弗洛伊德等世界上最聪慧、最有影响力的犹太人作为校董，在耶路撒冷东北部的瞭望山上建立起来的耶路撒冷希伯来大学，位于1949年以色列独立战争停火线（绿线）的东侧，孤零零地伫立在东耶路撒冷，被几个巴勒斯坦村庄所包围。

第一次抵达这座古朴校园的那个炎热的夏天，我就爱上了这里。在这座充满历史感的校园里，有一座依山坡而建的半圆形剧场，从最高的那级台阶里，在天气晴朗、阳光明媚的日子里，可以远远地看到约旦山峦起伏的戈壁沙漠和若隐若现的死海北角。爬到在校园另一侧的办公楼顶楼，我可以清晰地望到耶路撒冷老城，看到圣殿山上清真寺的金顶和老城里层层叠叠的教堂。在太阳落山的时候，我经常爬上顶楼，看着远处火红的太阳被耶路撒冷的地平线一寸一

寸地吞噬，一整座城市都笼罩在梦幻般的昏黄中。每当这个时候，宣礼塔的诵经声又飘然传来，时断时续，如泣如诉。这样的情景，对于在城市里长大、几乎没有见过地平线的我来说，美得难以名状、美得让人怅然若失。我想我可以永远留在这个城市，每天都在这个时间，在这座校园的顶楼看日落。在这里可以忘记整个世界，又感觉像是融入了整个世界。

我从来没有和我的家人提起，我在2010年第一次来到以色列之后就固执地想要永远留在这里的原因。我想留在耶路撒冷，像犹太人一样生活。我想学习他们的语言，了解他们的历史，贴近他们的文化，了解他们的执着与伤痛。我想成为他们中的一员。

（一）

地中海气候的耶路撒冷，有炎热干燥的夏日和阴冷潮湿的冬天。这里的春秋和上海一样短，还没来得及把夏装收起来，就已经需要穿上厚重的外套、戴上毛线围巾了。

深秋的耶路撒冷，在没有希伯来语课的日子里，我都会坐一辆穿越大半个城市的公交车，从位于城市东北角的希伯来大学校园前往位于城市西南角的非政府组织实习，单程车程通常在一个小时以上。大学宿舍区附近的面包坊经常很早就开门了，几谢克的价钱可以买到几个热气腾腾的土豆馅酥饼Burekas，

我就带着它们和一本阿莫司·奥兹的小说,在宿舍区附近的车站等车。

因为几乎是始发站,所以我上车的时候,车里通常是空的。我带着早饭和书,穿过公交车所有空荡荡的座位,走到最后一排靠窗坐下。有陌生人坐在我的身边会让我紧张、羞怯——很多耶路撒冷本地人会神色平淡、目不转睛地凝视我这张格格不入的东亚面孔,即使我回望过去,他们也完全不会觉得不自然,依然会目光深邃地直视我的双眼。通常在这样的目光对视中,总是我早早地败下阵来,回避他们的目光,佯装望向窗外。

因此我总是坐在公交车的最后一排,坐在这里让我有不被打扰的安全感。我喜欢坐在这个角落里看书,在光线不好、无法阅读的时候,我就静静地观察所有上下车的乘客。

为了能够让自己尽量看起来不太过于格格不入,我会在着装上尽量贴近当地人——当地正统派的犹太女孩们。她们无论是炎热的夏天还是寒冷的冬天,都着装保守,永远穿着不透明的长袜,通常是黑色或白色,过膝长裙,朴实的黑皮鞋,永远掩住肘部的上衣,小小的、不露锁骨的圆领衬衫。为了掩盖身体起伏的曲线,她们还经常在长袖白色T恤衫外面套一件宽松的深色短袖。

那个时候我二十三岁,这些正统派的犹太女孩子在二十三岁的时候,很可能已经是三四个孩子的妈妈了。我的公交车从耶路撒冷市中心的几个超正统、正统的犹太社区中依次经过,她们就成群结队地上车、下车。耶路撒冷年轻的正统派犹太女孩们在我的印象中总是很安静,在清早的公交车上,我在看小说,她们则拿出自己的希伯来语祈祷书,默默念诵。不得不承认,大多数的时候我都是羡慕她们的。我羡慕她们自从出生开始就在这座城市生活,她们有一万个留在这里的理由,而我呢?每天早上在灰蒙蒙的房间里伴着宣礼塔的诵经声醒来后,就绞尽脑汁寻找留在这里的合法性理由。仿佛如果没有这些理由,我随时都会被一阵大风刮走。

我想留在这座城市。留在这座犹太人和巴勒斯坦人共存的城市。

(二)

耶路撒冷阴冷潮湿的冬天总是非常的难熬。耶路撒冷老城里,到处都是光滑的石板路。下过雨之后,地面光滑无比,我想我在雨天的老城里至少跌过三四跤。

2010年的最后一天,12月31日,星期五。凌晨,我的飞机从希腊雅典飞抵以色列的本古里安机场,再从本古里安机场坐着黄色小巴来到耶路撒冷的希伯来大学瞭望山校区,彻夜未眠。当我终于把行李放下、打算倒在床上大睡不起时,他对我说,天马上就要亮了,我要带你去一个地方。今天是2010年的最后一天,我想送你一个礼物。窗外传来淅淅沥沥的雨声。

"一定要去吗?我没有伞。"

"一定要去,因为这是礼物,我也没有伞。"

"现在是凌晨,连公交车都还没有开啊。"

"没关系,我们就这样快走过去,现在就出发吧,不然就要迟到了。"

原本淅沥的小雨很快就变成了滂沱的大雨,我们在隆冬的大雨中快步走

着，谁都没有说话，眼前一片厚重的雨帘，什么都看不清。根据仅存的方向感，我依稀辨认出我们在快步经过东耶路撒冷的巴勒斯坦社区Sheikh Jarrah，从这里到耶路撒冷老城是条近路，通常我认识的以色列同学们出于个人安全考虑，不会抄这条近道，应该是实在赶时间，他才会带着我从这里快步经过。

雨渐渐小了，天蒙蒙亮，眼前就是耶路撒冷老城北边的大马士革门了。条条大路通罗马，很久以前，从耶路撒冷的大马士革门出发，也有一条大路通到两百多公里以外的叙利亚大马士革。我跟着他从大马士革门进入耶路撒冷老城，在迷宫一样的穆斯林区穿行，很快就到了基督教区。

"我们到底要去哪里？现在谜底可以揭晓吗？"我很好奇，在2010年最后一天，在我们半年未见后的第一次会面，他要带我去什么地方。当我问出这个问题的时候，他竟然迷路了，开始在光滑的石板路上来回绕圈，最后还走进了一个死胡同。

还没来得及嘲笑他，我就差点又跌了一跤，还好被他一把扶住。我们在巷子里又拐了几个弯，最后抵达了位于基督教区核心地的圣墓教堂。和伯利恒耶稣诞生的马槽所在的圣诞教堂遥相呼应，耶路撒冷老城里的圣墓教堂是耶稣背负着十字架一步一步经过的苦路的终点,是耶稣被罗马人钉死的各各他山。在教堂里面,有耶稣的圣墓。

他拉着我径直走了进去,我非常震惊。因为作为犹太人,他一直拒绝踏进任何基督教的教堂。而在2010年的最后一天,他竟然拉着我一路走进圣墓教堂,走过耶稣的涂油石板,来到耶稣坟墓所在的神龛前,一屁股在临时摆放好的木质长凳上坐了下来,并且示意我也坐下。

"演奏管风琴的神父迟到了。"他轻声在我耳边轻声说。

我看看四周,已经聚集了一些虔诚的信徒,显然他们也是起了大早,赶在凌晨五点来参加2010年的最后一场弥撒。不一会儿,身着黑袍、拎着一把廉价义乌折叠伞的神父姗姗来迟。

"这就是我送给你的礼物,与宗教无关,现场管风琴演奏,希望你喜欢。"他说完这句话的时候,管风琴的音乐轰然响起,在圣墓教堂的圆顶下发出巨大的回响,我的整个世界都在地动山摇。

(三)

弥撒结束后,早上的雨也停了。天色还是很早,耶路撒冷老城附近的很多店铺都还没开门。饥肠辘辘的我们,特别是饥寒交迫、精疲力竭的我,非常需要早饭和能量。我们从老城走出来,向市中心本·耶胡达大街和乔治国王大街的方向走去,那里有他最喜欢的本地胡慕斯(hummus)连锁店Pinati,他总是说,早起的鸟儿才有新鲜出炉的胡慕斯吃。

当我们来到Pinati的时候,店家刚刚开门,还没有开始正式营业。出于同情,他还是让我们两个浑身湿透的年轻人进了门。在暖烘烘的店面里,我竟然趴在桌子上睡着了。

当热气腾腾的胡慕斯端上来的时候,里面有一颗饱满的煮蛋。会吃胡慕斯的人,会用手撕下一块Pita馕饼,在胡慕斯酱里用力绕圈一舀,之后把蘸着胡慕斯的馕饼送进嘴里慢慢咀嚼。胡慕斯并不是犹太人的食品,而是地中海地区穆斯林世界的传统流行食品。第一次尝到胡慕斯,是和我的土耳其同学在伦敦的土耳其餐馆吃到的。然而我总是觉得耶路撒冷的胡慕斯很好吃,比以色列其他城市、比约旦的都好吃。可能这里面除了胡慕斯之外,也有我对这个城市没来由的偏爱吧。

勉强撑着吃完早饭,当我们从店里走出来的时候,天已经大亮了。这是一个好天,虽然凌晨下过大雨,但是天上的乌云都渐渐散去,太阳露出头来,天也从灰蒙蒙的颜色变成了湛蓝色。如果不是口中呼出的阵阵白气,我都要误以为这是夏天的艳阳了。于是我们决定干脆不睡了,回去把湿透的衣服换下来之后继续出门,在耶路撒冷好好度过2010年的最后一天。

(四)

耶路撒冷有两座有金顶的俄罗斯东正教堂,一座在东耶路撒冷的橄榄山上,靠近犹太墓地,另一座在西耶路撒冷郊区的Ein Kerem。盛夏的时候,我们贸贸然跑到东耶路撒冷的那一座,作为游客的我并没有被放行进去参观。于是这一天,我们决定去西耶路撒冷的那一座金顶教堂碰碰运气——当然了,只

有我一个人进去。

在东正教教堂的门口,有一个在外面晒着太阳的老修女。他走上前去,点头行礼,之后开始和这位修女讲起了俄语。他是出生在乌克兰的犹太人,东欧剧变、苏联解体后,20世纪90年代初随着一百多万俄裔犹太移民从苏联各地移民到以色列。在家里,他和爷爷奶奶、外公外婆还在讲俄语,和爸爸妈妈讲希伯来语。

不知道他和修女用俄语说了什么,修女竟然同意我进去参观。我把游客的大包交给他,让他在外面等我一下。他站在阳光里,面容那么英俊,声音平静地对我说:"我们分手吧。"

(五)

我的母亲在带有朦胧美的纯洁精神氛围中长大,但是她的翅膀却在热浪袭人、尘土飞扬的耶路撒冷石板路上撞得粉碎。

——阿莫司·奥兹《爱与黑暗的故事》

我很喜欢在耶路撒冷读以色列作家的小说,特别是阿莫司·奥兹(Amos Oz)与梅耶尔·沙勒夫(Meir Shalev)的小说。小说里的耶路撒冷经常与现实中我接触到的耶路撒冷生活片段交织、纠缠，让我一时分不清自己在现实中，还是沉浸在小说里。

我在伦敦的研究生毕业论文是以色列电影的符号学分析，大量的参考文献是关于犹太身份认同与以色列人的集体记忆。在伦敦完成研究生学业的一年里，我已经开始在夜校学习希伯来语。我固执地相信，在语言、文化、宗教和历史中，一定有关于我问题的答案。个体的存在是那么的渺小，个人的命运总是在时代洪流的推送中，身不由己地随波逐流。至少我可以理解这股洪流，理解绵延几千年的历史与传统。

有时候，在耶路撒冷阅读关于耶路撒冷的历史和小说，也是一件让人不寒而栗的事情。

比如蒙特费欧里家族的后人撰写的那本《耶路撒冷三千年》的开篇，被罗马人围困中那几近崩溃、疯狂、血腥的耶路撒冷，距离我居住的地方并不远。在那座被围困的绝望城市中，城市变成了囚笼，居民变成了挣扎等死的罪人。饿昏头的犹太母亲亲手把自己年幼的孩子宰杀，放在火上烧烤，那诡异的味道吸引了城里的犹太流氓团伙，当他们破门而入想要抢夺犹太母亲的食物时，看

到了那骇人的景象，纷纷跪地呕吐起来。犹太第二圣殿终究是倒掉了，犹太人开始了长达两千年的大流散。我在东耶路撒冷的橄榄山上的犹太墓地旁边，陪伴着一整座山坡的枯骨，从这里我所能眺望到的耶路撒冷老城，和两千年前罗马帝国的将领看到的耶路撒冷老城，是同一座城。

又比如，我经常坐着公交车经过的东耶路撒冷巴勒斯坦社区Sheikh Jarrah，在以色列独立战争之前曾经发生过一场惨剧。1948年4月13日上午九点半，从西耶路撒冷出发、护送着七十八名犹太医护人员、教授、学生以及他们所携带的医疗器械和军用物资前往希伯来大学哈达萨医院的护送队经过东耶路撒冷的Sheikh Jarrah时遭到阿拉伯武装的报复性袭击。护送队伍中有两辆救护车、三辆公共汽车，为预防狙击，车窗玻璃上安装着金属板，还有几辆装载医药等必需品的火车和两辆小轿车。快到Sheikh Jarrah时，驻守当地的英国警官向护送队发出信号：公路畅通无阻。当护送队行驶近阿拉伯居住区中央时，前面的车辆碾到一枚地雷，刹那间手雷、燃烧瓶从公路两旁疯狂地扔向救护队。

距离袭击地点不到两百米的地方有一个英国军事哨卡，其任务是保障通往医院的公路交通安全。袭击发生一小时后，英国车辆从旁边驶过竟然没有停留。下午一点三刻，希伯来大学校长犹大·列昂·马哥内斯先生给麦克米伦将军打电话求援，得到的答复却是"军队正在想方设法赶到现场，但是那里有一场大仗"。

事实是，没有战争，没有救援，没有干损，有的只是英国托管军队的袖手旁观。下午三点钟，两辆起火的公共汽车中，乘客大多数已经负伤，奄奄一息，最后葬身火海。命丧此次袭击事件的，包括哈达萨医学院组织负责人海姆·雅斯基教授，医学院创始人列奥尼德·多尔扬斯基教授和摩西·本－大卫教授，物理学家古恩特·沃尔夫森博士，心理学系主任恩佐·伯纳文图拉教授，犹太法专家亚伯拉罕·海姆·弗莱曼博士，以及语言学家本雅明·克莱尔博士。

阿莫司·奥兹的父亲，在当天因为生病，侥幸并没有登上这一班前往希伯来大学的车。

没有登上这一班车的耶路撒冷人很多，他们在1948年4月13日这一天活了下来，但是却在随后旷日持久的巴以冲突、中东战争和层出不穷的恐怖袭击中丧生。

经常坐着公交车，从耶路撒冷希伯来大学瞭望山校区经过Sheikh Jarrah社区的我，在阳光明媚的时候，经常忘记这里曾经发生什么。然而那些幸存者们，他们会永远记得这些惨剧和死去的人，他们只是不说出来。他们不会每天提醒我，他们也不会每天提醒自己，但是他们在心里永远记得。

（六）

在耶路撒冷最让人享受的是安息日，最难熬的也是安息日。犹太人的安息日（Shabbat），是从每个星期五晚上太阳落山开始，到星期六太阳落山一小时后结束。在这二十五小时的时间里，正统派的犹太人就像《圣经·旧约·创世记》中第七天那样，和上帝一样休息了。在这一天，正统派的犹太家庭会停止点火、停止使用电子产品、停止远行，甚至停止画画、写作和手工制作这些和"创造"有关的活动。城市里，所有经营场所关门，公共交通停运，任何娱乐场所也会跟着一起关门——犹太人开的店，几乎全部都会关门。

周五的晚上安息日开始前，一家之男主会前往犹太会堂祈祷，一家之女主会点上蜡烛，宣布安息日的开始。随后一家人坐在一起吃安息日的晚餐，在晚餐前要按照祈祷书上的段落祈祷。

安息日，对正统派犹太人来说，就是真正的休息日。作为正统派犹太人云集的政治、文化和历史之都，耶路撒冷的安息日，永远都被一层巨大的静谧气氛笼罩。希伯来大学的校园，在周五的中午就关门了，整座瞭望山都随着周五太阳落山而陷入沉默。每个周五上午，我都会和很多耶路撒冷人一样，前往超市大量囤积食物，为安息日的到来做准备。

在一个冬天的安息日晚上，我一个人在希伯来大学的学生宿舍里，孤独地完成希伯来语的作业。肚子好饿，我查看了因为疏忽而囤积的为数不多的干粮，从中挑出一块巧克力蛋糕，打开来，发现蛋糕的上面发了一层霉。

白色的霉菌静静地看着饿着肚子的我，我思考了几秒钟，就转身去厨房里找来一把餐刀，把霉刮掉，之后慢条斯理地吃了下去。

我忽然想到三年前的夏天，我在上海市中心的一家媒介咨询公司实习，在小小格子间里应付各种高难度的工作，心中充满了不自信的苦闷，中午没有时间吃饭，只有一个本来应该是早饭的一小块海绵蛋糕充饥。我吃到一半，蛋糕忽然掉在了我脚下的地毯上。那一瞬间，心酸、委屈等一系列小女生的情绪一下子涌出来，我还特别跑到了洗手间哭了一通。当天下班后，我就冲到楼下的便利店，买了七八块一模一样的海绵蛋糕，一口气全都吃了下去。

现在想一想，三年前的自己真是个不懂事的孩子，那么骄矜、那么敏感，因为一点点小事情就自怨自艾，觉得天都要塌下来了。现在的我，一个人在耶路撒冷的安息日晚上吃一块发霉的蛋糕，仍然觉得有得吃真幸福。耶路撒冷的

独立生活，让我不断地成长、改变。没有前男友的庇护，我不得不硬着头皮，在这个陌生的国家，用陌生的语言，去试着解决生活中的各种陌生的问题。

比如有一次，我实习到很晚，只能打车从实习的地方回到学校的宿舍区。车费是四十谢克，当我把一张五十谢克的钞票递给司机的时候，他竟然拒绝找给我钱。当时他的出租车刻意停在了距离宿舍区大门口十米的地方，偏巧没有路灯，喊宿舍区大门处的持枪警卫似乎也比较远。我用希伯来语向司机索要发票，司机竟然把发票扯下来，撕得粉碎，气定神闲地摇下车窗，把发票的碎片扔了出去，之后投给我一个"你能把我怎么样"的流氓表情。

我快速地评估了一下当时的状况，觉得我的生命财产安全应该远远不止十谢克的价格，于是迅速调整好心态，整理了一下希伯来语的语法，对他说：夜路长，小心开。之后我下了车，头也不回地走进宿舍区。

还有一次在从特拉维夫前往耶路撒冷的城际公交车上，在乘客们都昏昏欲睡之时，我身边穿着预备役军装的小男生忽然开始对我动手动脚。那时马上就要到犹太新年了，我并不想当众羞辱这位欲火难平的小男生，于是我看着他，平静地说：新年快乐（Shana Tova）。也许是我突然冒出来的希伯来语，让他措手不及。他停止了他颇为不尊重的行为，或许他也只是觉得我看上去是一个无依无靠的外国人吧。

我初次遇见的夏日里的耶路撒冷是那么迷人、那么可爱，我和他一起徒步走过这座城市的很多地方：超正统犹太教社区的面包坊、城郊的古老农业梯田与山泉水池、东耶路撒冷睥睨群雄的奥古斯都·维多利亚钟楼、橄榄山上的犹太墓地、耶路撒冷老城的街巷、西耶路撒冷市中心的冰淇淋店……我遇到的人们都如此和善、友好与热情，经常助人为乐、主动来帮助别人。我看到很多美好单纯的笑容，接受了很多温暖与大力的拥抱。

然而冬天的耶路撒冷这般肃杀，人们仿佛在经历了漫长的旱季后，都纷纷蜷缩进了自己的壳内，冰冷与孤独，压抑与沉重。

安息日的静谧，给人们提供了真正的、体力上的休息，同时也给人们提供了绝佳的思考时间——脑力上的运动。我经常问自己：如果那年夏天并没有在耶路撒冷遇见他，我是否仍然会对这座城市如此执着？这座城市并没有热恋中时看似那般美好，我经常在这里擦碰得鼻青脸肿。这座城市对于很多外来者也并不友好，除非你也生出坚硬的外壳，刀枪不入，否则一颗玻璃心在这里分分钟就会被碾得粉碎。这座城市也并不十分安全，恐怖袭击虽然已经成为小概率事件，但是在动荡时期仍然有发生的可能性。

然而我仍然想留在这里，这一切究竟是一种应该被戒掉的疯狂执念，还是另一种人生的开始？

（七）

根据犹太律法，一个人是否是犹太人，有两种定义。如果母亲是犹太人，那么孩子就是犹太人。如果并非生而为犹太人，若根据犹太律法皈依犹太教，并且严格按照犹太教的教义生活，也会成为犹太人。皈依犹太教并不是一种"决志"——大声宣布我要加入犹太教了！我从此信仰你们的神了！皈依犹太教，需要长期的学习，需要用日复一日的实际行动来证明自己会一直作为犹太人去生活。

犹太律法中，有很大一块是和饮食有关的。与信仰伊斯兰教的穆斯林的清真比较类似的，犹太人在饮食方面也要遵守犹太洁食（kosher）。犹太洁食规定有很多，其中比较主要的几条是：

- 不能将肉类和奶制品混合食用，所以在耶路撒冷通过犹太洁食认证的麦当劳里是买不到加芝士的牛肉汉堡的；
- 不食无趾、不反刍的动物的肉类，例如猪肉、兔肉；
- 不食没有鳞、鳍的水产，例如螃蟹、贝类、海蜇、海胆。

除了禁止食用的食品外，在食材准备和烹煮的过程中也有很多讲究。例如农作物需要是从七年一宿更的土地上收割的，且不能被昆虫侵害过。动物宰杀的过程中需要一刀割喉、放血，宰杀师傅需要遵守安息日并且是虔诚的犹太教徒。

在纪念摩西带领希伯来人出埃及的逾越节期间,更是不能食用任何发酵面食。

生活在耶路撒冷的犹太人是幸运的,因为这是一座非常正统的城市,因此在这里,只要正常的生活就能够顺理成章、不费吹灰之力地遵守犹太教的大部分教义。在耶路撒冷,很难找到售卖猪肉和海鲜的店铺,西耶路撒冷的犹太餐馆中绝大部分都有犹太洁食认证,在商店和市场里买到的蔬菜水果和肉蛋奶禽也都符合犹太洁食规定。

在这里生活,要融入当地的饮食文化,对我来说也并不是难事。可能我对饮食本来就是一个无甚追求的人,是否有猪肉、海鲜和牛肉芝士汉堡,肉类是否放血、烹饪方法如何,对我来说都没有区别。

"成为犹太人有那么难吗?"我曾经这样问过他。

"难,也不难。但是你为什么要成为犹太人?成为犹太人有什么好的?"

我想,他问得真好,一针见血。为了一个喜欢的人而去皈依一种宗教,这听起来非常荒唐,也是对信仰的不尊重吧。犹太教不传教,正相反,它会对所有想要皈依犹太教的人说不,并且一说就是三次。

"犹太教并不仅仅是一种宗教,它更是一段历史,属于我们的历史,里面包含了我们的文化、传统,以及对过去和未来的看法。"他这样给我解释道,"我们背负的很多东西,你并不需要背负。我们所信仰的东西,也并非是你所信仰的。我们希望传承下去的文化与传统,你可能会了解,但是未必会理解。所以,你为什么想要成为犹太人?"

我想,我从未真正想过皈依犹太教,我只是想要尽量去贴近他们,成为他们中的一员。似乎只有这样,我才有充分的留在耶路撒冷的理由,我才可以说:我并不是一个过客,我和这里有非常深的联结,我有理由留在这里,和你们中的任何一个人一样。

(八)

阿莫司·奥兹笔下很多的耶路撒冷女人都容颜姣好、品位不俗、内心丰富,但她们繁花般的生命力都被耶路撒冷所摧残,压抑、沉默,逐渐走向凋零。《我的米海尔》开篇就是这样一句话:"我之所以写下这些是因为我爱的人已经死了。我之所以写下这些是因为我在年轻时浑身充满着爱的力量,而今那爱的力量正在死去。我不想死。"

书中这些压抑痛苦且冗长枯燥的女性生活片段,每每让我的阅读感受痛苦不堪。直到有一天我翻开阿莫司·奥兹的自传体小说《爱与黑暗的故事》,我才恍然大悟:阿莫司笔下的诸多压抑的耶路撒冷女性形象,都是他母亲形象的杂糅和映射,那被婚姻磨灭的热情和生命、破碎的家庭、被留在世上的鳏夫和幼子,都是真实发生过的事情。

恋爱的火焰总是那么短暂,容易被漫长的生活湮灭。恋爱中的汉娜和在欧洲留学时阿莫司的母亲法尼亚一定也对人生、对爱情充满了憧憬,然而包裹着她们的带着朦胧美的护翼,最后都撞碎在耶路撒冷热浪袭人、尘土飞扬的石板路上了。

耶路撒冷有一条修了十年的轻轨电车,在2011年的年底终于竣工,开始试运行。这条轻轨电车连接了东、西耶路撒冷这两个看似统一、实则分裂的城区,一端是西耶路撒冷赫兹尔山的犹太大屠杀纪念馆,另一端是东耶路撒冷瞭望山的希伯来大学校园和犹太社区。

当这条轻轨电车刚刚通车的时候,还是试运行的免费阶段,坐车的人也不多。在没什么事情的时候,我经常带着一本书,搭着它从一端坐到另一端。透过阔大明亮的车窗,窗外的耶路撒冷街道迅速地倒退——巴勒斯坦社区、超正统犹太教社区、耶路撒冷老城、耶路撒冷市政厅、雅法街、耶路撒冷中央汽车站、吊桥,最后是西耶路撒冷开阔的山景。这座城市有种让人百看不厌的神秘魅力,时而陌生、时而熟悉。华灯初上之时,轻轨电车内的灯光亮起来,让我看到自己的脸反射在车窗上。那些迅速倒退的万家灯火,那么温暖、渺小且遥远,偌大的一座城市里,我没有亲人,好友寥寥,若干相识,仿佛轻飘飘地浮在空中,没有根基,四处游荡。车厢内有一搭没一搭的希伯来语对话声让我觉得安心，这些对话好似填充了我脑中的空白，让人微醺。

在一个冬天的深夜，我从西耶路撒冷一个朋友家出来，赶最后一班回希伯来大学的轻轨电车。我的齿间还留有红茶和白糖的淡淡味道，昏暗的夜色中传来电车的车铃声，随后，电车驶进露天车站，车门打开，我走进空荡荡的车厢，找到一个靠窗的位置坐下来。

我读《那一片海》。

好的，坏的，好的。

玛利亚也可以预知命运。她可以从咖啡渣中读出来，她要戴上她的眼镜才看得到。她已经不再年轻。从咖啡里看得出有一个好消息、还有一个坏消息。

坏消息是时间稍纵即逝，好消息是时间可以治愈。

我抬起头，发现在我的对面不远处，坐着一个穿驼色呢子大衣的男人，戴着厚厚的框架眼镜，带着自来卷的咖啡色头发微乱，像个鸟窝。

他盯着我看，我也一反常态地没有回避，而是盯着他，我们都没有说话，时间静悄悄地流逝。忽然间我听到了轻轨电车报站的电子音，我的车站到了。我起身下车，他也在同一站下车。我在斑马线的一端停下来等红灯，他也停在我身边保持一点陌生人之间的距离，并排站着一起等红灯。

沉默。午夜的沉默。

之后他像是鼓足了勇气，转过身面对我说："我想这的确很唐突，我叫阿米尔，我想和你认识，成为你的朋友。"

在这个城市发生的很多事情都无法用常理来解释，所以对于这突如其来的陌生人，我看着他，并没有很吃惊。他身形高大，但是却非常单薄。我仰着头看到他的脸，非常瘦削，肤色白皙。

"你喜欢这本书吗？《那一片海》。我也很喜欢阿莫司·奥兹。"他继续说。他的声音温和，不高不低，不急不缓。夜幕下，我盯着他的镜框，目测他有至少五百度的近视，我揣测着在他视线中的我是一个什么样子？东亚人，女性，不说话，表情麻木，孤独，在午夜的耶路撒冷电车上像一个孤魂野鬼。又或者因为他厚重的镜片，夜幕下他看到的我其实只是一个高度抽象的剪影。

"你在耶路撒冷多久了？你会很快离开耶路撒冷吗？"他继续问。

这个问题忽然击中了我的神经，我来到这里两年了，这是我度过的第二个冬天。我不想离开耶路撒冷，但是我也不属于这里，或许冬天结束、春天来临，我就要被拉回现实中，回到上海，回到大都市，回到我原本的生活轨迹中去。在耶路撒冷这两年的生活就完全变成了我的谈资，说起来就像是一个美梦。

美梦最好保持着梦的样子，但是耶路撒冷却算不上一个美梦，它不美，充满了现实的钝痛感。在这里我曾经被甜美的爱情包围，也体验到了爱情离去后的空旷和寂寞。在这里我曾被友好和善地对待，也体验到了生活的大门一扇又一扇地在我面前关闭。在这里我曾经充满希望，也曾失望透顶。我曾经充满热情，也曾陷入麻木和倦怠。为什么我会对一个让我如此疲惫不堪的城市执迷不悟呢？

现在在我面前的这个陌生人如此发问，我忽然释然了：坏消息是时间稍纵即逝，好消息是时间可以治愈。在耶路撒冷的两年里，我曾经试图通过自己的努力，去改变一些已经无法改变的事、挽回一些已经无法挽回的人。然而在这个过程中，所有的寂寞、孤独、难过、感动、挣扎、奋斗、追求、期待，都在我的人生中留下了不可磨灭的印记。我为何到现在还对耶路撒冷执迷不悟，不肯离开？这就像相爱的两个人共同经历风雨坎坷，他们的生命中已经被镌刻上了彼此的痕迹。一个城市让人刻骨铭心也是如此，那必定是因为你曾经在那里经历过刻骨铭心、无法磨灭的记忆，这些经历改变了你的形象、重塑了你的性格、慢慢影响着你的人生观和世界观。你又怎能不爱上这座城呢？

"我想留在这里，不想离开。"我忽然打破沉默。

他从口袋里掏出一支笔、一张不知道什么地方抽出来的、皱巴巴的小纸条，在上面写上了他的电话号码和联系方式。"如果你想和我成为朋友，就联系我。"

我接过小纸条,放进大衣口袋里,道了晚安,就此别过。

时至今日,我没有联系过他。我不需要一个米海尔。就算是我一个人,也可以在这个城市好好生存下去。我不需要依附任何人,我只需要相信自己。

(九)

在耶路撒冷的日子里,我第一次看意大利电影《美丽人生》。男主人公基多的扮演者是意大利演员,他的英语虽然有浓烈的意大利口音,但是竟然与以色列人的希伯来式英语和黑色幽默如此相近,让人有强烈的亲切感。电影中的犹太爸爸基多和他的儿子约修亚被纳粹带走的时候,他的非犹太妻子朵拉毅然决然地踏上前往集中营的列车,要和自己的丈夫与儿子一起。她难道不知道等待着自己的是无尽的苦难和死亡吗?即使如此,她还是那么勇敢地决定和亲人一起面对。我很钦佩她。

"这是一个伟大的妻子与母亲的决定,与宗教和文化无关。"我的以色列室友这样评价,"她深爱她的丈夫和儿子,无论幸福与灾祸,她都想和他们在一起。"

二十四岁的我,没有丈夫,没有儿子,甚至连男朋友也没有,我有点难以想象如果把我放在同样的角色,面临同样的灭顶之灾,我是否有勇气去面对这一切。

"当然会有了,母爱是非常伟大的。当你成为一个母亲,你对孩子的爱一定会帮助你战胜所有的恐惧。"说这话的是我的室友,也是一个连男朋友都没有的以色列姑娘,但是她如此笃定的语气给我很大安慰。

关于那场全世界犹太人都刻骨铭心的犹太大屠杀,我并不陌生。但是第一次去西耶路撒冷赫兹尔山参观犹太大屠杀纪念馆的时候,仍然感觉非常震撼。

无论是冬季还是夏季,耶路撒冷的犹太大屠杀纪念馆里都是一片寒冷与肃杀。纪念馆的名字Yad Vashem取自希伯来《圣经·以赛亚书》56:5:"我必使他们在我殿中,在我墙内,有纪念(Yad),有名号(Shem),比有儿女的更美。我必赐他们永远的名,不能剪除。"

纪念馆的一项重要工作是在全世界范围内搜集大屠杀遇难者的姓名、肖像、家族历史和人生故事,为他们立碑,让这些在纳粹的铁蹄下和暴民的屠戮中无葬身之地的犹太人在多年后重新获得作为人的尊严。

纪念馆的展馆中陈列的是历史文件、遇害者遗物、泛黄的照片以及幸存者的访谈视频。在幸存者访谈中,很多人讲的并不是希伯来语,而是他们移民以色列之前的母语——德语、荷兰语、波兰语、捷克语。他们来自世界各地,来自各个难民营和集中营。面对镜头,他们大多已经是耄耋之年。他们中有些被好心人收养藏匿,有些在集中营里侥幸逃生,还有人是从死人坑里挣爬脱险。他们试图翻开记忆中最压抑、最沉重的片段,有的双眼噙泪,有的神情呆滞,有的慷慨陈词,有的沉默不语,无论怎样一种语气,都有一种令人窒息的压抑,仿佛幸存对他们来说是背负了更大的痛苦。

而贯穿整个博物馆的基调,不是惨烈,不是剧痛。纪念馆不曾把各种撕心

裂肺的场面、各种毛骨悚然的瞬间暴露给大家看——这是对死者的不尊重，也是对参观者的轻视。

在整个参观的过程中我都感觉到寒冷，而这种寒冷的感觉，就是纪念馆所要传达的意义：犹太民族的漂泊、没有归属感的无助、面对整个世界的冷漠那种无处遁逃的恐惧和绝望。

在二战期间，几乎所有的国家都对犹太人关闭了大门。他们未必憎恨犹太人，而当纳粹的种族屠杀蔓延至德占区后，绝大多数人选择了对犹太人的漠视。欧洲、北美、巴拿马、澳大利亚，绝望的犹太人拥向世界各个可能获得庇护的国家，最后都被遣返回死亡大陆。整个世界是关闭的。

屠杀犹太人的并非全部是德国人，屠杀最多犹太人的国家也并非德国。当时的犹太人在很多国家的人口比例中都不超过百分之一，而如此薄弱的少数族裔，却在纳粹意识形态的压迫和摧残下，被他们认为是"祖国"的国家出卖，被他们认为是"同胞"的邻居出卖——有时是为了几十块钱，有时仅仅只是为了一个荣誉，犹太人被一起生活了几百年的人们推上死路。

这是犹太人关于冷漠的记忆。流血的伤口终有一天会结痂、愈合，而被践踏的温情和信任，却可能持续很久、很久。耶路撒冷的伤口在慢慢愈合，而心灵深处对于这个冷漠的世界的不信任，却比滴血的伤口更让人刻骨铭心。

"在你的朋友、亲人和爱人赴死的时候，你有勇气站出来，和他们共同承担吗？"这样沉重的问题似乎有些矫情，但是这并不是一个跳脱历史与社会的问题。在2000年至2005年的那场声势浩大的第二次巴勒斯坦大起义（阿克萨群众起义）期间，耶路撒冷的每个角落似乎都在爆炸，恐怖袭击一轮接着一轮——农贸市场、中心车站、公交车、市中心商圈、娱乐场所，这里的人无处遁逃，他们也没想过要逃。耶路撒冷是犹太人心目中永恒的家园，他们经过了两千多年的大流散和迫害，终于回到了应许之地，他们为什么要逃？

他们不逃，如果我在的话，我会逃吗？

2011年3月11日下午三点钟，耶路撒冷中央汽车站附近发生汽车炸弹袭击,三十九人受伤,一人死亡。我看到消息的时候在伦敦,急忙给身在耶路撒冷的他打电话。电话打了三次,他并没有接。打了第四次的时候,他终于接起来,语气非常平淡,告诉我他没事,不需要担心。那平淡的语气仿佛就像是他错过了一班公交车,只需要在站台上再等一下便是了。

他的家并不在耶路撒冷,而在南部距离加沙地带很近的阿什克隆。从加沙地区飞来的导弹和火箭弹、时不时就响起来的防空警报,对他来说早已像家常便饭一样习以为常。战火骤起、军队征召的时候,家里人翻出皱巴巴的旧军装、黑皮靴,背上行囊就走的时候,没有时间安抚崩溃大哭、神经衰弱的女主人。工作还要继续,生活还要继续,孩子还要上学,水电煤气还要缴费,心酸、流泪,就暂时锁进内心的小小角落里。十月怀胎、一日日亲手带大的孩子,在战场上一去不还。这些痛苦,也只能在每年几个固定的哀悼日里,和亲朋好友重温一下。更多的时间里,伤口还是要自己去舔舐、默默地愈合。

他说我是温室里的花朵,把耶路撒冷的生活当作是有趣的大冒险,他不相信我能够在这样的生存考验里面胜出,他觉得我无法跟得上他的步伐。

我还是日复一日地在耶路撒冷乘着公交车静静地端详这座城市,以及这座城市里面来来往往的人。他们的步伐都很笃定,面色都很平静。但是在这些笃定的步伐和平静的面孔下面,有多少伤痕,我看不见。

(十)

我写了一部小说,小说里的以色列人住在一座火山的山坡上。虽然他们住在火山附近,但是以色列人仍然会恋爱,会嫉妒,仍然希望升职加薪,仍然讲别人的八卦。

——阿莫司·奥兹

耶路撒冷是一个宗教与世俗交错的城市,经常让人应接不暇、感官错乱,在极端圣洁与极端俗态之间摇摆不定。你会在犹太人的哭墙前被他们流离千年的宿命所感动，一转眼就发现在这里钱包被偷；你会在周五傍晚的大犹太会堂里聆听一场如天籁歌剧般的安息日祈祷，一出门就被不打表的出租司机狂宰一刀。经常在这两种极端情境中摇摆游离的人，如果不是情绪管理得好，多多少少都会有精神分裂的症状——前一分钟还欣喜若狂觉得自己身在圣城如此荣耀，后一分钟就歇斯底里怨天尤人认为这里充满污秽。

我在耶路撒冷的生活，其实也充满了柴米油盐酱醋茶、电费税费煤气费这样接地气的片段。就比如我经常会在周五的上午从瞭望山坐一辆公交车，前往耶路撒冷当地非常有名的集市Mahane Yehuda采购蔬菜水果肉蛋奶禽，也会经常约朋友在集市里的咖啡馆里喝一杯。

Mahane Yehuda市场有一百多年的历史，希伯来语的意思是"犹太人的营地"。在这里有耶路撒冷最新鲜的瓜果蔬菜，是很多老耶路撒冷人和宗教人士经常光顾的农贸综合市场。每当周四的晚上、周五的上午，市场里就格外的拥挤，人头攒动、比肩继踵，为了迎接周五傍晚安息日的到来，大家都来这里采买，准备一桌丰盛的安息日晚餐和周六白天大家需要吃的两顿饭。

1997年7月30日和2002年4月12日，Mahane Yehuda市场遭遇了两场严重的自杀式恐怖袭击。恐怖袭击发生后很长一段时间，连耶路撒冷的本地居民都对此地望而却步，担心人口密集又向四面街道开放的市场会成为下一次恐怖袭击的目标。为了让市场重焕生机，市场商会主席决定在原有农贸百货的基础上，引入餐馆、咖啡馆等符合年轻人和外地游客口味的休闲娱乐场所。一时间，Mahane Yehuda市场里的各国美食小吃如雨后春笋冒了出来。

在这里的伊拉克市场，来自中东的犹太后裔在小餐馆前聚会喝茶，用阿拉伯语闲话家常，并有来自伊拉克的犹太人在一旁雕琢手工艺品；印度的Krishna素食咖喱店从店面装饰到食物装盘，让人仿佛置身印度，在以色列留学的印度学生对这家餐馆赞不绝口；意大利面餐馆门前的露天座位总是坐满了人，英式的炸鱼和薯条与阿拉伯风味的烧烤遥相呼应，狭窄的埃塞俄比亚杂货店里，有写满阿姆哈拉语的埃塞俄比亚啤酒和埃塞俄比亚女孩子们中意的各式假发。

　　我最喜欢的一家店，是一家由法国犹太人开的黎巴嫩美食店。虽然我从未去过黎巴嫩，却被店里的烤肉和陶罐蒸饭完全征服了。每一次有朋友来耶路撒冷探望，或在耶路撒冷认识了什么新朋友，我都会约他们到这家店。有一家自己喜欢并且可以推荐给朋友的餐馆，是一种很让人满足的感觉。这感觉就像自己也变成了耶路撒冷的老住客，开始有了自己偏爱的地方，像主人一样同别人分享。

　　与接连不断袭击着这个年轻而又古老的国家的战争和冲突相比，和平总是显得脆弱而短暂。在阳光明媚的日子里，坐在市场小巷里喝咖啡的人的脸上，却总是挂着一抹看似漫不经心但却无比淡定的表情。生活中的意外很多，所以为何不及时行乐、享受当下？生死有命，富贵在天，注定要发生的事情，就让它们发生吧。而在那之前，请让我们尽情地把生活中的每一分、每一秒都过好。

(十一)

不知不觉，在耶路撒冷度过了两个生日、两个夏天、两个冬天。每年生日的时候，我都会许愿，希望下一年的生日还能够在耶路撒冷度过。以色列右翼政治漫画家雅各布先生告诉我说，在逾越节的餐桌上，在犹太人的逾越节哈加达（Passover Hagaddah）的最后，都有这样一句话，"来年在耶路撒冷重建"，后来我们就把它缩减成"来年在耶路撒冷"。大流散中的犹太人在每年逾越节的餐桌上都会期待明年的逾越节能够回到耶路撒冷。"你有一个和犹太人一样的生日愿望呢。"

对雅各布来说，希伯来圣经中的故事为他的创作提供了源源不断的灵感，其中最耐人寻味的故事之一，便是在《圣经·旧约·以赛亚书》中所讲述的、被亚述军队围困中的耶路撒冷一夜。

在犹太人的历史上，经历过大卫王和所罗门王的繁盛，以色列王国分裂为北方以撒玛利亚为首都的以色列王国和南方以耶路撒冷为首都的犹大王国。公元前722年，亚述军队势如破竹地从北方南下，将撒玛利亚地的十支犹太部落悉数摧毁。在南方的犹大王国，所有城池都被亚述军队攻陷，只留下耶路撒冷一座孤城，被亚述军队重重围困。亚述王西拿基立给耶路撒冷希西家王传来口信，若不弃城，将生灵涂炭；若弃城，许诺犹太人在他地过上平静生活。先知以赛亚得到了神给希西家王的讯息：神将庇佑耶路撒冷，摧毁他们的敌人。那一晚，神派天使进入亚述的军营，一夜之间，十八万五千名亚述士兵死于非命。耶路撒冷的围困奇迹般地被解除了。

研究《圣经》的学者对于这一夜之间发生的事情有很多种不同的解释。一夜之间"击溃"亚述军队的，可能是瘟疫，可能是耶路撒冷人在水井中投毒、污染了亚述军队的水源，也可能是亚述军队得知帝国后方不稳后一夜撤退留下的传说。无论怎样，耶路撒冷被保全了。北边十个被亚述军队击溃、流散到世界各地的部落，至今未被完全找到。而耶路撒冷作为犹大王国唯一一个未被攻破的犹太首都和城市，则保全了犹太人的种族和文化。几百年后，正是从这支犹太部族中，诞生了耶稣。

"如若那一晚奇迹没有发生，耶路撒冷破城了，犹大王国的犹太人像北方十支部族一样，或被屠杀，或被迫为奴隶，或被遣散、流散至世界各地，从此杳无音信，那么今日将不再会有犹太教和基督教，而没有了犹太教与基督教的世界，又将会是怎样一番景象呢？"

是啊，如果那一晚奇迹没有发生，那么我们现在所生活的世界，将是一番完全不同的景象。说不定我也不会出生，更没有机会来到耶路撒冷，来见证目前我们所看到的这一条时间线上的世界。又或许历史在这些关键的节点上，早就发生了分裂，而我们只是诸多平行世界中的一个。在另外的世界中，没有犹太教和基督教。

我很喜欢听以色列人给我分享他们关于耶路撒冷的故事，因为从这些故事中，我慢慢解脱、慢慢释然——世界如此宏大，历史如此绵长，生活如此丰富，必然与巧合交织在一起，几千年的文明相遇、征战、和解，最后归于沉寂。而地处亚、欧、非三大洲十字路口的耶路撒冷，如此小的一座城，却成为了西方文明史上举足轻重的一座城，时至今日还因为文明的冲突成为世界的焦点、牵动着全世界的神经。

在如此狭小却又浩瀚的耶路撒冷面前，我自己的小儿女情长，是多么无足轻重的事情。

（十二）

2014年6月，我正式结束了在耶路撒冷的工作。在同一个夏天，土耳其的好友来到耶路撒冷探望我。我和她在2009年夏天的伦敦政治经济学院相识，当时她邀请我来年去她的母校萨班哲大学（Sabanci University）参加暑期学校和她一起疯遍伊斯坦布尔。我很仔细地查阅了相关的资料，最后还是在2010年的夏天选择来耶路撒冷希伯来大学。

我一直觉得人生是由成千上万个选择勾勒出来的，每时每刻人们都站在岔路口，做出各种各样的选择。有些岔路一旦错过，就无法再回头；另一些岔路就算是做出了不同的选择，也是殊途同归。随着年龄的增长，我发觉预测每一个选择背后所带来的无尽影响以及它所指向的未来方向，变得越来越难。但是更多的时候，我们已经不会在每个选择之后停下来仔细思考，如果当初选择了另外的岔路，现在的人生会怎么样。我想，这些成千上万的选择最后排列组合成的，就是所谓"命运"的东西。

"命运"是由"命"和"运"组成的。有些事情是无法改变的，自出生就决定了的，比如种族、样貌、潜能和天赋；而有些事情是通过后天的努力仍然可以改变的，比如人生的诸多重要选择。

2010年夏天的耶路撒冷，二十三岁的我遇到了同样年轻的他，谈了一场轰轰烈烈的校园恋爱，然而瞬间爆发的激情却完全无法抵御现实的障碍。我不是犹太人，不会讲俄语，不懂得他们的文化。在他的眼里，我始终是一个肩不能

扛、手不能提的独生女,只能被保护在温室,无法与他并肩奋斗。

我想他是对的,虽然这样拒绝的理由一时让人难以接受。他虽然是对的,但却并不是对的人。在我遇到现在的丈夫之后我才发现,其实文化、宗教、语言甚至是种族都不重要,重要的是两个人是不是成熟地爱着对方。

在遇到我现在的丈夫后,我搬离了耶路撒冷。他的家在耶路撒冷西部一个人口不足三万人的小镇上,这里到处都是小孩子的笑声和怒放的花朵。小镇的生活平淡无奇,并没有什么波澜壮阔的社会运动、历史变迁,最古老的建筑也只有三十多年的历史。每个周五安息日之前,我们都会在小镇上逛整整一大圈,或者在平日的晚上徒步二十分钟到隔壁城市的购物中心超市里,只为了买一罐东西。无论我做的东西好吃还是难吃,他都会坚强地吃下去,无论我的笑话有多冷,他都会非常配合地哈哈大笑。

本以为无法割舍的耶路撒冷,原来这么轻易地就被我放下了。我想,其

实这才是我想要的生活吧。但是如果我没有遇见那个他，而是先遇到了我的丈夫，这种平淡、踏实、没有波澜的小镇生活，我是不是不会珍惜呢？我想不是每个人都很清楚自己想要的究竟是什么，而或许当他们经历了一些事情之后，就慢慢懂得了。

  我想，成长是有代价的吧？谢谢耶路撒冷这座城市，让我学会珍惜现在所拥有的一切。

澳洲：年少时待过的地方，都代表着你的勋章

文/卢思浩

青年作家，墨尔本大学金融专业毕业，代表作《愿有人陪你颠沛流离》《你也走了很远的路吧》等。曾为电影《原来你还在这里》主题曲作词，同时担任电台主播。

Australia

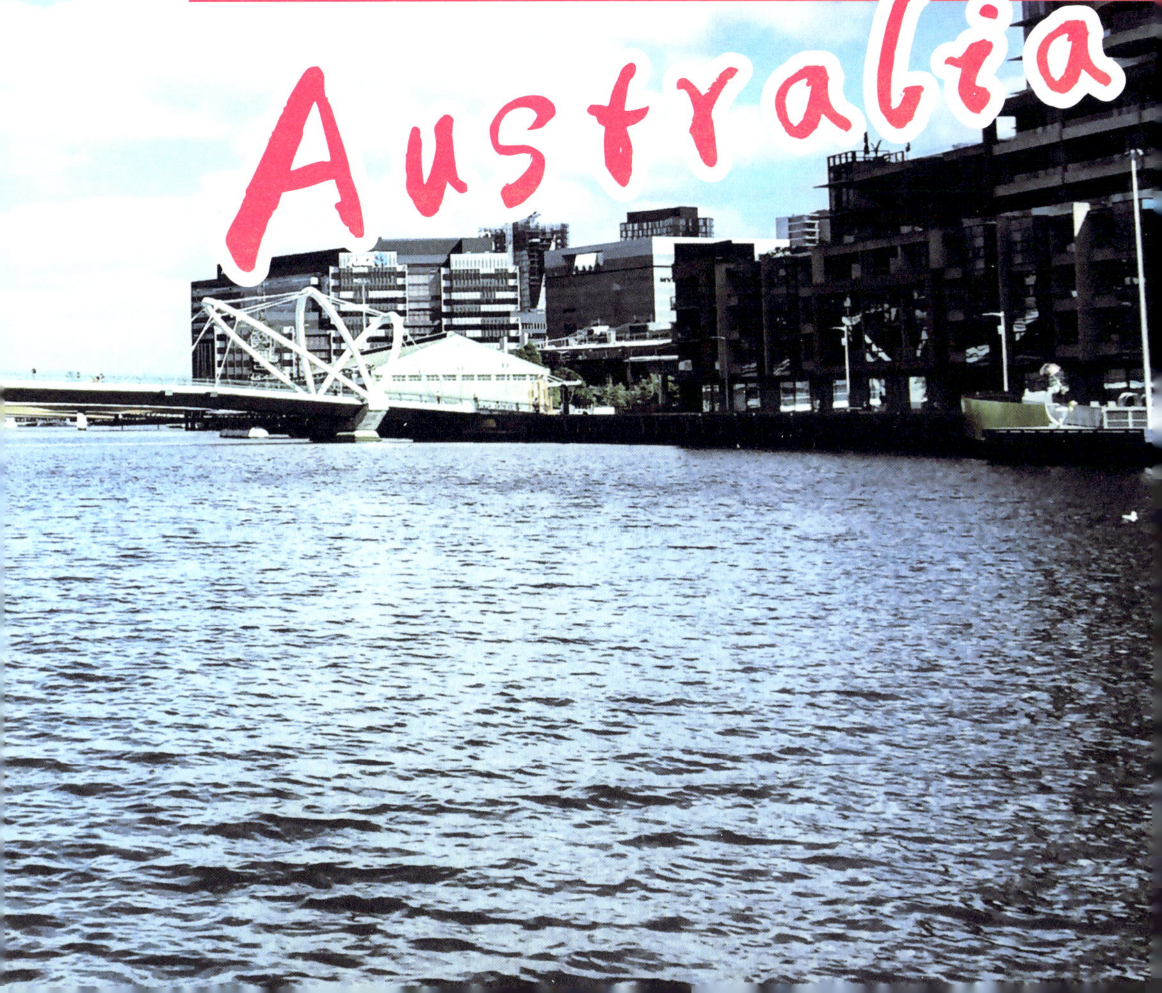

墨尔本

(一)

我从来没想过我第一次坐飞机就是要飞去大洋彼岸。

我也没有想过,第一次出国就是去留学,并且自己还没有满十七岁。

我来自一座小城,张家港。

在我还小的时候,这座城市实在谈不上富裕。当然我的家庭也远远称不上富裕,不过随着城市的发展,我也开始逐渐搬家。

小时候还经常去小岛玩,小学搬去了镇里,念着镇里唯一的小学。

初中终于搬去了市区,中考很幸运地考了全校第三,于是也考进了这座城市唯一的重点理科班。

说起来,直到现在我也不明白,为什么那时候的自己充满叛逆。

我并不是严格意义上的好学生,一颗想要恋爱的心蠢蠢欲动,自然也不喜欢学校的那些规矩。我偷偷带着手机,我不喜欢穿校服,我留着不算短的头发,穿着老师看不顺眼的牛仔裤。

或许我的成长过程中,一直在不停地搬家,一直在不断地远离小镇。

而这时候有两个想法在我心中发芽,一个是要写一本属于我自己的书,一个是我要去看看世界有多大。

信誓旦旦的我，压根儿没有想到实现梦想要这么难。

而在我的计划中，我想要去看的世界，是从美国开始的。

原因很简单，因为我喜欢看NBA，我喜欢姚明，更狂热地喜欢科比。

可去美国的开销实在太大，我父母并不同意我出国的想法。

但他们是非常优秀的父母，在我的成长过程中，他们从来不对我的想法加以否定，而是认真倾听，然后跟我一起分析利弊，最后让我自己去尝试。

后来想到了去英国，因为我有一个姐姐，我也说不清我们之间到底是什么亲戚关系，大概是我远方的堂姐。她比我大四岁，前几年出国了，剑桥。

我承认我的虚荣心被剑桥两个字击中了，于是一门心思地准备去剑桥。

可我递给剑桥的报名表，始终没有得到回应，雅思考了三次，三次都是7.5，却没有一次每门都过7。细细想来有些可笑，那时的我显得狂妄却又自负。

我自恃成绩优异充满信心，却不过是一个孩子的盲目自信，甚至自大。

那时我的的确确想要看看世界有多大，却压根儿没有考虑到自己有多渺小。

我天真地以为，只要我想去的地方，我总是能去的。

所以读到这里的你，大概也明白了：

墨尔本，并不是我的第一选择。

事实是，那时我压根儿没有考虑到澳大利亚。

（二）

2008年赶上全球金融危机，澳币一路贬值，我爸妈决定把我送去墨尔本。

我一万个不愿意，却也不得不面对现实。

那时的我也从没想过，如今的我会无比感激爸妈的这个决定。

出国那天，一家子送我到上海浦东，我用余光看到奶奶偷偷抹眼泪。

我突然想退缩了，可毕竟做了决定就要坚持到底，更害怕我的退缩会让家人失望。所以我一直微笑着安慰他们，大意是说没事啦一切都会好的又不是不

回来,你想我在国内上大学,不一样要离开家嘛。

其实我知道,这些话也是说给我自己听的。

到了机场我反而平静下来,我一点儿也不想哭,也没有即将开始新生活的兴奋。

我只一遍遍地跟自己说,这是你自己做的决定,是你要去看看世界有多大,所以你一定要坚持到底。你要学会一个人生活,你要交很多朋友,你要省钱省钱再省钱。

直到飞机快到墨尔本,降落前倏然打了一个圈,恰好可以透过窗外俯瞰这

座城市。有一块地方高楼林立，很久以后我才知道澳洲人称这里city，也就是墨尔本的市中心。往远处看，是一片又一片绿色，这就是墨尔本给我的第一印象：绿化特别好的城市。

可后来我发现自己错了，并不是这座城市绿化特别好，而是除了城区之外的地方，当地人尽可能地保护住了原生态。

说来好笑，在来墨尔本之前，我一直觉得墨尔本是个极端发达的城市，大概就跟我在电视里看到的曼哈顿差不多，但才来的第三天，我就学到了一个新名词。这个名词是我的第一个中国室友教我的：土澳。

这座全世界最宜居的城市，只有几条街道称得上繁华。

而我在墨尔本的第一个家，远在郊区。

我说的郊区，并不是离城市不远的郊区，而是真正意义上的郊区。

你能想象，我每天从郊区的家到city的学校上学，需要坐一小时的火车吗？

你没有看错，是火车。

这里的交通工具分为三种：train（火车），tram（电车），bus（公交车）。

好在年轻的我，很快就接受了这种设定，不就是坐火车上学吗……大不了每天早点起床呗。

但我还是低估了墨尔本的早高峰，我已经数不清多少次，生生没有挤上开往city的火车，也记不清有多少次，被挤在了最边上，脸被挤压到变形。

太可怕了！

这仅仅是我的第一个烦恼。

第二个烦恼很快接踵而来，就是我……迷路了！

在中国的城市迷路我就已经很慌张了，更何况我在大洋彼岸。那时没有智能手机，没有导航软件，凡事只能靠张嘴问，然而就当我找到路人想开口问路的时候，已经到我嘴边的地址，突然间不翼而飞。

上一秒还记得的地址，我居然就这么忘记了。

我还记得那时候是夏天，我急得满头大汗，我已经在同一个街道绕了三个圈了，怎么也找不到回家的路。无奈之下我只能回到站台，我唯一的希望，是房东或者室友恰好也从city回来，然后看到举目无亲束手无策的我。

我忘记自己等了多久，只记得汗水流到眼睛里刺痛的感觉。

在这期间，有好几个好心人停下来问我怎么了，我努力解释，试着回想我家的地址。他们很耐心地陪我一起回想，把附近的街道都说了一遍。

我听到一个熟悉的单词，从座位上跳了起来，没错，就是这个！

好心人看到我的表情，也跟我一样激动起来，跟我一起手舞足蹈，用力击掌。然后为我指明方向，并带着我走了一段路。到了路口分道扬镳，我说谢谢，他说"take care of yourself"，然后给了我一个拥抱。

这是我第一次对这个城市心生好感。

（三）

心生好感的事还有很多。

比如那时我每天都会出门跑步，常常遇到一样在跑步的人，大家都会相视一笑，有时还会互相击掌。久而久之，能看到好几个熟悉的脸庞，大家还会互相打招呼，仿佛是一种默契。

比如这座城市的咖啡文化：相比起略显商业化的悉尼，墨尔本显得更文艺些。咖啡文化是这座城市基因的一部分，在街道上走着，常常会路过好几个咖啡馆。这里的人们被切割成两块，上班时的忙碌和下班后的悠闲。黄昏时整座城市都不着急，没有人行色匆匆，大多数人手里拿着咖啡，跟身边朋友分享故事。

再比如城市中间有个州立图书馆，那是我经常去的地方。图书馆门口是一片草坪，天气好的午后，大家都会在草坪上席地而坐，或聊天或看书或玩着手机，周围是一群鸽子。

墨尔本的鸽子从来不怕人，有时你坐在那吃薯条，会突然飞过来一只鸽子，叼走你手上的食物。我想这一定是因为信赖感，因为这里的人们从来不会捕捉这些鸽子，所以他们才如此的肆无忌惮。

澳洲：年少时待过的地方，都代表着你的勋章

　　还有形形色色的街头艺人，街边都是他们的涂鸦。Bourke Street算是这儿最繁华的街道，车道只有一条，街道之间四分之三的部分供行人走路。在这条街上，我看过无数叹为观止的涂鸦和街头唱歌的艺人。我常会驻足，也不拿手机拍，只是听着这些音乐。

　　我觉得自己生活慢了下来，感受到了一种只属于我自己的生活节奏。

　　简简单单三个字，不着急。

　　不着急是种力量，你应该站在路边看风景的。我们应该站在路边看风景的，我们应该用心去感受身边的所有美好，感受那些陌生人带来的力量。太多时候我们不停地赶路，我们是如此的着急，想一步登天，想冲向目的地，忽略了身边的风景。

没有用心感受，因为我们如此的着急；因为我们如此的着急，我们变得如此的贫瘠。

这是墨尔本教会我的。

我想我开始喜欢上这座城市了，却没想到一年后我上大学，要去另一个城市。

澳大利亚的首都：堪培拉。

我思考了很久，在澳大利亚国立大学和墨尔本大学之间纠结，最后迷信排名的我，选择了堪培拉。当然另外一部分原因是因为当时的墨尔本已经有很多中国人了，逆反情绪严重的我，再一次做了小众的选择。

去一个中国人很少的城市，堪培拉。

堪培拉

（四）

那一年我从墨尔本去堪培拉。因为是从国内直接去的堪培拉，所以没来得及跟墨尔本的朋友好好道别，只是给室友发了一个简短的信息，他回复说，照顾好自己。

后来我整理邮件，才发现他给我发过一个邮件。那天是我的生日，我没有过，因为自己一个人。好像也没人记得我的生日，除了国内的那些好朋友在QQ上祝我生日快乐。

他的邮件写着：Happy birthday, everything will be OK.我说：Thanks, hopefully we can celebrate my every following birthday together.

然而想要一起庆祝之后的每个生日终究是不切实际的愿望，我们居然很久没有联系了。

或许因为墨尔本多多少少还是繁华的，也多少冲淡了我的漂泊感。

堪培拉，是让我明白孤独的一个地方。

这或许是全世界最不像首都的首都，你现在去街头问澳大利亚的首都是

哪里，大部分人都会在悉尼和墨尔本中做选择。事实也的确如此，在堪培拉我总是听到同一个故事：很多年前澳大利亚想要选首都，在悉尼和墨尔本之间僵持一下，索性在这两个地方中间选了一个小渔村做首都。这个小渔村就是堪培拉，这么任性的故事，倒也符合澳洲人随性的性格。

这个城市只有墨尔本的十分之一大，这里的城区只有一个大型商场，这里的夜晚不像墨尔本车水马龙。有好几次深夜我从图书馆出来，都会暗自害怕，因为整个城市看着空无一人。

唯一稍显繁华的地方是24小时的麦当劳，那是我们学校附近唯一一个24小时不关门的地方。

而我跟这个麦当劳的缘分，才刚刚开始。

有人说，如果你想体验文艺的生活，那你就去墨尔本；如果你想感受南半球特有的繁华，那你就去悉尼；如果你想要静下心好好学习，那你就去堪培拉。

之所以要这么说,实在是因为堪培拉没有娱乐的地方,夜店只有一家(当然我也不去),唯一能放华人音乐的KTV要开车一个小时,你会突然间发现除了图书馆,竟然没有地方可去。

我为了省钱,租的房子离学校特别远。

在墨尔本是要坐一小时的火车,在堪培拉是要坐一个半小时的大巴。从某种程度上来讲,这倒不怎么难熬。我几乎是从始发站开始坐车的,所以很多时候都能有座位。在车上坐着可以做很多事情,司机开得很慢,我就在车上悠闲地看书。看得累了,就塞上耳机闭着眼睛听音乐,从来不害怕坐过站,因为每次我醒过来才刚开了一半而已。

堪培拉这座城市,常常下雨。

在我印象里,除了我自己的家乡常下雨以外,另一个常下雨的城市就是堪培拉。

但这儿的雨通常都下不久,又或者毫无征兆。刚刚还有阳光,下一秒就一阵小雨,索性我也不带伞。只是有一次我记得很清楚,我从家出发去车站,会经过一条林荫小道。这条小道兴许很多人走过,在草坪上有一条不太明显的道路。我这天也是戴着耳机走着,却突然一阵小雨。走过小道转过弯,发现一只流浪狗。或许说流浪狗不太合适,它虽然浑身脏兮兮的,但是脖子上有一个项圈。我想它大概是走丢了吧。

一人一狗在雨中对视许久,我突然想到了一些什么,从包里掏出一根火腿肠喂给了它。接着我也没多想,原谅当时还住在别人车库里的我实在没有余力再养一只小狗,只能狠狠心往车站走去。

也因为我戴着耳机,我没有注意到身后发生了什么。直到我坐上车之后,旁边的乘客拍拍我的肩膀,指了指我的身后。我才发现狗子一直在追着车跑,有那么一瞬间,我想冲下车去拥抱它。可又想到错过了这班车,我上课肯定会迟到。就在犹豫间大巴拐了个弯,再往后看,狗子不见了。

我不知道它是不是很失望,我想它一定迷路了很久,才遇到了我。

"对不起。"我在心里说。

我想,我们都是在这座城市独自生活的人,放学后我一定要找到它。我一直寻找了三天,甚至在周六的下午等到晚上,却再也没有见过它。

我现在过得还不错,我希望它也是,它等到了自己的主人,开开心心地跟

着主人回家了。

　　对于校园生活，我倒是还能适应。英语的底子还不错，学习的东西我也很喜欢，倒也不觉得枯燥，反而很有动力。我一直赖在图书馆，很晚才回家。有好几个夜晚，因为错过了末班车，就在通宵教室里坐一整晚。

　　我熬夜的习惯也从那时发扬光大，变成了通宵。

　　很久以后我才明白，我之所以赖着很晚不回家，不是因为我真的那么热爱学习，而是因为我不想回家。我讨厌那个孤独的自己。

　　那时为了省钱，住在别人家的车库里，房东对我很不错，可生活习惯的不同加上文化差异，实在没有办法找到共同语言。而我又是一个不善言辞的人，也不太会交朋友。这跟我的想象完全不同，我一直以为我是一个很能聊天的人，也很容易跟别人打成一片。

　　但其实我是一个不善于交际的人，一来我不懂得怎么展现自己，二来因为我住得远，很多社团活动我实在没余力去参加。

　　偏偏这时国内的好朋友也开始各忙各的事，从前可以聊通宵的QQ群逐渐变得悄无声息，而微信这玩意儿还没有出现在我们的生活里。我能跟大家交流的方式，只剩下打越洋电话。我一咬牙买了"一百刀"的专门打回中国的电话卡，算着时间算着账单跟家人跟朋友打电话。

　　可后来刚想说什么事情的时候，或者是刚聊到兴起，电话那头的人就有事要挂电话。而他们空闲下来的夜晚，因为时差，我通常都进入了梦乡。即使是那些我熬夜通宵看着天亮的夜晚，我们也说不了太久的话，因为很快电话卡就会用完。

　　我开始被迫接受孤独的生活。

　　其实那时我很讨厌孤独，没有朋友的我显得那么独来独往，又显得我那么形单影只。吃饭的时候大多自己一个人随便应付，周围都是三三两两聚在一起，有个邪恶小人开始在心中成形，他跟我说，你看你这个人怎么这么可怜，别人看你的眼神都写着同情。

我的正面情绪常常被这个邪恶小人打败，我开始闭门不出，我开始避免跟人交流，我开始厌恶起所有的社交软件和电话，因为这些只能提醒我离自己的家，离自己的亲人，离自己的朋友隔着大洋彼岸的距离。

即使我们互相关心，也很难彼此感受到。

唯一的安慰，是音乐和电影。

我给自己定了一个"Happy Friday"，每个周五回家我都会去超市采购最便宜的汽水，最便宜的薯片，最便宜的零食。拎不动了就抱着，一路飞奔回家，把房间的灯全部都关掉，开着电脑，开始看自己喜欢的电影，看完后打开喜欢的音乐，听着睡着。

我想我是脆弱的，因为那时我身边必须有一点光亮，电灯太亮，台灯太远，放在一边的电脑刚刚好。而我必须听着声音睡着，否则我脑海就会胡思乱想，浑身陷入黑洞，而电脑兀自发出的电影台词或者是音乐，是连接我跟现实的绳索。

这样的日子持续了整整一年。

我在这个车库也住了整整一年。

人是因为有力量而强大的吗？不是的。

人是因为脆弱强大的。

因为脆弱，所以不得不成长；因为脆弱，所以浑身是伤。

到最后，这些伤变成你的勋章，记录着你的成长，变成你的力量。

深知脆弱的人，才能懂得怎么恰好的力量能够保护自己。

这是一种内敛的力量，所以根深蒂固。

这一年，我思考了很多，不停地在负面情绪中挣扎。

好在我做的唯一对的事，就是在负面情绪扑面而来的时候打开电脑写东西。

我把所有想说的，所有的难过和快乐，都写了下来。那整整一年写的东西，我没有给任何人看过，到今天也没有人看过。只是在写作的过程中，我能感受到有种东西在释放，而另外一些东西正在逐渐成形，那是我对抗孤独和麻木的力量。

因为写作的同时，我在跟自己的内心说话。

一遍遍地自我拷问，一遍遍地梳理情绪，又真真正正地在写完一篇文章后觉得开心和充实。

我想起来了，我想起我为什么要在这座城市生活了，是因为我想看看世界有多大，是我想尝试各种不同的生活，这是我的初衷。

因为这个愿望，我不能就此倒下。

（四）

一年之后我决定搬家。

一是因为学业开始繁重，我想住得离学校近一点，恰好有个同为中国留学生的朋友在招募室友，经济压力也没有那么大；二是我知道我不能这么下去，这一年来我在蓄力，我在扎根，我在找到跟自己相处的办法，找到了，我就该去经历另外一种生活了。

在搬家前，我抽了一个下午，漫无目的地在家附近走着。

我去了那个车站，我在林荫小道旁坐了很久，我最后一次去了那个便利店。老板一如往常跟我打着招呼，问我最近的情况怎么样，我说我要搬家了，他露出难过的表情给了我一个拥抱，还给了我一个联系方式，让我以后一定要联系他。

这是一个温柔的人，我想，我也要变成一个温柔的人。

然后顺着路一直走，遇到红绿灯了，哪个方向的绿灯先亮起来，我就朝着哪个方向走。

这是我的告别仪式，听起来很奇怪，但我知道这或许是我这辈子唯一一次有机会走这条街道了。我不想想太多，我只想当一阵没有名字的风，吹过没有名字的街道。

而我是一个不喜欢拍照的人，却一反常态地拍了很多照片和细节。

一路走到天黑，我在一个公交站台停下脚步，莫名地有点难过，看着走过的路，心想原来不知不觉我走了这么远。我看着站牌，摸索着回家的路线，心里说，再见了，或许再也不见了。

搬家是一件麻烦的事儿。

你永远不知道自己买了多少没用的东西，直到你搬家。

但每一件东西我都舍不得扔，因为它们都印着一段回忆。比如有件我以为早就丢了的毛衣，那是我在国外买的第一件衣服，还记得我挑了很久，久到售货员都觉得奇怪。我窘迫地挠挠头，终于下定决心问，这里最便宜的毛衣是什么。她并没有表现出可怜，也没有表现出鄙夷，一如往常神态自若地给我推荐了这件毛衣。晚上我跟我妈QQ视频，我妈说澳大利亚冬天了，从国内带过去的衣服肯定过不了冬天，你记得去买点衣服，别心疼钱啊。

我怕我妈担心我过得不好，赶忙拿出这件毛衣给我妈妈看，说别担心我知道怎么照顾自己。

我妈又问，钱够用吗？

我没有一丝迟疑，说，够用的，放心吧。

又或者是一个龙猫的娃娃，那是一个新生欢迎会上，一个同为留学生的姑娘送给我的。

我事先并不知道华人举办的欢迎会上会有互送礼物的环节，而我又什么都没带，是这个姑娘看穿了我的尴尬，走了过来递给我这个龙猫。

她说，我正好有两个龙猫，一个给你，一个我自己留着，就当我们互相交换过礼物啦。

而那时还很木讷的我，竟然忘了问她要联系方式。

这些东西我都留着，只是扔了一些本子和日用品。

这导致我在搬家的时候因为行李太多太重，来来回回搬了四次。每次运一个大箱子去新家，把东西卸完之后再回去。我是一个不愿意麻烦别人的人，能麻烦自己的事情绝对不麻烦别人，所以室友要帮忙我也拒绝了。搬家搬了四个多小时,终于搬完,跟房东告别,跟屋子告别。

我要继续往前走了,但路过的地方,住过的房子,走过的街道,我都记得。

在堪培拉的第二年,我告别了独居生活。

有了一个很好的大连室友。

(五)

我这个室友,特别特别会做饭。

而我恰好是完全不会下厨的典型,搬家第二天,他就提议一起做饭。

好吧,我那时连挑菜都不会,一脸懵逼地跟着他逛完菜市场,也不好意思跟他说我从没下过厨。做饭时我硬着头皮开火,烧水,浇油,结果炸了锅,油撒了一身。

室友一边哈哈大笑一边说第一次下厨吧,我只能不好意思又一脸歉意地点点头。

我就这么开始了我的做饭生涯。

一个月后我的室友才能不皱着眉头吃下我的饭。

我一直很感激我这个室友,他跟我性格完全不同,总是带着我认识各种朋友。我也因此在堪培拉有了自己的朋友圈,闲暇时我们一起玩三国杀,又或者是在周六晚上在楼下的活动室聚会。我喜欢篮球,楼下有台大电视,我们常常就聚在一起看球。那一年是湖人衰落前的最后一年,虽然打入了季后赛,还是被淘汰出局。

那天晚上认识的不认识的都聚在一起,一边喝酒一边说着关于科比的回忆。

我第一次发觉,全世界的人都一样,一样会为了同一个人疯狂,在这件事上,不分国界。

我终于过上了出国前憧憬的生活。

一切终于步入正轨,我遇到了很好的朋友,很好的姑娘,我们常常一起喝

醉,又一起去图书馆占位置。又突然间热血一起去看日出,到了山顶却一场大雨。回来的时候室友有些歉意说,不好意思一大早拉大家来看日出,下次我一定查天气预报。

我说,这有什么关系,有些事我们可能一辈子也不会做第二次了,重要的是此时此刻,我跟朋友在一起。

其实年轻时做的事情大多都没有结果,甚至没有意义,但因为跟朋友在一起,所有事情都变得热血浪漫起来。

那是我们最好的年纪,我们光芒万丈的青春。

当然有时也会遗憾。

我想起我在墨尔本的时候,压根儿照顾不好自己,但身边有一个特别好的姑娘,她一直陪伴着我。我们始终没有在一起,因为我在出国前就有一个很喜欢的姑娘。

那天我在墙上贴上海报,买了一个新的台灯,整理好自己的桌子,把喜欢的书都放在了一起,开始给自己做饭。

我突然想:为什么等到有一天你有能力照顾好自己、照顾好别人的时候,那些曾经在你什么都不会的时候照顾过你的人,都不在身边了呢?

(六)

我很想告诉你,我在堪培拉做了很多惊天动地的事儿。

可我没有。

我只是学会了做饭,学会了照顾自己,学会了不去抱怨,拥有了出国以来最真诚的几个朋友。

除此以外,我什么都没做。

当然说什么都没做也不太准确。

进入大学以来,我在学习上开始有点吃力了。本来听一堂课就能跟上的内容,我得下课后反复阅读。我没有什么好办法,只能多花时间在图书馆。每天晚上八点在学校附近吃完饭,就跟小伙伴去抢自习室的位置。澳大利亚国立大学的自习室,其实也就是电脑室,我一边用浏览器找音乐一边把notes都打印下来,做笔记。

到期末时,我们变本加厉,几乎整天都泡在学校。但由于我们都是不同的专业,需要去查的资料都不一样,也就彼此分散在几个自习室。

不知道大家有没有考研的经历?

考研的同学们每次去图书馆,都像是有了默契,有一个属于自己的座位。

我也是,我常去最靠近走廊的电脑室,坐在电脑室里最里面的位置。我记得很清楚,有一个姑娘每次都跟我差不多时间到自习室,也每天差不多时间走。我们从未说过一句话,却有了默契,谁先到了都会为对方占位置,然后对彼此说一句谢谢。

临考前最后一天,她递给我一袋饼干,对我说了句:"加油。"

我说:"你也是。"

这就是我们两个全部的交流,却让我觉得有力量。

这世上有一些人,他们不用说话,你们不用交流,甚至你们也不太熟悉,你却能听到她的声音,感受到她的力量。

就这样,我毕业了。

每天白天去图书馆,每天半夜回到房间写作,空闲时跟室友一起做顿饭等朋友来玩,天气好的时候坐朋友的车绕着城市开,兴致来了就一起去打篮球。就这样一天天一月月一年年,我竟然毕业了。

听起来很无聊是不是?

其实我的大学生活就是这样,也不是没有闪光点,比如跟朋友一起喝醉漫无目的地走在街道上看日出,比如有次见义勇为从澳洲当地人手中救下一个被调戏的中国姑娘,比如也一个人去了大堡礁,一个人玩潜水感受大自然的魅力。

可也仅仅如此,这样的时间大概只有三分之一,剩下的三分之二无比冗长。回忆起来像是沉

默的黑白电影，我的身影出现在打工地、家和学校三点一线之间。

所有伟大的事情，都是在平淡中一点点磨出来的。

当然我做的事算不上伟大，但所有的成长，都是这么一天天磨出来的。

是每次我遭遇失败后站起来总结而又重新出发，是我经受了漫长的孤独终于找到了志同道合的朋友。我想如果我不走完这么一遭，不经历这样的人生，我永远不懂什么是最珍贵的。

什么是最珍贵的？你热爱的事情，陪伴你的朋友，和无条件爱你的家人。

毕业之前我没有什么实感，我甚至认为我不会怎么伤心。

毕竟也算是大人了，我妈妈从国内过来参加我的毕业典礼，我得去悉尼接她。远远地在机场看到她的时候，我就想哭。这是我最爱的人，却因为我的任性，在我成长最快的那几年，我没能陪在她身边。好在这些年，我成长的也算不错，没有辜负自己，这样我妈妈也会开心吧。

我是一个羞于表达自己的人，我从没跟我妈妈说过我爱你，步入青春期之后也再也没有跟我妈牵手逛街或者拥抱过。

我跟妈妈保持着一定的距离，不远，伸手就能够着，但多少显得不太亲密。

但我想她一定知道我很爱她。

在悉尼带着我妈妈去逛了歌剧院和Darling Harbor，我第一次发现我妈像个孩子，对一切都充满新奇。我突然意识到，我妈妈怎么可能不向往外面的生活，美丽的风景谁不想去欣赏？只是她的生活重心变成了我，她想要给我更好的生活，所以放弃了内心的这些渴望。

如果有一天你为了梦想要离开最爱你的人，请告诉自己，一定要带着最好的自己回去。

然后我带着妈妈坐大巴，一路跟她介绍这些年的所作所为。

我妈妈笑着说，我儿子长大了。

我突然鼻子一酸。

但我没有哭，我以为我毕业后也不会哭。

可没想到毕业典礼前一天我哭成了傻逼,那时我整理行李,终于意识到这次离开,就真的是很长一段时间内回不来了。这些习以为常的风景和生活,很快就要离我远去。

堪培拉,我把我的青春献给你。

实话是我一开始对你毫无好感,你太无聊又不方便,没有墨尔本的文艺也没有悉尼的繁华。没有地方可以放松心情,却又偏偏学业繁重压力压在肩膀上。

你也没有很好看,这些年街景一直没有变化,整座城市没有超过五层楼的建筑。第一年你让我体会到了深邃的孤独,从家到学校时不知道看到了多少次袋鼠。学校的湖里有很多鸭子,好几次路过的时候我跟它们对视了很久。

你最糟糕的就是晚上睡得太早,你知道有多少次我深夜从图书馆回家时有多害怕吗?你知道有多少次我想要吃东西却得走半个多小时去那个麦当劳吗?

还有,为什么身为一个首都,你没有国际机场?我每次回国的时候都得从堪培拉一路坐三个小时去悉尼机场,所以我每次都在麦当劳通宵整晚,因为最合适的大巴时间是清晨四点。

你知道吗?

我想对你的抱怨可能一天一夜都说不完,可我什么都不想说了。

因为我意识到,我是爱你的。

我最宝贵的几年都是在这里度过的,遇到了很好的人,学会了跟自己相处。接受了时而无奈的自己,也常常看着城市苏醒。我一遍遍地问自己,来到这里到底有什么意义。终于学会不去追寻意义,要做一些很酷的事情,比如好好学习,比如写出属于自己的一本书。

因为这座城市让我沉淀了下来,很多人可能一辈子都没办法跟自己独处,我却在别人家车库里住了整整一年。

那时我跟Faye聊天,她说自己最难过的时候在缅甸住了七天,那时觉得自己糟透了。然而回忆起来的时候,却惊讶于自己的忍耐力,一个人情绪糟糕又在一个陌生的环境,竟然能找到方式生活下来。那么现在把我随便扔在一个地方，我也一定能找到方向，好好生活的。

这就好像我的这些年一样，经历的时候总觉得糟糕又无聊，回忆起来居然是最有趣的时光。

有什么比在一个完全不属于自己的城市找到归属感更有趣呢？

我一直以来都有着一个野心。

我想要我的世界有些不一样，我想要一个人好好看这个世界。

终于我回想起来，我的的确确做到了，尽管这过程跟我想象的截然相反。但这些平淡和孤独，才是生活本身。

（七）

然后呢？

然后我回到了墨尔本读研究生，强行延长自己的学生时代。

好吧，我承认，我是想在墨尔本多待两年。

大概也因为到了年纪，但凡聚会，总是聊着关于未来的打算。

有的人准备回去，有的人决定留在这里。我说我来澳洲这么多年，还是准备回去。朋友们总是歪着脑袋看着我，一脸不可思议地问我，那你为什么还要在澳洲待这么多年？

为什么在澳洲待这么多年？

其实连我自己都不知道该怎么回答这个问题。

首先让我说一下我回墨尔本之后的生活吧。

经历孤独的时候，我还年轻，所以无法适应，所以心情低落。这一次回墨尔本，我却主动选择一个人生活。

要经历这样的转变并不容易，但一旦习惯一个人生活了，却也能发现不少好处。

我身边有很多跟我一样独居的朋友，聚在一起聊天，除了讨论梦想和未来去留之外，竟然会分享起独居心得。人人都有自己的怪癖，我喜欢半夜听着歌做饭,有个女性朋友喜欢一到家就脱衣服,每走一步脱一件正好走到浴室洗澡,另一个人养了仙人掌,睡前会跟仙人掌说话。

我们谁也没有嫌弃谁,也并不惊讶,仿佛独居的人没有怪癖才是奇怪的事。

也有朋友说,如果两个人生活了,倒是要把所有的怪癖收着,无论两个人多相爱,势必要做一些牺牲。跟现在自由自在的生活比起来,跟别人一起生活反而困难得多。

在堪培拉的时候,我一点都不想回家哪怕要在图书馆枯坐整晚,在墨尔本了繁华了也有很多国内就认识的朋友来了墨尔本,我反倒希望所有的局都快点结束。

我迫不及待想回家一个人看电影一个人写写东西,再把家好好收拾一遍,开瓶可乐开始写作。

习惯一个人生活之后,反倒觉得日子长了起来。

这并不是指日子长得让人难熬,而是我能把一秒钟过成一分钟。脑袋里咕噜咕噜冒着各种气泡,感知也变得更敏锐。沉浸在一件事不去顾及其他,终于忙完以为过了很久,却发现还有时间出门跑个步。这种喜悦无异于摸摸裤子口袋发现了五块钱一样,所有的时间都是老天额外赠予给我的。

后来我仔细想想,大概是因为跟别人相处的时候,我太不安了。我既担心自己表现得不够好,也无法忍受跟我完全没有共同语言的人在我面前唾沫横飞,却又因为社交礼仪,我又不得不耐着性子听下去。除非是跟好朋友在一起,否则我会觉得浑身不自在。脑袋里思考的事情都不属于自己,便得不到快乐。相处的时间自然是漫长的,可回到家后却发现该要睡觉了,日子又短了起来。

当然一个人生活还是有坏处的。

比如当你丢了钥匙之后,竟然一时间不知道去哪里。那天我坐在火车站的门口,却不知道怎么办,干脆盘腿坐下看星星。对了我有没有跟你说过,墨尔本的夜晚,抬头可以看到银河?

其实关于墨尔本的这段生活还有很多可写的。

比如我终于生病啦，第一次在国外住院，医生护士都对我很好，很多专业名词我一点都听不懂，是他们耐心地跟我解释；比如我出版了《愿有人陪你颠沛流离》，看着自己的读者一点点变多，我却没有什么实感，因为在大洋彼岸，每天出门依旧没人认识我，抬头看天空依旧是那么蓝，远离喧嚣，一切都没有变；比如我去海边看了一次日出，跟朋友在沙滩上写自己的名字。

但不知道为什么落笔的时候，总想到那个独来独往戴着耳机的自己。

如果这是一部电影的话，观众大概会大骂无聊了吧？说好轰轰烈烈的爱情呢？说好在异国他乡认识很多国外友人呢？怎么都没有？

是啊，都没有。

可是我找到了属于自己的生活节奏了。

这种生活节奏能够保证我在全世界任何地方生活下去，并且能活得还不错。

比起刚出国的那个我，我变得更平和了，我接受自己的无能为力，也接受自己不是学霸的事实，我接受自己不是那么善于言辞。

同样的，我也接受孤独的生活方式。

我想每个人都是一样的，因为年轻，所以想去远方看看。

结果灰头土脸，结果鼻青脸肿，非得要走过这么一遭，才能学会一个人生活。

只要心是孤单的，到哪里都是孤单的，你要去看过世界辽阔，翻越过那个山顶，才能明白内心的空洞，是自己去填满的。

我终于能够从自身得到力量了，无须跟他人比较，也无须从别人的称赞中汲取安全感。

我自己就是我自己的安全感。

恰好在墨尔本这个地方，你无论选择什么样的生活方式，都没有人会指责你。

你是什么肤色，你是什么打扮，你在街头坐着做什么事，你都不会遇到异样的眼神。

正因为这个城市有着各式各样的"怪人"，反而让我心安理得起来，因为自己的"怪"在这座城市里也并不突兀。

没有人会强迫你接受他们的价值观，这便是我最喜欢墨尔本的地方。

而我路过的每个地方，经历过的每件事情，生活过的城市，受过的伤遭遇的苦，都变成了我的勋章，变成我的力量。

这样的东西会跟随着你，无论你去哪里，那都是属于你自己的力量。每个人的生活，便都是这样的过程，不尽相同又多少相似。我们都在漂泊的时候犹豫过，我们都为了一些而放弃了另一些。而正因为我们放弃的这些东西，才让我们明白现在拥有的有多可贵。走上去，去你想去的地方；爬上去，去你想要的高处。看得远了，也就平和了。看得多了，也就知道如何选了。

写给每个在异国他乡生活过的人。

写给你。

哥本哈根的四季

Copenhagen

文/黄睿敏

前媒体人,现旅居丹麦。

　　出租车离开卡斯楚普机场，开往我在德拉沃预定的旅店。后备厢里塞着两个拉杆箱，四十六公斤整，一两不多一两不少，这是俄航的行李托运定额，里面装的是我的全部家当。我望着窗外陌生的风景，那是五月的最后一天，丹麦天气最好的时候：天空是没有一丝杂色的蓝，森林和田野是深浅不同的绿，色彩饱和度之高，仿佛勃勃生机快要从中溢出来；路边高高的林木之后藏着红色、黄色和白色的野花与房舍，与金色的阳光一起跳着舞。我有点不相信这里将成为我的家乡，我甚至很长时间以来都不相信这些纯净的色彩存在于现实中，而不是小时候看的日本动画片虚构出来的。

　　之前一年我正在所谓的"宇宙中心"五道口工作，常上夜班，下班后早上七点多，步行一公里搭13号线回龙泽的出租屋。迎着早上上班的码衣与白领的人流，他们多数衣着光鲜却面无人色，周身散发着起床气和地铁里被挤成罐头的戾气，如果你不小心碰到了谁（以那个时段五道口街道上的人口密度实在难免），可以期待飞来的白眼或是低沉的吼叫。人流像是被某种暗黑力量支配着无意识地往前走，直到不可阻挡地拥进一座座高耸的办公大楼。在一个PM2.5高于200的日子里，这些大楼的顶端都隐没于灰色的烟雾中。有一天，我仿佛看到上早班时的自己正迎面走来，在这末日僵尸片的场景里麻木不仁地前去上班。这是我决定逃离北上广的时刻。

我只想要幸福快乐地生活。当年联合国的统计说，丹麦人民是世界上最幸福的，我同时刚好看了一本写朝鲜的书，书名也叫作《我们最幸福》。没有多想我就选了前者，提交了绿卡申请。2013年春节过后第一个工作日就接到使馆电话让我去取护照。翻开护照是一个丹麦签证，要求六个月内入境，联想到加拿大移民一等好几年，这移民节奏推进之快竟让我有点措手不及。

这时刚好在北京找到一份还不坏的新工作，赶紧告诉老板不去了。定了俄航的机票，只因为托运行李定额高达四十六公斤。入关时心里有点忐忑不安，还在觉得一切都是自己的一场梦，直到海关的老先生连护照都没多看一眼，"砰"的一声盖上了大印，于是我飞快地溜进了关。

旅馆是一座古老的白色砖木结构的农舍，我惊异地发现屋顶是由整齐的干草砌成的。不可思议自己竟然幸运地住进这样的老房子，后来发现这样的房子在丹麦乡下随处可见，丹麦是欧洲干草屋顶的房舍保存下来最多的国家之一。这种干草屋顶在别国日渐消亡，并不是因原始简陋而被时代淘汰，实际上这样的房子不只看上去满是田园风情，而且冬暖夏凉非常舒适。原因无非是一个"贵"字：砌屋顶是劳动密集型的工作，在欧洲当然是贵；干草易燃，导致保险费贵；此外工业革命后农业收割方式的改变，也让可用的干草越来越稀缺了，英国和德国早就需要从中东欧进口干草，好在丹麦还能勉强自给。

与农舍隔了一条马路是个小牧场，两匹马在里面闲逛。我一头栽进农舍顶层的舒适干净的小房间里，两个箱子也是勉强挤进房间，然后就睡得黑天昏地，直到听到"嘀嘀"的声音叫醒我。迷茫中想分辨是什么电子产品，隔了半天突然意识到这是真正的鸟儿在叫。那一刻，感觉自己僵死的灵魂在大自然中开始复苏、发芽。以前的一切像是误入了僵尸片的片场，如今终于开始淡去了。

（一）安家阿毛厄岛

我一个人在旅馆花园里闲逛，其他客人们都是一大早就动身离开，抓紧假日的每一分钟去品味哥本哈根，只剩下旅馆老板在打理花园。园中有一棵大树正开满槐花一样的花朵，只不过颜色是金黄色的。老板告诉我这树的名字在丹麦语里叫作"金雨"。不像槐树那么香，而且剧毒。这名字实在是贴切到形神兼备。

我是个只顾享受眼前，把问题拖到不能再拖时再解决的人，包括最重要的住房问题。好在旅店老板娘，一个严肃的英国人，觉得解决客人的问题是主人的义务，过来问我在丹麦的打算是什么，我告诉她首先要找房子住，她想了想说："可能，我有个朋友有个房间可以租给你。她叫黛比，头发染成紫色，看着可能有点怪，但她绝对是个大好人。"

第二天黛比便与她的先生约翰一起出现在旅店，她和旅店主人夫妇一样来自英国，在丹麦待了几十年了。我们全都坐在草地上晒太阳，愉快地聊着天，黛比胖胖的，有一张丘比特一样的脸，雪白的肤色衬着紫色的卷发，不时发出"哎呀呀——"的感叹，让我想起狄更斯小说里的人物。

午后明亮的阳光和蓝得惊人的天空都让人有点睡意蒙眬。黛比脱下外衣，只穿着比基尼胸罩卧倒在草地上，仿佛是在海滩上。后来我发现这在丹麦其实最正常不过。每个晴朗的夏日午后，全哥本哈根大大小小的草坪上，都会铺开一张张野餐毯子，上面横陈着苍白的肉体，男的赤裸上身，女的只穿比基尼，甚或趴在毯子上然后把胸衣也从背后解开，徒劳地想用北欧珍稀的夏日阳光把肤色晒黑一点，然而总是没什么用，最后往往还得花钱求助美黑店的紫外线灯。哥本哈根其实海滩众多，但公园绿地更多，就算是公寓楼前后也一定会有大片的草坪，要享受阳光的话实在是比去海滩方便太多。

6月5日我搬进了黛比家，那天是丹麦国庆日，所以我会记得这日子。公交车上都插着两面小国旗，街道上感觉懒洋洋的，大概是所有的商店都关门休业的原因。我拖着大行李箱找路时，一个给我带路的老太太用勉强的英语给我解释，这一天是纪念丹麦颁布了一项法律，非常重要非常好的法律。我一头雾水，后来查书才明白这一天是纪念丹麦的第一部宪法生效。奥登堡家族是欧洲最古老的王室之一，从1448年开始把持丹麦王位，不过到了1849年，一些代表在几千市民的簇拥下来到王宫广场，向国王费德烈七世请愿，要求废除君主专制实行宪政，国王很痛快地回答，那成，以后这个国家归你们管了。丹麦就这样变成了君主立宪制，没有流血冲突。到今天丹麦人还热爱他们的王室，支持率总在82%到92%之间。而私人生活中丑闻不断的费德烈七世，成了丹麦近代君主中最受人们爱戴的一位，他对权力拱手相让，却没有人指责他"不是男儿"。在1849年6月5日宪法的基础上，丹麦人后来还对宪法进行了几次修改，明确了包括言论自由、私人产权等公民的基本权利，当年肯定没人能想到这将惠及于我这个未来的中国移民。丹麦人对于宪法的态度非常认真，把立宪的时间作为国庆日纪念，而每部宪法的原件，都锁在丹麦议会所在地的克里斯蒂安堡二楼走廊上的玻璃框里，供世人观瞻。我去参观时，国会正在讨论某项新法案，据介绍某个席位是属于宪法律师的，他们在场的目的是确保每一项新的法令都不会与宪法冲突。

黛比的公寓位于阿毛厄岛，是西兰岛南边的一个小岛，几座桥梁跨过狭窄的海峡，把它与哥本哈根的主城区连接起来。16世纪一些荷兰农民来到阿毛厄岛的南部务农，就在我所住的旅店那一带，至今在德拉沃的小镇里还有不少荷兰风格的黄色民居留下来。黛比家的公寓则是岛的最北边，属于哥本哈根市区，是个简朴的方形尖顶三层小楼，墙壁刷得雪白，黑瓦的山墙屋顶，除了后期加建的巨大阳台，便无任何装饰了。黛比说这房子至少有上百年的历史了，我研究了一下哥本哈根的建筑史，觉得应该是初建于1800到1850年。

判断哥本哈根建筑的年代有个古怪的定理：式样越古老、装饰越繁杂的其实建筑年代越晚。这就要说到哥本哈根在18世纪及19世纪初的可悲历史了，先是在1728年和1895年两场大火，基本上把哥本哈根中世纪和文艺复兴时期的建筑烧得八九不离十，就算有幸存的，又赶上1807年拿破仑战争中，丹麦站错了队导致哥本哈根被英国舰队从海上进行轰炸，又毁了不少。丹麦那时的建筑师倒是有福了，面对一张白纸一样的城市任意描画。从19世纪初到19世纪中，流行的是源自古希腊的古典主义，确切地说就是没有任何装饰的斯巴达风格，也就是我租住的那栋白色小楼的来源了。那之后进入历史主义时期，哥本哈根人开始引入国内外建筑史上的各种可能的风格，如哥特式、巴洛克式或者洛可可式等等，直到20世纪初模仿古罗马的新古典古义占了上风。我知道这段文字看起来像是卖弄建筑学名词，但这是我在哥本哈根住得到的好处之一：这个城市可能是现代城市中包容建筑风格最丰富的城市了，在街上逛逛，各种建筑风格就不再是空洞的术语了。

这住处来得太容易，当时真不知道自己有多走运。在哥本哈根的中心区找一个便宜的住处几乎是不可能的使命。哥本哈根几十年前还是欧洲偏远的小穷地方，但20世纪六七十年代后丹麦一发不可收拾地富起来，城市也变得时髦漂亮，大量的国内外人口拥进来，住房危机也一发不可收拾起来。一般城市都是靠新建高楼大厦来容纳更多人口，问题是丹麦人民执着地不愿意离开地面太远，哥本哈根城里都是三到五层的公寓楼，几十年到一二百年的历史，不停地翻新再翻新，就算拆了重建也保留原来的框架，不能显得太突兀。20世纪六七十年代丹麦人也试着在哥本哈根郊外盖一些十几层的高屋公寓，比如在布隆德比，结果丹麦人觉得这些钢筋水泥土怪物难看得不得了，拆又舍不得，看着就闹心。现在那里面住着的多是中东移民。一个例子就可以告诉你，丹麦人多讨厌这些大楼：布隆德比的足球队是丹麦最有名的老牌强队，舒梅切尔和博格坎普兄弟都出身于此。他们的不共戴天的同城死敌便是FC哥本哈根队（FCK），两队比赛时FCK球迷的保留曲目是"滚回你们的钢筋混凝土去"——听到这个典故，来自北京龙泽回龙观一带的我心想，还真是伤人呢。

我慕名去布隆德比看过，这些高层看起来都很新，当时很难相信是20世纪六七十年代盖的。要是在国内，20世纪八九十年代的楼都已经破败不堪了。楼间距极大，中间是大片草坪和树木，这点和国内稍有不同。我当时想，什么时候思念故国风光了，倒是可以去那睹楼思国一番。不过这一天至今还没来：思乡的话也只是味蕾思念中国的食品，但四年过去，这种痛苦越来越淡，现在吃起中国菜，已经觉得油太大，调味太重口，食材本身的味道很苍白。

小白楼每层住一房人家，黛比家在二层，我超爱那古老楼梯上磨得发亮的厚重木头扶手。室内采光充分，我的小房间刷成蓝色，房间里摆了一张宜家的床，三面铁围栏可以改成沙发那种。配着几件说不出年代的老家具，还有一个小门通向巨大的阳台，上面摆了一张小几，两把椅子，甚至还有一个长沙发！黛比在阳台上种满了花，还有各种香草，我做饭需要时可以随便摘几片罗勒或者薄荷叶子。阳台也被我当成饭厅，我总是坐在小几旁吃饭、赏花、招惹飞过来觅食的海鸟，享受到晚上十点多钟才离开的阳光。我深以为能找到这样安适的小屋为幸，不过每次和黛比说起来，她都会有点汗颜地说屋子太小。

当然我知道与人合租并不是长久之计，很快便在一个住房协会注册开始排房子。这些住房协会的公寓楼或者联排别墅，不只是房租比私人租赁便宜很多，更重要的是租客本身也是房东：房租会被存起来用于住房的维护、更新和添加新的娱乐设施。所有的规矩以及所有的更新改造的决定，都是在房客大会上投票决定的。可惜这样的住房更加是供不应求，在哥本哈根地区据说至少要排五年队，很多丹麦家长在孩子一出生就已经先替他/她排上号了——好在如今已经不许这样做了。

（二）阿毛厄的家居生活

我和黛比一家共用客厅、饭厅、厨房与阳台，不过除了厨房，我在家时基本就待在房间里和阳台上，我的房间里没有电视，黛比总是好奇我不去客厅看电视，如何打发时间。她不知道的是我的一项娱乐是听她和约翰吵架。真的是想不听而不得，不如干脆乘机学习用英语吵架的技能。黛比总是用性感的英国腔如此开头："约翰，How can you……"或者："约翰，Why couldn't you……"，后来我干脆找了个男友名字也叫约翰，这样骂他的句子都是现成的，连称呼都不用改了——其实我还想要不要直接用黛比的录音。

黛比的约翰高大强壮，老家肯尼亚，以前在美国做过拳击手，后来因为他当时的丹麦女友怀了孕，只得来到丹麦，从此再也没法进入美国了。结果他和女友也分了手，就在丹麦当清洁工至今，倒也无怨无悔，作为丹麦清洁工，他享受着有房有车的中产生活。他至今还会想念美国，觉得那真是个美好的国家，但是，不能打拳了就终于可以放开吃甜食了！他眉飞色舞地告诉我他有多么热爱甜食，胖成现在这样也在所不惜。这样的话他来丹麦实在是来对了地方，丹麦甜食甜到了令人发指的地步，连我这样爱好甜食的人后来都下不去口了。

约翰憨厚老实，说起英语来自然不如来自利兹的黛比利落，所以所谓吵架多是黛比一个人在数落约翰这儿做得不对，那儿做得不好，换来约翰忍无可忍时低沉的吼声，像非洲大草原上的雄狮发威。我有时会琢磨吵成这样子为什么不离婚，可是当我某天从外面回来，路过客厅见到两个人相拥在沙发上看电视，那一刻的甜蜜简直能把极地的冰都融化掉。

所以在阿毛厄那一年，家居生活的主旋律是附和黛比吐槽世界上所有的男人，不管英国人中国人还是非洲人，他们都是一样邋邋遢遢，没心没肺。偶尔是黛比为了约翰早上把早餐送到床上而感动到对着我秀恩爱。后来我了解到黛比患有躁郁症——丹麦黑暗的冬天太过漫长，很多人饱受抑郁症的困扰，要靠抗抑郁药物挺过去。而躁郁症则是最糟糕的一种：时而兴奋到难以自抑，随后又陷于漫长的消沉期，甚至无法继续正常的生活。

生活在黛比家好处是相当省钱。她提供一切日用品，从寝具、炊具到自行车。她强烈要求我养成花钱买东西前先问她家里有没有的习惯，有一次我就花了十块或者二十块钱买了个给纸张打洞的小机器，都把她心疼得要命——家里明明有呀。后来上语言学校，学校提供各种文具纸张什么的，唯一要花钱的是一本丹英字典（当然可以去图书馆借，可是毕竟自己有更方便），也是她翻箱倒柜找出了当年约翰学语言时用的那一本。

夏日阳光明媚时，我们就坐上约翰那辆灰色的小菲亚特全家出游。9月份马士基的一只新集装箱船Majestic Maerst号泊在长堤码头时，一大半哥本哈根人都跑去参观这当时世上最大的集装箱船，长堤码头跟过节一样，我估计一半人是真想看看这条大船，另一半人纯属凑热闹。哥本哈根人有一种抓住任何机会过节欢庆的天赋，就好像这地方的节日还不够多似的。那天黛比系着非洲风格的头巾、穿着大花的长袍，我们兴高采烈地跟着人流，在黛比对约翰摄影技术的抱怨声中，到处拍照留念。上船参观的队伍分两列，你可以花钱买票优先上船，也可以不买票而排长队，好在排队秩序良好。我记得自己排了两个多小时，终于上了船。而黛比和约翰没有这般耐心，早早放弃了。

还有一次是在阿毛厄海滩上举办市集。长达两公里的阿毛厄海滩在夏天出了名的热闹，那天是来自欧洲各地的小贩前去摆摊，讲着南腔北调的英语。商品多是奶酪香肠等，一个荷兰人在卖面包圈，十克朗三个还是四个，我去买了十克朗的，那老板动作夸张地行礼，像是莎士比亚戏剧中的小丑，他猛给我装面包圈，不管我怎么抗议——最后我付了十克朗，拿回来了八九个色彩鲜艳的美味面包圈，这是我在丹麦遇到的唯一一起"强卖"事件。接着我们找到一块僻静的小沙滩，开始丹麦人之日常：晒太阳。在沙地上铺开一面大野餐毯子，拿出保温袋里冷冻的食品和饮料，享受着阳光和朋友的陪伴，直到大家都晒得醺醺然仿佛有了醉意。

（三）自行车骑士的红宝书

但我本质上是个独狼，最大的梦想就是当自行车背上的骑士，在一个个陌生的欧洲城市探险。我提交了移民申请等消息时，开始留心丹麦的新闻，发现这里正在建世界上第一条全国性的自行车高速公路，马上确认自己选对了地方。

黛比有一辆自行车供我任意使用，这在哥本哈根是最好的交通工具：免费，好找地方停车，哥本哈根没有戴胳膊箍的大爷大妈跟你要存车费。城市小、路又平，到哪儿去用时都不太可能超过二十分钟，哥本哈根超过一半人每天骑自行车上班上学，街上各种自行车让人大开眼界，贵的有价值上万的赛车或山地车，女士们骑的常是带车筐的购物车，一些老先生的古董自行车最让我垂涎，也有酷酷的年轻男女骑着满是铁锈的旧车，随便绑个木箱或者塑料购物篮，嬉皮气十足。十来岁的小孩子骑着儿童车也可以在大人的保护下上街，像小鸭子一样跟在父母的车后。还有一种哥本哈根特产的"克里斯蒂安尼亚"自行车，是车斗在前的三轮车，造型漂亮，椭圆的车斗涂画得花花绿绿，里面可以坐两个孩子一条狗，运点货也不在话下。

哥本哈根是世界上对自行车最友好的城市，虽然我还没去过阿姆斯特丹，但也想不出来他们如何能做得比哥本哈根更好。丹麦的自行车道会比机动车道高出一截，然后人行道再高出一截，各行其道，感觉特别安全。但骑车上路之前，黛比先逼我看完了一本一百多页的红皮书，里面都是丹麦骑自行车必须遵守的规则：右转做何手势，减速停车做何手势，不许直接左转，需要先直行过马路后停车转向等绿灯，一句话，要是你逼得身后的骑行车减速甚至刹车你就输了。如此这般，骑上自行车就肆无忌惮往前冲好了，丝毫不用担心某个路口杀出一辆汽车来，而右转的汽车则往往远远就等着直行的自行车先过去，弄得我有点不好意思，还要加点速。我刚开始骑车时曾经郁闷地发现好多老头老太太都骑得比我快,我拼尽全力也一直被超车,直到一两个月后体重下降,腰带渐松,自行车码表上的时速不断地冲向30,越来越觉得肾上腺素如不能往上飙,算什么骑自行车?

在丹麦,自行车时常会违法地骑上人行道,但行人是绝对不敢上自行车道的,太危险了。在不骑车的行人眼中,这里是城市自行车道?分明是环法赛道。但在我达到"环法赛道"的主流速度之前,黛比对我千叮咛万嘱咐的是,一定一定紧贴着自行车路的最右边骑,左边留好空间给别人超车。后来看到国内有个专栏作者写文章讲述在哥本哈根租车半日游,文字间充满了盛名之下其

实难副的不以为然，我不由暗自叹息，他这半天时间连读完那本小红书都不够，当然不会明白，为什么骑在路上时，总会有车在后面用车铃猛"叮"他，或者突然之间嗖的一声超过他，吓他一大跳。他要是在丹麦待得再久一点，就会知道，所有那些《如何逼疯丹麦人》的总结文章里，骑自行车在自行车道中间慢慢逛，以及骑自行车转向或停车时不做手势导致身后刹车声一片，这两条永远排在前三名之内。别说被别人不停地打铃或超车了，回过头来对你竖中指都是可以的。

骑自行车算是了解丹麦社会的最佳切入点了：第一，这个社会的规则又多又细但设计合理，目的是给人方便和安全而不是给人添堵；其次，绝大多数人都遵守这些规则；最后，别人也期待你遵守这些规则。结论则是只有你遵守规则，才能在这个社会里过得称心如意。有各种统计数字印证我的发现，其中之一是对比各国人民的社会信任度，丹麦排名第一。虽然我做出移民决定更多考虑的是自然环境，但实际上更大的好处是在丹麦这样的社会，对我来说，老老实实地遵守明文规定的规则，确实比在国内搜肠刮肚地规避各种合理不合理的规则容易了好多。坏处是长此以往，我也会失去中国人处世之灵活，染上丹麦人受人诟病之死板不知变通。

（四）阿毛厄桥大街

骑车出门，先经过对门的超市，他们把各色鲜花和水果堆在门外，色香味都诱人。超市门口总有个人拉手风琴卖艺，《乘着歌声的翅膀》《重归苏莲托》等几个曲子反反复复。我踩着乐声，向左一转就上了阿毛厄桥大街，这条街上有一条大街该有的一切：几家超市，两个旧货商店，画廊教堂医院图书馆，时装五金自行车铺，中东人开的便利店和卖Kebab的便宜餐馆，还有我登记的私人医生诊所，离我家步行三分钟路，不过有病要事前预约，等上一周左右才能看上医生。阿毛厄桥大街上颇有几家百年老店，比如一家肉铺和一家面包房，看上去普普通通，装修低调，却都已经是第四代人在经营了，口碑在街

区里代代相传。

我住到阿毛厄没几天,就赶上了阿毛厄桥大街的一百二十年庆典。警察头天晚上就开始封了一段机动车道,在街道中间建起了一个大舞台。哥本哈根的路网细密,所以封一段主路也无所谓,附近有的是道路可以绕行。第二天伴着鼓乐队的乐声,游行开始:当先开道的是穿着比基尼,戴着巨大羽毛头饰的美女们列队。一个美女见到我在拍照,特意走到我面前跳起桑巴来。接下来有卡通人物,女童子军和拉拉队员等。接下来几辆过去各个时代的红色消防车让我眼界大开。最后我明白了这次游行庆典的主题:古董车。各种颜色鲜艳,造型经典的老汽车仿佛从博物馆里直接开出来的,一辆接着一辆,我虽然不懂汽车,也能认得出年代最早的那种,在20世纪初的电影场景里才能看到。确实,要庆祝一条街道的一百二十岁生日,还有什么比各个年代在它上面驶过的汽车游行更有意义呢?

对中国人来说看到一条大道上百年不更名改姓可不太容易,我出生地长春的主街,名字便先后从伪满时期的"大同大街"到国民党时期的"中正大街",接下来是"斯大林大街"以及最后(1996年后)的"人民大街"。丹麦的历史自然无法与中国比悠久,但胜在一条街、一个房子都记得自己的来历。阿毛厄桥大街在传统上是劳工阶级的街区,物价不高,居民世代生活在这里守望相助。不过近些年来这个街区不断翻新,街面变得越来越漂亮了,又开了不少时髦的咖啡馆等,潮人也开始拥到这里,结果房价越涨越高,穷人逐渐地被赶跑,对于热爱传统的丹麦人来说,并不值得庆幸。

　　阿毛厄桥大街北面的终点是跨海桥,它的名字却不叫"阿毛厄桥"而唤作"长桥"。但上桥前我总忍不住拐进路边的树篱后面,那里隐藏着一个世外桃源:现代城市在这里消失了,面前是一条泥土的小径,脚边是开着野花的草坪,一路延伸下去直到与碧绿的海水相接。坐到路边的长椅上,看着白云的影子映在海面上,倒影里还有对岸克里斯蒂安港的教堂高耸的尖顶。除了偶尔闪过的跑步者外,只有几只白色的天鹅会优雅地游到我面前,直到发现我没有给它们准备食物,才悻悻地游了开去,留下我仿佛置身于一幅风景油画中。

（五）哥本哈根之夏

丹麦的夏季是6、7、8三个月，也就是说我到哥本哈根的第二天，城里就正式地入了夏。我在哥本哈根的第一个夏天是和这城市的一场热恋，对哥本哈根一见钟情后，每天都能发现点新的东西，让我居然还能爱这城市更多一点。这人口仅一百万，不如海淀区大的一个小城市，怎么能藏得住这么多惊喜呢？石子路上常会冒出一幢漂亮的老房子或花园，让你从自行车上跳下细细欣赏；一排普通的公寓楼，某个窗外挂着一小块牌匾，标明这里曾是安徒生的住处或波尔的出生地；一个周末的跳蚤市场，竟然有不少20世纪六七十年代中国景德镇的瓷器，想是当年用来出口换外汇的产品。

整个6月，这个波罗的海边上的北欧城市，都有一种"长冬终于远去，夏天总算来了，快来庆祝吧"的热烈情绪，结果硬是有了一种地中海城市的奔放感觉。先开场的是街头音乐节Distorsion，把哥本哈根变成了一个大派对；然后到了月中，你就会突然听到满街车喇叭狂响，音乐声狂飙，不禁好奇什么人如此嚣张，原来是一辆打扮得花枝招展的大卡车开过，车里是一班十八九岁的男男女女，戴着白色的"学生帽"，举着啤酒，和着强劲的音乐跳舞，对着行人尖叫——这是高中生庆祝毕业。丹麦人这一天对这帮孩子格外宽厚，所有的其他车辆都会停下来，对他们鸣喇叭致意。那个周末你将不停地被这帮孩子骚扰。据说他们全班乘一辆车，设计好路线经过每个学生的家，而每家的后花园里都会摆山露天宴席，坐满了亲友，给这些孩子备上啤酒和小吃，让他们补充好能量继续闹腾。

6月下旬的夏至日是北欧的重大节日，那更是一定要好好庆祝的。庆祝夏至和冬至好像都是北欧异教徒的传统，维京人被基督教招安后，冬至节改头换面变成了圣诞节，从此全世界通行。而夏至节，虽然也名之为"圣汉斯"（据说是纪念圣约翰生日），但却没有普及开来。而整个庆祝仪式也没有如圣诞节一样基督教化及至后来被商业化。实际上夏至节并不是真的夏至日6月21日，而是23日，但丹麦人仍然把这天当作一年里黑夜最短、白日最长的时刻来庆祝。哥本哈根的湖边、海边或公园里会摆好巨大的柴堆，上面摆一个稻草扎的女巫，等到夏至日大家聚集到柴堆旁，这时会有音乐演出，然后会有政治人物或者教区的牧师什么的出来演讲，就等到太阳落山那一刻点着柴堆，烧掉巫婆，美其名曰送她飞去Bloksbjerg参加女巫年会。之后，孩子们会就着篝火烤棉花糖吃。我还记得第一次参加圣汉斯活动是在阿毛厄海滩，去看的那个柴堆是丹麦共产党立起来的。倒不是对共产主义有什么特殊感情，而是这个柴堆明显比另一边丹麦第一大党派社会民主党的要大。说来丹麦共产党是个超小党派，在议会里没有席位，不过那天党中领袖出来演讲，抨击丹麦社会的不平等和剥削，控诉人民没有从经济发展中得到好处时，底下还是有不少人叫好。

哥本哈根之夏的象征，只能是趣伏里公园。这个花园游乐场开业于1843年，是全欧洲仍在营业的游乐场中第二古老的（最老的在哥本哈根北郊鹿苑森林里，叫Bakken）。趣伏里只在夏天开门，这时每次从哥本哈根的中央火车站走出来，就能听到对面一串串的尖叫声。很难想象一个如此古老的游戏场还会刺激到如此程度。

趣伏里在某种意义来说甚至是整个丹麦的代表。二战时德国占领了丹麦，就试过通过关闭趣伏里来打击民族精神。当然如今纳粹已经成了历史名词，但趣伏里依然充满欢笑。近两个世纪以来，丹麦人民对于趣伏里已经形成一种共同记忆，保守的丹麦人不想看到童年的乐园有任何改变，当丹麦父母带着自己的孩子去趣伏里时，他们想介绍给后代的是自己童年的趣伏里，他们恨不得湖里的灰鹅都是自己小时候喂过的那只。趣伏里在这点上做得看似无懈可击，但同时也不着声色地引进了不少最先进刺激的游乐设施，来吸引新一代的年轻人。于是你就可以在趣伏里找到两三个过山车：一个是建于1914年的，坐上去可以怀怀旧；另一个叫"恶魔"，让不少最野的孩子都望而却步，建于2004年。但我觉得最可怕的既不是"恶魔"，也不是号称"金塔"的跳楼机，而是一个叫"眩晕"的设备，游客坐在小小的老式战斗机里，一路旋转着升上高

空,最后会在高空中大头朝下静止几秒,如果这时还能保持冷静,倒是可以好好欣赏趣伏里甚至哥本哈根市中心的全景了。至于我是怎么知道这一点的?因为有一天我买了通票,把所有的设施都试了一下,坐这个"眩晕"的时候,我旁边的一个丹麦小伙完全崩溃了,从一开始就嘴里不停地"Fuck"。

趣伏里其实不只是为了孩子,很多大人都拥有年票,纯粹是为了趣伏里的园林之优美,以及各种免费的音乐演出。比如每周五在露天大舞台的"周五摇滚"音乐会,不用另买票就有可能看到最热门的乐坛大腕。Sting、Pet Shop Boys和Kanye West等都曾在这里演出过。我赶上过一场Burhan. G的音乐会,他是丹麦眼下最炙手可热的红星之一,舞台前的草坪上挤满了人,更有不少聪明人抢占了附近酒吧二楼露台上的座位,年轻男女们随着音乐疯狂摇摆,我有点被这气氛吓到,跑到湖边去躲清静了。

湖边一水是中式的亭台楼阁,以此为背景的过山车道如彩虹般在空中舞动,整个场景有一种怪诞的美。这些楼台建筑得相当地道,连牌匾上的汉字书法都相当漂亮。据介绍这些楼台建于1900年左右,当时欧洲正好痴迷于遥远东方的神秘古国中国。一个世纪过去了,我觉得很难再说这些楼台是山寨货,因为国内许多著名的亭台楼阁,比如杭州西湖边上的那些也都是重建于1976年之后。比较起来,这些可能还要更古董一些。

对了,在丹麦如果有人告诉你"趣伏里开门了",是在提醒你裤子拉链开了。

(六) 哥本哈根之秋

似乎一切极端美好的东西,都有一个不可分割的属性叫"短暂",哥本哈根的夏天便是如此。7月份到8月份,丹麦人弃城出逃去度假,大好城池就让给了世界各国拥来的游客,他们奔走于"走街"之上,坐在新港的酒馆外看风景,或者围着小美人鱼和市政府广场的安徒生雕像拍照。等到哥本哈根人从国外或者乡下的度假屋回来时,还没等好好收心工作或者上学,秋天就已经来了。白天迅速地变短,公园里的树木开始变换颜色。

我8月份开始到语言学校上学，然后又在附近找了间中餐馆端盘子，这样我的主要活动范围就移到了韦斯特伯区，或者意译成西桥区。哥本哈根的内城早年北、东、西三面都被城墙和护城河围着（南面隔海与阿毛厄岛相望），于是就有北桥、东桥和西桥。后来城墙拆了，护城河被填上建成了公园，但北桥、东桥和西桥的名字却流传下来，这三个街区和内城区一起成了哥本哈根市的主体。东桥区据说是最无聊的一个，住的是哥本哈根最富裕的那一部分人，那里的女人们成天就知道去练瑜伽。至于北桥区，这些年成了穆斯林的聚居地，好处是有很多便宜的kebab小饭馆，以及众多中东人的商店，里面的东西比超市全得多，甚至能买到"老干妈"；坏处是治安变得有点差。我买了一辆新自行车，没几天就丢到了北桥区。据说每个丹麦人都能动情地讲几个自己心爱的自行车被偷的故事，要是喝多了，说不定还能告诉你他自己也偷过一辆自行车。想不到在丢自行车这个问题上，我倒是率先融入这个社会了。

至于我工作与学习的西桥区，如果把哥本哈根的名字改成沈阳的话，西桥区毫无疑问就可以叫"铁西区"了。这是工人阶级的街区：粗粝、热情也藏污纳垢。西桥大街南面，中央火车站后面那条臭名昭著的Istedgade路，能找到众多的廉价旅店、夜总会、情色用品店以及一个无家可归者的避难所。到晚上站街女们仍在那里等待客人，白天女人也最好不要在这条街附近站着不动，以免引人误会。同时那条街也标志着哥本哈根工人们的强悍与团结，德国占领时期,有一个著名的口号叫"Istedgade永不投降"。

全球化后丹麦的工厂不断转移到发展中国家,哥本哈根的蓝领工人已经越来越少了。沈阳的铁西区在工厂关门后越发凋敝,哥本哈根的"铁西区"则经历了一次次改造,变得越来越时髦漂亮,街上开了好多雅致的咖啡馆和饭店,如今西桥区和北桥区一样,常年在欧洲最嬉皮的街区评比中榜上有名。原来那个笼罩在暴力、毒品阴影下的穷街陋巷,只在西桥区图书馆留下了自己的影子。

哥本哈根每个街区都有自己的图书馆。那段时间我语言学校放学,饭馆的晚班还没开始时,常去学校不远的图书馆看书写作业。在每个图书馆你都能找到舒服的桌椅或者沙发,有免费使用的电脑,有时还有志愿者帮学生做功课,以及一些讲座。不想花钱买报纸看也可以在图书馆解决。至于里面的藏书丰富与否倒不重要,毕竟你可以在网上预定所有图书馆的书,到时会送到你指定的图书馆。我当然都指定送到西桥区的图书馆。

在图书馆如果可能的话,我都待在一个绿色的小厅里,这个怀旧的小厅看起来是献给这个街区的历史的,里面摆了一张小几和两把古老的扶手椅,墙壁上挂着西桥区不同历史时期的旧照。书架上则摆满了与西桥区有关的图书,最多的是著名女作家和诗人Tove Ditlevsen的作品,她在西桥区土生土长,写的也都是西桥区的故事。此外还有别号"丹尼大叔"的Dan Turell所写的犯罪小说,颇有点钱德勒等硬派侦探的风格,而且罪案都发生在这个街区的几条我熟识的街道上,读起来格外有感觉。丹麦语和英文的语法差不太多,学起来的话阅读上路很快,就是发音太难了。

不久后我在这个图书馆主要就是等男朋

友下班来接了。我们在9月下旬第一次约会,我们在一轮巨大的满月之下,沿着阿毛厄空旷的海滩散步,高高的茅草在风中摇晃,空气中的魔力甚至可以触摸得到。他的怀抱特别温暖,这时开始天冷了、起了秋风,我正需要这样的温暖。男朋友名字也叫约翰,于是我把房东先生升级为"Nicer John",至于男友,就是"Just John"了,有时也是"Silly John"。房东先生对这样的升级特别高兴,而黛比则对我这个突然蹦出来的男友有点怀疑,常警告我要慢慢来。

我急急忙忙地找了个男友,其实是因为我那个月查出了乳腺癌,要切除一侧乳房,所以决定乘着手术前的时间,抓紧享受生活。但Silly John却非要留下来和我一起战斗,于是我和这个土生土长的哥本哈根人就一直幸福地生活到了现在,即便他支持FCK,我更喜欢他们的死敌布隆德比队;而英超他喜欢利物浦,我则是曼联的铁杆。西甲他支持巴塞罗那和梅西,我偏爱皇马和C罗。除此之外,我们虽然来自两个国家,却也没什么太多不可调和的差异。

那一年哥本哈根的夏天据说来得特别晚,不过走得也迟,10月中旬时我从手术中恢复过来,他带我到郊外一处名叫"魔法森林"的地方(真的名字就叫这个),沿着林中小道慢慢往前走,突然间森林消失,大海横在了面前。我们躺在沙滩上,空气里残留着夏日炎阳的温暖,那是哥本哈根当年最后的好天气,我们回味了之后的一整个冬天。

真正的考验是11月,天空的颜色总是五十度的灰,树上的叶子逐渐落尽,没有了阳光的照耀,地上的绿草也仿佛冷漠而生硬,早晚时草上都会结上一层白霜,时常整片树林都会笼罩在淡淡的白雾里。这一个月骑自行车都变成了一样苦差事,不是风就是雨,毫无快意可言。我望着死灰色的天空,感觉似乎回到了北京,又陷入了无尽的抑郁,约翰总要抱着我,向我郑重地强调,天空虽然灰的,但那是乌云而已,没有污染,我可以自由地呼吸。

一场哥本哈根几十年不遇的暴风雨袭来,火车停开了好几小时,好多人困在外面。狂风掀翻了不少大树,特别是当时市政厅广场已经立起来的圣诞树也被刮倒了,这还是史上头一遭,我看到新闻急忙骑车过去看热闹,结果到了才发现树已经修好了重新立了起来。丹麦人痛定思痛,想起来这么可怕的风暴应该有个名字才对,于是下一次风暴来临前先给起了个响当当的名字,大家做好了准备迎战,电视和电台里不停地播着出行警告,想不到这个有名有姓的风暴

（"小男孩"，这是它的名字，字母B打头，以后按字母表顺序类推）竟是雷声大雨点小，没什么破坏力。等到11月终于收了尾，天气预报节目做了总结：整个11月哥本哈根只见到了十个小时的阳光！真是求生不能求死不得的一个月呀。

那时黛比的情况也是越来越差，难以控制自己，我每天晚上都要听她与Nicer John的各种争吵。日照时间短，维生素D缺乏，总会让抑郁症变得更加严重。丹麦这个世界上最快乐的国家，其实也是人均消费抗抑郁药最多的国家之一。话说回来，那时我最盼望的是周末，男友会过来接我去他在郊外的公寓，享受两晚的清静。那场暴风雨时我们正开车在路上，约翰问我这一周怎么样，我说："不错哦，就是黛比的情况有点糟糕。不过现在我和你在一起，不用听她每天对约翰呼来喝去，而是我自己对约翰呼来喝去了，多好。"约翰有一种能力，总能发现我在敷衍他，一双灰蓝眼睛像探针一样盯着我，告诉我，我并不好，别说谎。于是几秒后我大哭起来，告诉他我一点也不好，因为术后终于可以洗澡了，我在浴室看着自己胸部的伤口，觉得是在看一部"链锯杀手"之类的恐怖片。约翰什么也没说，只是停下车来拥抱着我，任车外风雨肆虐，他的怀抱无比温暖。

（七）哥本哈根之冬

12月丹麦进入冬季，反而好过了一些。天气变得晴朗起来。虽然还是要对付漫长的黑暗，每天早上十点半天才亮，下午三点半就已经黑天，但毕竟是晴天多，冷冽的空气让天空显得更蓝，透明得像水晶一样。从12月初开始各处的圣诞蜡烛就点起来，每家窗里和花园里的彩灯亮起来，街道也张灯结彩准备过节，喜气洋洋的，让黑暗也不再显得悲哀了。

而且这时我已经被正式介绍给男友的家人，成了这个家庭的一员，突然就冒出了七大姑八大姨来。我曾经挺恐惧见约翰父母，不知他们会如何看待自己的儿子找了一个中国人，而且又重病缠身。后来见面才知道自己想多了，他们对于中国文化充满了热情，这回终于有了中国亲友可以答疑解惑了。约翰说，他的父亲看人的标准就一条：有没有幽默感，而约翰第一次讲我的行径，就让他父亲笑得把茶都喷出来了。那是我们刚认识不久的故事，约翰跟我说丹麦拍过一个喜剧片，名字叫作《在中国他们吃狗肉》（真有其事呀！）问我中国人是不是真的吃狗肉，我板着脸对他说："没错，你要是对我不老实，我就把你家狗煮了吃掉！"至于约翰的妈妈更是做了一手好针线活，此前我国内外漂泊多时，买了新裤子如果店里不给改裤长的话，都只能卷着裤腿穿，认识了约翰妈妈之后，从此有了合适的裤长。

我的紧张纯属多余，因为丹麦的父母根本不会在子女择偶问题上说三道四，孩子找什么样的都只有接受的分儿，反正也不住在一起，就算年老不能自理了，也是进养老院由政府照顾，就是逢年过节才一起聚。我在丹麦的第一个圣诞节便是在他父母家过的，菜谱现在还记得：脆皮烤猪肉和烤鸭配土豆红菜，因为每年都一模一样，而且每一家也都基本差不多！甜点是奶油大米布丁加杏仁碎，以及一粒完整的杏仁，吃到这粒杏仁的人可以得到一份礼物，那一年我便是这个幸运者——第二年也是，第三年开始如果是别人得到了这个所谓的"杏仁大礼"，我会觉得自己被抢劫了。我总觉得丹麦人的圣诞就是中国人的春节：全家团聚、商店关门、大家从早吃到晚。不过丹麦人执着地保持了过节的传统，不管有多荒诞：他们要在圣诞树下围成一圈，一面唱歌一面跳舞，唱的不是全世界都耳熟能详的那几首圣诞歌曲，而是丹麦本土产品，其中一首是说，尼桑爸爸在吃大米布丁（尼桑是帮助圣诞老人的小精灵，实际上是又一个异教传统借基督教的壳保存下来的例子，丹麦人实际上视尼桑为常住在屋顶上的护宅小精灵），一群老鼠围着他又唱又跳，想分一勺羹，但尼桑爸爸不肯分给他们，拿着大勺子威胁他们快滚，老鼠们反倒越逼越近了，最后尼桑爸爸说要找大猫来帮忙，老鼠们这才吓得一、二、三全跑了。这首歌的寓意是有了大米布丁不要和别人分享，因为太好吃了——用奶油把大米碎煮得烂烂的，上面放上一小块黄油，然后撒上拌了肉桂粉的糖……

节日一直持续到元旦，"除夕"是派对之夜，全城焰火。看完了女王在电视上的新年讲话后，年轻人出门去狂欢，看焰火，在归来的火车上喝酒唱歌。年长一些的不愿意凑热闹，留在家里看焰火敲钟前的十分钟左右，万众期待的丹麦"春晚"开演——更正：丹麦不过春节，是新年；其次，不是晚会，只是一个十来分钟的黑白老片子，名叫《90岁生日》，而且还是英语的，讲一个贵族老太太的九十岁生日派对，她高傲地坐在长长的餐桌尽头。一个差不多一样老的仆人跑来跑去地添酒上菜，问题是老太太的朋友早都死光了，只有老仆人跑到每个空椅子背后，然后假装是本应坐在那里的客人把酒喝掉，还要模仿客人说两句，不论客人是男是女。结果老仆人醉得越来越厉害，而所有的丹麦人都兴高采烈地等着他跑去拿酒时，他却在地上那张熊皮的头那里险些被绊倒，每次当演员说出著名的台词"Same procedure like last year"，所有人都会笑得前仰后合，虽然这笑话可能已经听了半辈子了——我向老年人考证过，这项新年传统是从20世纪70年代开始的。

最后老仆人醉得东倒西歪，和女主人一起走向楼上的卧室，Same procedure like last year.

后面是全世界都一样的倒计时和敲钟（电视里的画面是市政厅的大钟），焰火从四面八方升起。一年就这样过去了，然后冬天还没过去，春天要等两个月，等到3月1日正式开始。好在过年后就是冬季打折季，去"走街"闲逛，找三折优惠的衣服就成了我的消遣。我到丹麦时并没有带很多衣服，事后证明这是非常英明的决定，因为打折季买衣服，H&M什么的几十块钱、Zara一二百，到最大的百货商店Magasin，那些平时上千的衣服，二三百也拿下来了，不少还是一些国际大牌。

所谓"走街"是一条漫长的步行商业街。二战后哥本哈根在建筑风格上也曾走上工业化的邪路，开始建一些毫无特点的火柴盒，好在迷途知返得早，一个伟大的建筑师和城市规划师Jan Gehl叫停了钢筋水泥，他通过调查得出结论，城市的步行街多一公里，就会增加多少人次出门上街，享受公共空间，于是他的方针便是，城市应该是方便市民步行出行，而不是开车。于是砍掉大量的停车场和机动车道，兴建步行街和各种小广场等公共建筑。在他的主持下便有了这条走街：这条长长的步行街从市政府广场开始，贯穿了整个内城区，把哥本哈根的其他城区也都连接起来。也就是说，你可以在走街的古老石砖路面上逛到哥本哈根的大多数重要地点。走街一路上会有漂亮的小广场和长椅可以歇脚，卖艺人的歌声尾随着你。街边的商店无所不包，从本土名牌的皇家瓷器、潘多拉珠宝和ECCO鞋，到奢侈品大牌LV、Coach、普拉达和芭宝利，还有一家乐高商店：门口有着巨大的乐高积木搭起来的雕像，进店光是看着那些

乐高积木创造出来的东西也开心。

　　内城区的重要的古老建筑像一串珠子被走街连了起来。它的起点哥本哈根的市政厅是漂亮的罗马风格建筑，阳台上方是金色的押沙龙浮雕，整个看起来有点像童话中的城堡。进去是华丽的大厅，经常举办各种活动，比如每年一次的外国移民招待会，我还是在那里第一次吃到真正的丹麦奶酥的。市政厅里有一间不算特别大的房间，墙壁和天花板上都画满了鲜艳的壁画，是举办市政婚礼的场所。我在语言学校的一位同学的婚礼就在那里举行，新娘没穿婚纱，新郎的西服配着夸张的红色大领结，他们就这样站在满头华发，看起来无比尊严体面的主婚人面前，亲友们把他们围在中间。仪式只有十来分钟，宣誓、签字、换戒指，主婚人语重心长地讲了几句婚姻的意义，然后宣告他们结为夫妻。我此前决定不结婚，因为觉得自己无法从婚礼的一整套繁文缛节中存活下来，但这次婚礼让我有胆量重新思考一下。据说，会有很多外国人专门来到哥本哈根到市政厅结婚，因为手续简便又便宜，特别是同性恋伴侣在这里也是一视同仁的。市政厅外的广场也很漂亮，有一座安徒生的雕像，他隔着安徒生大街，遥望着趣伏里公园里的安徒生城堡。他身边永远有一群游客排队等着与他合影。

　　走街走到一半有一座建于17世纪的古塔，名字就叫圆塔，最早是用来做天文台的，至今塔顶的天文望远镜仍然可以使用。这座优雅的巴洛克圆塔也是哥本哈根的象征之一，游人多半想不到它曾是哥本哈根的自杀圣地。据传最早便是圆塔的建造者一意孤行非要把女儿嫁给一个富人，于是女儿的爱人从塔上跳下来，摔在婚车前。后来跳圆塔的活动绵绵不绝，直到最后有关当局无奈给塔顶安了一圈铁栏杆。

　　顺着走街走到头便是新港。你要是上网搜索哥本哈根风光，最大可能出现的便是新港，沿着狭长海港两边排列着色彩艳丽错落有致的房子，在这里你朝哪个角度拍照，拍出来的都是一张明信片。新港的一侧全是时髦酒吧、饭馆，阳光明媚的时候，屋子里空空如也，人们都坐在门外的餐桌旁，就算是天气

寒冷的冬天也如此,因此每家饭店都备有大量的毯子可以在室外保暖。端着一杯啤酒(一般不是嘉士伯,在这里Tuborg更流行),观看着港口里的各色船只,以及路过的各国帅哥美女,坐上一两个小时,总有看不尽的风光。至于食物的口味么,在这种游客聚集的地方不要抱太大希望。

(八)哥本哈根之春

哥本哈根的春天可以和这里的夏天媲美。唯一的问题是,没人知道她什么时候到来。从日历上讲应该是3月1日,但这天有时还下雪呢,丹麦唯一不守规则的国民就是这里的天气了。每次天气刚暖和一点,地上的小黄花开出来了,枝头的早樱甚至也打苞了,大家兴高采烈地把冬装收起来,然后冷空气就会杀个回马枪。像世界上任何其他地方的国民一样,对于自己无力控制和改变的现实,丹麦人把它编成无数段子。一个段子是说:"丹麦只有两个季节,冬天和'不太冬天'。"网上时常出现几幅电影截屏:一个男人问一个男孩:"春天什么时候来?"小孩回答道:"我住在丹麦。"下一个镜头里两人抱头痛哭。

但春天的步子其实谁也挡不住,不管从西伯利亚吹过来多少轮寒冷的东风。先是天一点点地变长，进入3月总算是昼夜基本相等了。然后草地上星星点点开满了黄色、白色的花朵，接着还有紫色的藏红花。一年没有吃到韭菜的我，这时就可以去树林里挖野韭菜了，它们的学名叫熊葱，比韭菜的叶子更粗大，但味道没有一点差别。这时要吃够一年的野韭菜炒鸡蛋和饺子，因为平时想吃韭菜就只能等中国商店进货了，不常有而且还贵得要命。超市里也有，但是丹麦人是当成香草调味料吃的，细细一小把十多块钱。

树枝上长出新芽的时候，树林里像是蒙上了一层淡淡的绿色薄纱，这时所有的鸟类都一齐进入了求偶期，从早到晚歌唱个不停。我现在能分辨十来种不同鸟儿的叫声，其中最喜欢的是一种黄嘴小黑鸟，丹麦语叫作Solsort，翻译过来是"太阳黑"的意思。这种万鸟齐鸣的盛况咱们中国祖上也一定是有的，所以诗经里才会留下"伐木丁丁，鸟鸣嘤嘤"，"嘤其鸣也，求其友声"的诗句。当然以我的自然科学常识来判断，鸟类之间没有纯洁的友情，它们这时候鸣叫才不是找普通朋友那么简单！

树林里先开出大片白色的梨花，然后是浅粉色的早樱盛开，这个时候大家都拥到哥本哈根北边的Bispebjerg公墓里，那里有一条樱花大道，一路上头顶的樱花遮天蔽日。在此时此刻你总能找到与国内相近的人山人海的感觉，好像大半个哥本哈根都挤在这条路上，而且你能看到方圆二十公里内的所有自拍杆。早樱谢了还有晚樱，然后是玉兰、苹果树开花。哥本哈根的春天之美，我无论如何都表达不出来。偶尔会用上一些古诗句，但中国现当代文化里写风景好的作家可能已经消失了。我估计这和中国城市化后自然风光从人们身边消失有关。和约翰说过国内钢筋水泥越来越多，自然风物越来越少，约翰说这样的话人们会失掉灵魂的。我目瞪口呆地看着他，想不到这么个实实在在的理工男会说出这种话。

好在哥本哈根没有这个问题，探春最好的地点是那些著名的公园。哥本哈根遍地都是大大小小的公园，市政规则的目标就是所有的人步行十五分钟之内一定能找到一处回归自然的公园绿地。但有那么几大公园因为资格之老、风景之美在全欧洲都有名,我还没有开始逛这些公园时,已经在哥本哈根的美术馆里看到了这些公园的图画,作者是高更。在他找到塔希提和那些鲜艳的大色块之前,给他灵感的便是哥本哈根的这些公园,当时他和一个丹麦女人结了婚,住在哥本哈根。

玫瑰堡旁边的Kongens Haven像极了凡尔赛的园林,而城中城费德烈的大片公园满目都是田园风情,φrestad公园里的小桥流水和一座座生满绿色铜锈的雕像,还有看晚樱最好的长堤公园,便在小美人鱼旁边。我大概也是在春天才第一次见了这著名的小美人鱼,感慨了一下她的多灾多难:她曾经两次被砍了头,又断了手臂,每次有人想做政治宣言又会来折磨她,比如前几天有人抗议捕鲸,就给她泼了一身红漆,更可怜的是她还每天被游客里三层外三层地团团围住,不管愿不愿意都得和那些人合影留念。丹麦人一直想不通为什么小美人鱼这座雕像就这么有名,她既不古老,艺术水平也就那回事,只是当年威士伯酒厂的老板雅各布森花钱找人铸的应景之作罢了。说起雕像,哥本哈根的公园、广场、街头、桥头实在不能再多,也多数不难看,更别提新嘉士伯艺术馆里古希腊罗马的真迹和文艺复兴时期名家作品了。

我自己最爱的一个雕像是哥本哈根大学外面墙角处的一个人像。每次经过都会看到一个穿着帽衫、黑衣的人背对着街道站在那里,看似在嘘嘘,于是不敢多看。过了三五次才确定那是一个雕塑,然后我就开始疑惑在雕像的正面是什么样?会不会有露点?但作为一个保守的中国女性,总是厚不起脸皮绕到雕像身前去检查一下,于是这个谜题困惑了我一段时间,直到我交了男朋友后,派他前去探明真相。他回报说,没有露点,因为上衣够长挡住了,我松了一口气:这雕像虽然三观不正,毕竟还是坚守底线的。说实话对哥本哈根人来说,随地小便这事高出底线很多:每次公园球场的比赛结束后,穿过附近公园的小路时眼睛千万不可以往树丛里乱扫,FCK的这个主场能坐三万人,平时观众满两万就了不起了,但散场后厕所总是不够用的,豪放的丹麦人民于是便自己找地方解决了。而哥本哈根类似的大型聚会和活动特别多,从大大小小的音乐节到露天表演,主办方事先准备多少移动厕所好像都不够用。

对了,FCK的主场叫作公园球场,当然也是因为驻于一个著名的公园旁边,那就是共同公园。每年5月1日,工人阶级大游行的终点就是在这个公园。在丹麦这个所谓的北欧社会主义国家里,五一劳动节还没有失去它的政治色彩,而被商业化为一个旅游节。每年五月一日,群众就是一路游行到了共同公园,然后在这里的草地上坐下来开始喝啤酒吃烤肠狂欢——没有商业化不等于哥本哈根人不把它变成另一个狂欢派对。草地中心搭好的大舞台会有音乐表演和政治人物演讲,当然共产党在丹麦不成气候,这里主要是左派各党的舞台,如社会民主党等。我去时赶上了当时的美女首相斯密特-海勒演讲,她一向被嘲讽为"Gucci海勒",因为作为一个左派政党的领导,却被人看到背了一回Gucci包。不过那次演讲时她穿了粗毛衣和夹克外套,看上去很工人阶级。

草地四周有不少党派搭的小棚子，推销政治思想。有一个党派是无家可归者党，口号是"无家可归者也是人"，另外还有个穆斯林党派。我发现了两个共产主义党派，还有一个棚子打着朝鲜的国旗，里面还卖一些朝鲜的邮票和明信片等。

春天过完，我便搬离了阿毛厄，离开了哥本哈根市中心，搬到了约翰在郊外一个卫星城的公寓里。我在网上把自己的注册地点迁离了哥本哈根，放弃了首都户口。那个两万居民的小城市政府随后给我发来了邮件，欢迎我成为新的居民，邮件里有当地电影院的通票和游泳馆的门票。这个小城名叫Glostrup，Glo在丹麦语里是瞅的意思，strup则是一般小镇地名的后缀，翻译过来其实就是"你瞅啥镇"。在丹麦想打架，起手式其实也是："Hvad glo du på？（你瞅啥？）"，标准回答是"Glo på nogen der er ikke så pæn（瞅某人长得不太漂亮呢，或者意译为'瞅你这个丑八怪咋的了？！'）"

就这样我在万里之遥的丹麦，找回了自己的家乡。

拉萨：
与青春有关的日子

文/宋金波　摄影/袁培德

宋金波：东北林业大学野生动物资源学院毕业，曾作为林调队员在西藏工作十年。现居上海。

Lhasa

（一）

  那个冬日的某天温暖得有些古怪。我旷了工，坐在自家窗口，抽掉一些烟。上午的太阳依惯例晴朗，下午阴云放肆地接管了天空。我看见远处群山叹息着退隐幕后。湿润的云气自上而下，云头如不规矩的手，迟疑暧昧，摸抚山谷里毛发一样的树木。

  有雪花飘开。主意冷冷地笃定起来。是时候离开了——这个念头第一次被唤醒就成为终审裁决。

  最终我在拉萨生活了十年，确切地说，是九年零九个月。一位无聊的朋友算过，结果是36500天减去92天，36408天。我看了他一眼，未做申辩。

  十年里我换了三次房间。它们都在一个单位的大院子里。每个房间距离布达拉宫都大约三百米。每个房间卧室的窗户都朝着一个方向，布达拉宫的方向。

  在这些房间里，我曾经把床横过来竖过去，换了各种方向。不管在什么方向，我抬起头来，总能看见布达拉宫雄气十足的背影。就算把头顶在窗下睡觉时也是一样，正对面的书架上吊放了一面镜子，每个早晨被阳光喊醒，在镜子里布达拉宫的金顶若隐若现。

这样躺下，在镜子里并不总能看到布达拉宫。这个窗户上，厚重的窗帘刚好有一块被撕下来，垂在那里。从镜子里看过去，就像一具晦气而面目难辨的尸体玩偶悬挂于此，与布达拉宫矜持严肃的影子耳鬓厮磨。这块窗帘有时候会被风吹动，我的头对着布达拉宫平躺的时候，就算闭上眼睛也可以觉察到她的布脚在我头顶无声蹬踏。

这块窗帘的创口是某一次激烈争吵或某次酒后胡闹的结果。从那天之后我不曾拉上过这块窗帘。这样阳光再也无须请示即可入户，与此同时一具窗帘玩偶阴郁地陪伴着我，不由分说地挡在我和布达拉宫之间。

离开的决定终于使这块窗帘从绝望的示众走向解脱。整理行李搬动书架的时候那面镜子摔碎在地面上。每块镜子里都映照出白墙上的黑色毛笔字："雨中山果落，灯下草虫鸣。"四面墙上都写的是这两句，躲也躲不开。

离开拉萨之前，我主要的工作需要相当多时间在外面出差。每年五个月，也许七个月。如果是在林芝、墨脱、察隅、错那，就用脚走，在看起来没有路的森林里开出一条路。如果在阿里，或者那曲，就要坐在车里，在怎样走都是路的地方选择一条路，每天看着同样的乘客，同样的司机，他们有一样的后脑

勺，一样的声音，在几个月时间里讲一样的笑话，谈论同样的人，听同样几盘磁带，最终在日复一日积攒的厌倦里不住按捺某种杀心。

尽管如此，我还是能在每个季节都看到布达拉宫。一定时间的疏离可以避免像野外出差时所必然生长的厌倦，这对我和布达拉宫都不是什么坏事情。那时我喜欢辛弃疾的"我看青山多妩媚，料青山见我应如是"。时不时离开可以使我在窗前偶尔把这句吟给布达拉宫的行为显得不那么虚伪，至少与另一句我

喜欢的"相看两不厌,唯有敬亭山"相比是如此。相看怎么可能两不厌呢。只有分离才让情感炽烈。每个冬日的深夜,当我们赶回阔别已久的拉萨,大地与天空都被雪白的月光打底,拐过达孜不远,布达拉宫的身影孤高寂静地熔铸在月光与雪色的晶体里,那一刻,竟然是暖的。

所以我本来应该可以记得每次在这个窗口时看到布达拉宫的样子。可当我离开之后,每次的回想,特别是如现在一样,用文字把记忆从脑海中挖掘出来锻冶,就会造成记忆的反复塌缩、变形,会将某些真实的可能埋葬到文字的土里。我本该存储有布达拉宫背影四季所有的颜色,但每次复现在脑海中的画面都会迅速进入一个冬日的剪影。

我并不曾在冬日里凝视布达拉宫太久。后来我给自己的解释是离开拉萨的时候恰好是在深冬。默认画面的色调是带一点惨白和衰败，像是光线中有什么重要的气质被抽掉了。布达拉宫的金顶在毫无柔情的冬日风中苍老无比。半山灌木残余的叶色灰黄，哪怕是红色拉萨小檗也显得无精打采。

在布达拉宫后面的左肩位置，有一个小房间，像个刷红了的哨岗。我的同事普布顿珠曾经对我说，那里是一间厕所，厕所下面有数十米高，中间有粗大的孔道。不知道他是不是在骗我。凝视布达拉宫的时候经常会被那个房间吸引，那里潜藏着沉坠的畅快。这种畅快只有在寒冷的冬日里才会给人真实感。在最冷的时候，会忍不住想，一千年里有多少斗争的失败者或盗贼，被从那个长长的孔道掷下来，落在污秽寒冷而不见天日的角落。

（二）

也是一个冬天，我想是我们到达西藏第三个年头的冬天。我在床上听说了古田的事情。

当时我刚好得了一次极为凶险的痔疮。在野外的时候，我用易贡的干辣椒下白酒。这些激烈的货色给我制造了一点麻烦，然而我不仅没有在意，接下来还在尼玛县热气腾腾的温泉里舒爽地泡了澡。

后果比较严重。自治区人民医院那位心不在焉的医生，放纵了持续不断的感染，几乎让我送命。一年之前我在这个医院里拔牙，一位藏族医生干脆地动手，然后温和地告诉我说，拔错了，还要再拔一次，把那颗真正有问题的牙处理掉。

有半个月之久，我在床上躺着，几乎不能坐靠。当我听说古田出事，试图像个勇士一样勉力撑起，到四百多公里之外的林芝，英雄救美，但所有人都不觉得这是一个好主意。最后，与我同一年到西藏的同学X承担了这个任务。他风尘仆仆，赶到林芝老虎山下那所著名的N学院，经历了一番波折，把古田带回了拉萨。

让我们说回古田吧。假如古田是我在这篇文字里要记述的一个重要人物，而我在凝视布达拉宫的时候却忘记了她，这显然是不合常理的。所以我有必要对此做出说明。你们不要想当然地以为这是一个在我生命中很重要的女子，我对她如此关心，我们也许有一些什么过往或者即将发生什么事情。而且毕竟是在西藏——后来很多年里，我每次和到西藏旅游的女人们喝酒时，都会毫不害臊地对她们说：你们到这里来，不就是为了寻找艳遇吗？可能是出于礼貌，她们对此并不辩驳。

我可不会有这样的套路。我没有喜欢过她，没觉得她美或者有魅力，我暗地里嘲笑那些被她吸引的兄弟们。我相信她也没有对我动过什么念头。我之所以对她表现得过分热忱，是因为她和我们一样，和我下面将要写到的那些人一样，是一个曾经暂居于西藏的过客。刚到西藏那些年，很可能是因为在稀薄的空气中感受到过分的孤单，我总是试图建立一种色泽鲜艳的外来者命运共同体情感。很久之后，我才明白这是多么毫无必要。

古田和我们同一年分到西藏。她来自于北京的一所师范大学。

古田来到西藏时，本来被留在自治区教委。但是这种高高在上的命运与

她到西藏的初心可是牛头不对马嘴，假如对她不构成一种侮辱或有意的挫伤的话。她坚决要到更基层去。组织部门表现出极大的宽容，给她一个到地区去工作的机会。她仍然不干，把目的地放到县里或者乡里。那里才是真实的西藏，而从北京这样的大都市跑到西藏，在办公室里坐着喝喝茶看看报纸，简直就是笑话。在古田看来，恐怕就是这样。

在之前曾经有过一些类似女生分配到偏僻县乡，发生了一些令人不快的事情。所以组织部门充分认识到这样做的风险和后遗症，没有让古田的梦想成真。妥协的结果是她留在了林芝，到N学院任教。

她的本名是叫张静或者李静。比我大四岁，但看起来大约比我还要小那么一点。她很会保养，化日式的妆。圆圆脸，看起来有些娇小玲珑，但并不瘦小，长发一直梳垂到腰上，穿能藏住肉的长裙。假如在今天，她也会像川藏线上漫山遍野的旅行者一样，毫不犹豫地戴上大红花，或者穿上波西米亚风格的袍子。像很多在北京上过学的大学生一样，她完全没有老家陕西口音，一口有模有样的京片子，说起歌手、球员，如数家珍，难得又控制着分寸，并不显得炫耀。

"田震，去年我跟她喝酒那阵儿，状态不大好……北京队我跟您说，没有高洪波，就一个歇菜，没谁可指望了……"

她喝酒，而且是高度白酒。大家喝到正酣处，她却停杯换盏，掏出打火机，把剩那多半杯的酒点燃了。有人知趣地关上灯，大家莫名所以地等待浅蓝的火焰在酒杯妖娆过后熄灭，开灯，看她撇了一下嘴，把残酒毫不怀恋地泼在垃圾桶里，说，不好喝了。屋子里升腾起一股尿烘烘的味道。桌上其他人面面相觑，看着自己杯子里人生不再完满的酒。

这些节目毫不出奇。但在当时大部分年轻教师都是农林院校毕业生的N学院，一个小资情调附体的姑娘，却有着出人意料的吸引力。有时候几位兄弟喝着酒，就有人迟迟不见，时间过久，不免担心，又没手机。大家打着电筒，找过深不可测的公厕，水不没胫的排水沟，电筒扫过时山溪水清亮森然。终无所得。我寻思半晌，找到古田宿舍门口，果然有痴人无声立在门口。

事故再简单不过。学院有个晚会。古田身体不适，提前回宿舍，撞见一个男同事，东西被翻得到处都是。之前几次失窃，也是他干的。古田大叫，抓住这人，却被殴打，下手很重。逃了。

所幸已经看得清楚是谁。报警之前先去找领导，领导态度暧昧，似不希望这事影响学校名声，希望能"私了"。古田不从，领导不喜，几乎无人援手。当时教工宿舍，还是一排单间平房，晚间异声异动，影影绰绰，石头打碎玻璃。古田惊吓到神经质，却咬牙告到底，最终警方介入处理。一待事情完结，古田立即提交辞呈。

我房子够大，容得她借宿。在拉萨，古田把我家变成了更大规模的沙龙。

她总能拉来奇怪的朋友，没人知道她怎么认识这些人。他们分布在拉萨的各个机关或国企，都是最近几年进藏的大学生。家里反正备着各种白酒啤酒，自己炒几个菜，买两块牦牛肉卤了，尽可以支起饭局。

桌子上的人，每次十之八九都不重复，介绍极其形式，似乎并没有谁在意别人记得自己。后来我才知道，这是典型的北京饭局气质。

喝酒倒都很痛快。他们大部分都像古田曾经极力避免的那样，安全而乏味地窝在某个办公室里。寂寞和孤单把他们煎熬得神情郁郁。

酒喝高了他们也并不把酒点燃，虽然我的白酒度数高得多。通常他们会沉默，谈起他们共同认识的某些故人，低声嘟嘟囔囔，集体维持着一种丧魂落魄的颓废气质，并不关心给他们预备酒菜的男主人和女主人，甚至也不关心古田。只有在谈到一些虚幻的大词，比如"理想"、"燃烧"，才能让大家脸上显出生动的表情，把声音提高到豪迈，端起酒碗，喊"干"。

只有两次印象深刻。一次，桌上有对恋人，女孩子叫杨婷，长得很婉约，是河南姑娘，专门投奔男友而来。男方在一个通讯公司工作，从坐下就一脸不耐烦，据说是要赶女孩子回老家，不要在这里添麻烦。女孩子就边喝酒边嘤嘤地哭，一路哭到终局。我送客，一出门，看见杨婷把男友手臂牢牢捉住，不理

会对方低声威胁，暗夜里也分辨得出脸上的表情又是幽怨又是幸福。

另一次，我先醉了，退到卧室睡下。早晨起来，饭局自是散了，客厅中间居然出现一大摊黑红污物。原来是有人吐了好多血。大概问了问是谁，怀疑正是那个叫杨婷女娃的男朋友，不禁有些不应该的幸灾乐祸。

这些人，多数只有一两面的交道，没有留下电话，没有名片，没有记下名字，最多隐隐约约记得单位。他们骤来骤散，消失在拉萨小小的人海。古田能从这里挖掘出他们,就像萨鲁曼挖掘出地下的半兽人,是需要魔法一样的能力吧。

而古田也与这些风一样的客人没什么不同。春天还没有到,她就不辞而别,从此杳无音讯。

(三)

但春天总是会来的。任诗民就是在那个春天到拉萨的。在林芝,他找到我的朋友们吃了一顿饭,顺便拿到了我的电话。

任诗民是一个戆直的汉子。第一眼,我这么看。

他个子不矮,光头长脸,身形健壮。他骑自行车,骑了几万里,从最北的齐齐哈尔,到这个高原的城。那时候骑车入藏的人,可远没有像今天这样成群结队。

他话有点多,但是并不胡言乱语,有时候能感觉到他在察言观色。

我请他喝过一次或者两次酒。他讲起他的一些旧事。讲的时候很激动。在齐齐哈尔,他在某个小工厂工作。有人把他抓起来,说他偷了大概价值几千元的东西。

"我没偷。他们就打我,真打,打得真狠啦。真惨,真惨。逼着我承认。"

说这句话时,任诗民的眼睛和脸都涨红起来,厚而略有些噘起的嘴唇,抖得更加厉害。他酒量不大,但这句话不是酒后的妄言。我从他眼睛里能看到极大的愤怒和恐惧,让一个一米八的汉子几乎要躲到酒杯里去。

到西藏的人没有谁会问另外一个为什么来西藏。这是一个很傻的问题。我也没有问过任诗民这个问题。但在那次之后,我大概想到了为什么任诗民会走这么远。

这是一个血淋淋的然而在东北又很寻常的悲伤故事。但它离我又太远了。任诗民的恐惧无法消除,他只是想着要摆脱,但在每次言说中又匍匐于地,像《权力的游戏》中被割去了睾丸的席恩。我想我并不能帮助他什么,何况他看起来并不像很缺钱的样子。我资助了他一小笔钱,也许够他吃一小段时间饭。

然后他消失了。

三个月后,很偶然的场合,我忽然在离家不远的地方撞到他。拉萨实在太小。他在一个还不错的宾馆做服务员,请我去他工作的地方坐坐。路过三楼一个房间时,他很小声对我说:这里面现在有个客人,这家宾馆的老板,给这些客人安排小姐哪。

我在门口大声咳嗽了一声,心想,说不定里面的竟是个熟人呢。从前我们在县里出差,发生过这样的事情:两位同事,在隔壁听出了彼此的声音。

任诗民拉住我猛跑几步,躲到一个房间,惊魂未定,说,你不能这样,要是被发现,我就完了。

一刹那,我看到他眼神里的恐惧,直如当他说起被人"打得真狠啦"的那天。

那天之后,我没有再见过任诗民。我曾经在一个博客上提到他。一位游客留言说,她也见过任诗民,有几个驴友借给过他钱,都没有还。

看来他的打工生涯,终究并不成功。

任诗民是到西藏比较早的"驴友"之一。刚到拉萨时,即便是夏天,来拉

萨旅游的人也远没那么多。那时拉萨还有很多土墙。夏天正午，就像燃烧的金色。后来我在札达土林见过这样燃烧的土。

在西藏待过一段时间后，见到游客，竟然内心里禁不住生出某种亲近感。然而多了，总会有些烦。

其实是有一个鄙视链的。拿对西藏的情感来说，大致这样降幂排列：藏族人，半藏半汉，来得早的汉族干部或生意人（当然包括其他少数民族），来得晚的汉族干部或生意人，援藏干部及短住的游客，以及一般游客。排在鄙视链前面的，可以对后面的人更有底气说"这是我的西藏"。但有时候，鄙视链的顺序又会倒过来，因为相反的方向，可能是衡量谁更现代、更时髦、更有见识的标尺。

夹在当中的，是"老西藏"的子女，似乎可以称他们是"在藏二代"，他们生在这里。无论他们祖籍何地，他们的口音都多少带着一点藏语发音的影响，并且有一些格尔木或甘青一带的痕迹，大部分又都有"川普"的底色，显得又直又壮。

这些在藏的二代,甚至三代,对这座城市的感觉,与外来的客人,感觉是完全不一样的。这个城市藏着他们的记忆。在他们聚会的酒桌上,可以随意地说出某一个共通的地名,比如啤酒厂、毛纺厂、商业厅……

然而游客毕竟越来越多。冲锋衣鲜亮到闪眼的色块,把街头的色调冲兑得异常饱和。在拉萨街头的酒吧、咖啡厅、书吧里,到处都是他们的身影。但游客最集中活动的地方,还是在八廓街周边。

就像没有上海土著会在南京东路逛街买东西一样,拉萨人不会在八廓街附近寻找夜生活,更不会去玛吉阿米、青年旅社。西藏人有着中国任何地方都没有的温和好客,但那些最土著的藏族家庭,乃至已经在西藏生活了一代人以上的汉族家庭,对穿着冲锋衣、戴着墨镜的远方来客,其实保持着一点礼貌的疏远。

这种疏远一点也不令人意外。隔膜可以是一种自我保护。在所有的地方都是这样。

拉萨的真正夜生活与文艺气息格格不入。拉萨安全而随意。在拉萨,曾经最快乐的事情,就是可以在凌晨三点,带着酒后的迷乱,胡乱穿过某个街巷,听到某户藏族院落里的藏獒,低沉而无所谓地喊叫。

来到这里工作或者就是住上一段时间的人,与游客相比都会有些不同。最大的不同,是没有一个明确的目的。

没有哪个景区是必须去的,必须在某个季节征服。所有的美好或者不美好就在那里,你可能撞见也可能永远见不到。见不到这一次的美丽,也会有下一次的美丽——更关键的是,你可能根本不会带着那种"鉴赏"的眼光去看待身边的美丽,甚至根本没有意识到这些是"美丽"的。你只管自然地感受到愉悦,不试图形容它,不试图记录或者分析。

这是一种无所在意的状态。只有这个时候你才感受得到你身边世界最细部的一些美感。就像约会,只有在目的没有那么明确,没有那么赶时间的时候,才会忽略那些最"首要"的目标,才会看见爱人最小的表情变化,又如注意到她脸上细弱的绒毛在灯光下的影子,有多么性感。

（五）

假如想认识，每天的西藏都是新的。哪怕是对于惊鸿一瞥的游客也是这样。

刚到拉萨，我们百无聊赖。一个傍晚，我们走路去了西藏大学。彼时对西藏我们什么都不懂。只有马丽华，她的《走过西藏》是一本教科书。我们知道在西藏大学有一个画家叫韩书力。

那晚我们并没有见到韩书力。我们在西藏大学舞厅门口的角落里，吸了几支烟，看藏族和汉族的学生老师跳舞。深夜当我们深一脚浅一脚地走在没有几盏路灯的归途上，忽然之间，从后面传来了自行车的铃声。高亢绝美的歌声响起。两位夜班女工，从我们身边经过时，回头看着我们，爆出一阵大笑，笑得快活无比，笑得肆无忌惮。

我一直没有弄清楚什么样的歌才是代表藏族的歌曲。有段时间，我一直认为朱哲琴的《阿姐鼓》才是最能描画出西藏灵魂的音乐。藏族朋友听了我的推荐，买磁带回去听，埋怨我很久。

"这是什么？藏族歌吗？"

他们脸上的表情，仿佛看见我把野驴叫作牦牛。他们还是喜欢李娜的《青藏高原》。接下来是亚东。

后来我才明白，《阿姐鼓》缺少的，恰恰是那晚我所听到的，肆无忌惮的快活劲头。

最快活的时候，是过林卡。周末或长假，单位会组织到公园或坝子上。所做的，无非是吃喝玩乐，却充满了轻松、放纵与热情。我后来用"林卡"做了儿子的名字。我觉得，这两个字，简直就是"快活"的另一种表达。

更正规的热闹，在藏历年。只有机关大院能理解那种藏历年的热闹。特别是藏历年和春节相距不远的时候，可以有十几天连续的假期。

大院里，每家藏族都端着青稞酒、奶渣，满院子走，撞到谁，三口一杯喝起。

接下来，师傅们开了车，一家家的退休房跑起，一顿顿喝起。耐不住酒的，早早遁了。大部分藏族和一些酒量好的汉族，会这样游荡到深夜，才由同样醉醺醺的司机师傅开车送回各自的家。

上班时间，上午是9∶30到12点，下午是3∶30到5∶30或者6点。但即使这样，在最早，管理不那么严格的时候，几个人一使眼色，到附近的甜茶馆喝茶，是常事。

除了藏餐，拉萨的一切外地吃食都显示出一种无所畏惧的正宗感。可能是因为在这样的城市里，不需要做任何比较，更不需要迎合某种"本地口味"，只要把自己最好的一面展示出来就好。比如已经开业二十多年的东北饺子城、风华楼牛肉拉面，与开张时的口味相比，几乎没有什么变化。同样的店开在上海，恐怕就容不得这么自信了。

混久了，风干牛肉每年要自己晒。藏族同事会来帮忙。12月底，去八廓街那边的回民肉铺买一两条牛腿，几个人三下五除二，切得手也酸乏。挂在阴面房间的铁丝上，打开窗户，个把月，就可以吃了。

一个人在西藏，有没有长远打算，要看他有没有高压锅。拉萨的夜生活和店家够多，半年之内自己不开伙都不是问题。要开伙，高压锅就是必备。在拉萨，没有高压锅，米饭就会夹生到没法吃，面条会硬邦邦的。有过高原经历的人，每次听到高压锅蒸汽阀发出尖锐的哨声，就像巴甫洛夫的狗有了条件反射。

拉萨的菜馆，九成是川菜馆。川人到西藏，天时地利人和。连藏族群众都可以说一口相当地道的四川话。川人时谓"耗子"，虽然戏谑，却极为形象地描述了四川人民是多么有能力把自己的生存空间，伸达到每一块国土的毛细血管——甚至是国土之外。在亚东，在樟木口岸，在吉隆，在墨脱，到处都可以遇见娶了当地"阿佳"的川人，有些年纪大的，已经儿孙满堂。

（六）

夏天的夜雨是拉萨最温柔的景致。"一江两河"区域，夜雨率在75%以上。每个雨水应约而至的夜晚，细腻的雨脚在窗外织成帘幕，沙沙、沙沙沙。

没有粗暴,没有焦灼,带着那么一点点哀伤,但一点也不会寒凉。在这样的雨夜,最好当然是有个远方的人可以牵系思念。夜雨善解人意,把思念密密麻麻结成茧子。

可如果没有那样的牵挂,如此静谧夜晚的雨,就会成为絮絮叨叨的背景,成为让人绝望的细语,牵扯着,撩动着,要去什么地方去找些闹热。

L厅隔壁的出版局,沿着林廓北路有一排门市房。就是一个这样的雨夜,我打这儿走过,看到新开了一家尼泊尔餐厅。

餐厅的装修都是尼泊尔式的。味道很正,但客人不多。女老板很好奇一个看起来明显不是游客的汉族人,为什么会连续到这家店里吃尼泊尔的菜,也顺便过来问问菜品感觉怎么样。

女老板叫拉姆,大概比我大八九岁,当时三十六七岁,说话有些文青气息。能看得出来家教相当好。一张小圆脸,眼睛过于灵动。是半藏半汉,我们叫"团结族",母亲是汉族。父亲年轻时就到了北京,在藏学研究中心工作。老公是藏族。她在某个场合下认识之后就爱上了他,不肯听从父母的意见,执意到了西藏。老公喜欢喝酒,喝了酒,便打她。她溜了出来,认识了这位不会讲汉语的尼泊尔厨师,两个人住在一起——主要却是老板和伙计的关系。

这种感觉很奇怪,但毕竟是别人的生活。客人很少时她会早点关门,约三五位朋友和我一起喝酒。客人形形色色。有一天晚上,来客是电视台的一位男主持人,经常可以在电视上看到。他喜欢喝酒又喜欢抬杠,我们一起抬了很多杠,喝了很多酒,从互相看不顺眼到惺惺相惜。

酒局该散的时候,他执意拉着我,去"下半场"找乐子。他父亲是汉族而母亲是藏族。鉴于我甚至都可以拿这个开他的玩笑,我觉得还是不好拒绝他的好意。尽管白酒喝得已经很醉,他扯着我时,我还是闻到他身上的香水味道。

目的地是市中心、布达拉宫左前方一个我常到的地方。他好像忽然变得清醒起来,带着我在那个不大的楼宇中转来转去,上下楼梯。事后我曾经去那里尝试找到那个地方,却始终不得其门而入。这让我一度怀疑之前的经历是不是醉后的幻觉。

　　那里显然是一个不大对外开放的朗玛厅，也许就是后来的所谓会所。藏香味道很浓，几乎没有窗，家具显出厚重奢华的味道。大厅的一侧，有一张硕大无朋的沙发。一位年纪有些大的藏族女人，很胖，有一种贵族式的矜持，甚至带有一点傲慢。那位主持人与其说恭敬不如说谄媚地向我介绍了一个我没办法记住的名字，让我坐下，然后靠在了那个妇人的身上。我端着酒杯，看见他明明亲了那个老妇人的嘴唇一下。妇人用手搂着他，拍着他的脸，像拍一只宠物。我忽然感到了巨大的不适，甚至感受到了某种现实的危险，胡乱喝了几杯啤酒后，迅速逃离。

　　我没有再见过这个主持人。而在那次夏夜的大酒之后不久，有一天，很晚了，拉姆给我电话，神神秘秘说，今晚要我帮一个忙。

　　原来是生意难以为继，而她的表述，大概是房东不合情理地不准她搬走。她只能后半夜偷偷摸摸地把各种家具搬走，免得被房东扣押。

　　后半夜两点，我来到这里，帮她搬东西。我们和她那位不会汉语的尼泊尔厨师情人，用了一个半小时就完成了装车。她表示了感谢，然后向我开口借了五百元现金，说手头现金不足。

　　我以为她将会就此消失。但半年之后，一个相当寒冷的冬天夜晚，我接到了她的电话。我看到她变得憔悴，戴着显老的头巾，嘴唇有些灰白，完全没有了夏日里作为酒局女主人的那种风光，那种既豪迈又狂放的热情曾经给予她的风采。

　　我们去了布达拉宫正下方，一个有歌舞表演的大酒吧，我请她喝了一些啤酒。在那样的冬天，这可真不是一个好主意。我想她感受到了我的冷淡，开始讲她的过去，包括前面我说的那些故事，她的前夫，以及那位已经不见踪影的尼泊尔厨师。她如今又回到了她的丈夫身边，仍然在他喝醉后被打。

　　我想她无非是要表明她是多么不容易。露天场地的寒风不断催促我们结束会面。我们礼貌地道别，甚至浅尝辄止地拥抱了一下。

　　我再没有见过她。有些故事，就像拉萨的夜雨，太阳出来就会迅速干掉，再无痕迹。而第二夜的雨,是新的。

(七)

在一个地方久了,总会有一些原本不足为外人道的坊间悲喜显露。

原来的龙王潭(宗角禄康)菜市场里有一个卖水果的摊位。老板是一个黑壮的四川汉子,女儿倒白皙高挑,父女两个相依为命。可是这个十七八岁的女儿,却脚有残疾,走路是跛的。老板很会做生意,每次称水果,秤都不低,女儿也非常和善,总是笑。老板的生意因此特别好。我对人说,这也算是一个"水果西施"吧。谁知道某一年,连续几天都没有开张。问邻近摊主,才知道老板突发中风过世。隔几日,女儿来主持摊位,戴着黑纱。这样的事,是让人同情,却又不知道有什么办法可以帮上忙。

西藏的假期既长且多。每一年半三个月的探亲假,已经是极大的奢侈。平日里内地的假期都有,另外还要加上一个藏历年,一个雪顿节,林芝地区有工布节,日喀则地区则在六一前后别有长假。

假期多,总要有度假的法子,何况这假期又经常极为扎实,绝少有加班或需要惦念的事情。西藏对外交通还没那么好时,没那么容易出去进来,在西藏跑久了野外,实在提不起兴趣去其他地方旅游。读书也不适合杀灭大块时间。在西藏,要么喝茶,要么打麻将,这些才是正途。

川人嗜好麻将,尽人皆知。这个习惯,川人带到了西藏。西藏日月正长,当时连电影院都没有一个像样的,麻将正好拿来消遣。打得多了,不免有豪赌,名声在外,自治区政府曾经颁布严令查禁限制,一度有人如纠察队在各家茶馆游荡,却终是难改。

据说有些老板,专喜欢和机关里的人物赌牌。赌债么,白道有白道的催法,"黑道"有"黑道"的。走不出去的,也为数不少。

我的一个同事,江华,因为打麻将赌债大到还不起,潜逃多日,终于还是在林芝觉木沟里悬树自尽。某老领导的孩子,也欠下巨额赌债,几乎向所有人都伸手借钱，一个圆润脸的娃儿最后面色枯槁。

我的一位师弟，老家贵州乡下，从西藏乡里努力钻营奋斗，最终爬到自治区组织部某处，架子也异常大起来，经常穿着笔挺的西服、雪白的衬衫，和老板们混在一起。最后，据说也是因为赌债，连工作也没办法再要，一个人逃之夭夭，再无消息。

与我同一年从西南林学院毕业的同事，绰号"猛男"，因为两元钱的电影碟片租金，与店主起了冲突，被打，再去讲理，再次被打。他找了两个当地人去店里报复，不想就此坏了两条人命。他被判无期，2014年出狱。

大院里，还曾有煤气中毒去世的。早些，在我来到西藏之前的一年，一位调查队的藏族同事，在山上调查时迷路遇雨，肺水肿死在山上。更早，就在我住的房间的原址，曾经有一位同事，负责钱粮，被杀在宿舍内，死状甚惨，案子至今未破。

这些只是目力所及的小小一隅。

可是在西藏，生死或许因为常见，又是最容易被看开的。最多只是唏嘘一场。

在多年里，西藏是未开发地区，也被视为危险、生存艰难的区域。也许到今天很多内地人仍然如此看待西藏。但这意味着此处也是淘金和镀金的好地方。

生意人是一种。他们结成了拉萨原本不大但能量可观的体制外圈子。很多老板，从一家小食杂店开始，做成赫赫有名的大老板，发迹地，就在西藏。

援藏干部，是另一种人群。在他们中很多人的心里，是把西藏看作是一种畏途，是一种牺牲。他们在西藏时都小心翼翼地保护着自己，不被各种不必要的冒失伤害，从身体到其他。

淘金也好，镀金也好，多少有些冒险家的味道。你甚至不知道他们是怎样来到这个地方。在普兰县，曾见识一位王书记。他大我三岁，时年三十一。白白胖胖，像是用极好的陕西面粉发制出来。作为一县的一把手，处处都是谨慎小心。他原来是在地方团委书记任上报名援藏，一来就当了边境县的县委书记，年轻是年轻，可不能不谨慎。

"9·11"事件当晚,和一位老师一起吃饭。他带了一位客人,介绍时,说,是自治区科委的,"李主任"。看他年轻,以为和自己一样是个科级干部,言语也很随意。喝到中间,慢慢问起来,才知道是真的"科委副主任",副厅局级,年纪不过三十。正陪酒表示失敬,电视里放出了"9·11"撞击的画面。

后来在武汉,还遇到了一位这样的兄弟。很年轻,二十六七,据说是辽宁省某个有点来头的领导的儿子,援藏挂到电视台,开着一辆大吉普,全国到处跑,见女网友,车上有西藏那家电视台的标识。

体制内外,生死荣辱,鱼龙混杂,泥沙俱下。圣洁的光环下,众生沉浮真实而惨烈。

(八)

秋天的拉萨最为妥帖。

那时候拉萨的《读书》杂志很少。在布达拉宫下面的邮政局门市,有专门卖杂志的,也是拉萨唯一可以买到《读书》杂志的地方。每天和啤酒、酥油茶、风干肉在一起,随时从嘴里蹦出"日尼玛哟"这样的口头禅,难免需要一些素淡的东西饲喂自己的内心。《读书》是一定会买的。

一个下午我忽然开窍。我意识到在这段时间里,无论来得多迟大致都会买到一本《读书》。但也不会更多。这显然是书店有意的数量控制。也就意味着,在这个地方,在拉萨,每个月有固定数量的读者。书店的人告诉我,他们每个月进的数量,是三十六本。

这就是在拉萨的一个群体。尽管这时候还是世纪之初,没人会去想搞什么读书会、社区运营。我还是想到假如我每天在这里,可以守株待兔,找到每一个购买并阅读《读书》的人。他们和我一样喜欢《读书》,就说明我们有很多共同点,可以成为朋友。这个想法让我瞬间兴奋起来。

说干就干。

第一个购买者来到的时候,我几乎没有好意思。然后迅速失去了搭讪的机会。但我抓住了第二个机会。

这是一对男女,夫妻或者是恋人。男的戴着一个黑框的圆眼镜。个子和我差不多高,也许比我更高一点,但是壮实很多。

我一时没有组织好怎么说。这时他们已经付过款向外走。我跟了出去。他们俩的步子居然很快。我迅速跟着,想怎样超过他们然后果断开口。

但是他们确实走得太快,一转眼就到了当时民航局客运站门口,已经走出去差不多两百米。那个男的突然猛转过身来,用狮子吼的音色对我大叫一声:

"你是什么人?鬼鬼祟祟跟着我们干什么?"

这是一个极为尴尬的场景,因为这一带小偷本来就多,而又正当正午,阳光耀眼,我颇为狼狈地把手里的《读书》亮出来,又指了指他手中的那本《读书》,说明了我的想法。

消除误会并不算难。他的神情变得缓和起来。我们互相留下了电话号码。

他叫张良,老家云南。川大法律系毕业,分在自治区政府对口厅局。那次的经历太过尴尬,我再没有尝试通过《读书》杂志去结识什么新的人。这个突如其来的念头像是给张良定制的。

几天后我给他打了电话。我们经常见面。喝茶时,可以听他讲他所知道的文坛掌故之类。他读过不少书,作为一个理科生,我对这样的读书人总是深深敬佩,何况他还在一见面就直截了当地纠正了我几个错误的人名发音。

他有一种显然的正直,几乎不会在背后嘀咕什么人。但他和我一个最好的朋友第一次见面,却会说,这个人,看面相,内心有些猥琐。

那时候,我当然不会相信这些相面一样的东西。

最好的时候仍然是喝酒。都是在我家,因为房子大,也习惯自己开伙。家宴,朋友一般不会多叫。喝多了,也可以住在家里。他酒量不算大,但喝酒之后豪气干云的样子相当可爱——我也喜欢看他在那样一种状态下摆龙门阵。

他讲他追求他太太的历程。以我的标准来说,他太太看起来并不算漂

亮,但他爱她爱得非常厉害,类似于韦小宝遇见阿珂。追太太的得意之作,是花了将近一年工资,买了一辆摩托车,在她生日时突然献花,载她去羊八井泡温泉。他说得兴高采烈,我想起这段路彼时的路况,不禁皱了一下眉。果然,在回来的路上,出了一次小型车祸,所幸两人都无大碍。也正是这场车祸,使他夫人就此爱上他。

求爱成功,喝了一次大酒。他的宿舍在自治区政府大院内某个三层楼的顶楼。他到宿舍楼下就开始脱衣服,一直脱到三楼。第二天一早,他发现自己赤身睡在家门外,门开着,楼下人声,在问谁的衣服。他迅速溜进自己房间,但已经在政府大院声名鹊起。

张良比我早到西藏一年。和后来援藏干部的名目不同,我们这些人,通常被称为"毕业志愿支边"。

志愿支边到西藏,是有一个默认的最短在藏工作期限,开始,是八年。而对我们说的,是十五年。当然,没有人用枪指着头不让走,代价是失去体制内的干部身份。

就我所知,张良的仕途前景不错。他几乎肯定对"进步"有过一些想法,喝酒时也会津津乐道那些年轻的大学生获得迅速上升空间的成功故事。但结婚之后,他好像忽然之间失去了对这种生活的追求。我理解,像是人生忽然之间因为空前满足而失去了动力。

几个月后的一天下午,他约我喝茶,告诉我,他和老婆,已经双双辞职,准备回昆明自己找工作,也许是做律师。我问他为什么是这个时候,他说,知道组织上已经决定给他处级干部任命。这个任命如果在以前看是多么及时,但张良忽然发现,如果接受了这个任命,他将会在这条路上一直跑下去。

"等他们正式任命下来再提出辞职,就不好看了。"

我们以茶代酒,喝了很多杯。我看到张良居然眼中有了非常明显的泪光。

他去了昆明。和其他人一样,我们再无联系。我还记得分别时,他说:"不若相忘于江湖。"

(九)

这个城市,在21世纪最初的几年,还可以很随意地从南到北,最多一个小时走完。东西向当然长,但也多不了多少。

这个城市可以把握。你不会迷失在太多的水泥丛林里。

在这个可以把握的城市的最南边,有个太阳岛。

我读大学是在哈尔滨。哈尔滨也有个太阳岛。在20世纪八十年代有一首非常著名的《太阳岛上》。这首歌的歌词写道:"我们来到了太阳岛上/小伙们背上六弦琴/姑娘们换好了游泳装/猎手们忘不了心爱的猎枪"。画面感很强。在这首歌中间的过门里,还有一个极为诡异的"咕——"的一声,像放了一个屁。

每次我听到这个段子,都会莫名笑得一塌糊涂。

太阳岛位于拉萨市南部,在拉萨河里,实际上离河岸已经非常近。太阳岛曾经是拉萨人都心领神会的一个词,某种程度上还超过了"二环路"。对的嘛，先有太阳岛，后有二环路。

那个时候的太阳岛出名，是因为上面那些不可描述的场所。这些场所以不同的面目存在，从一般意义上的酒廊，到KTV，到发廊，洗脚屋。当然，现在，据说主要是以美食为主了。

太阳岛旁边就是仙足岛。仙足岛曾经是一片荒滩。开发建设之后，才变得热闹起来。

有个朋友，是内地某个省著名的副刊主编，才女，很好的写作者。丈夫是知名诗人。孩子也非常可爱。

这样一对夫妻，很多朋友都觉得是绝配。而他们曾经有过一个梦想，就是在拉萨，有个带院子的属于自己的房子，院子里有桃树，他们一家人在树下喝茶，读书。

一个偶然的机缘，他们到了拉萨，还真的在拉萨的仙足岛上买了一个带院子的房子。院子里也种上了桃树。初夏的时候，拉萨桃花开了。小院子里可以洒一点水。他们可以读诗，赌书消得泼茶香。

在很多人的眼里，西藏也许就是实现这样一个梦想最合适的地方。

可是，就在有了那栋带院子赏桃花的房子之后不久，他们分开了。

婚姻与情感的事情，没有外人可以说清楚，旁观者只适合远看。但距离把象征意义强化了。这件事，如同一朵花开到了最绚烂的时候凋落一样。

这不能说是一种典型案例，却符合一种情绪的常态。这种情绪掺合在来西藏的人们常见的空虚感中，有时会酿造出某种虚幻的快感，使一切都变得无意义起来。

就像自由人，追赶监狱。

每个来到西藏的人，甚至那些在西藏工作到退休的外地人，都需要面对一个共同的内心深处的敌人，就是不稳定的心。在这一点上，长住西藏的人，与偶尔来西藏旅游的人，似乎并没有什么不同。从来都没有安稳的时候，不值得为未来做任何长久的准备，这是一种极为可怕的状态。灵魂身影飘忽。一切实实在在的生活都很难。

意识到这一天的时候,也就意味着离开。

在拉萨,在十年时间里,我凝望过布达拉宫的四季,却从未登上它一步。

"这样我们就不会彼此厌倦。"离开拉萨那一天,布达拉宫的身影从视线消失的一刹那,我在内心这样对它说。在那一刻,我真的以为,这将是我们彼此的最后一面。

巴黎情事

文/沈坤彧

上海《东方体育日报》首席记者,留学巴黎两年。

Paris

很多年以后我终于明白，爱一座城市如同爱一个人，最好的相处方式是隔着距离远望。但出于人生而具有的爱慕心和好胜心，往往会做出一种最错误也最频繁的尝试——占有。2008年这个夏天，我送Jean Sebastien登上了回巴黎的航班。电台里在放James Blunt的 *Goodbye My Lover*，我一边开车一边放声大哭，那辆小破铃木在内环高架路上绕了一个又一个弯，不知道哪里是起点，又将终止在哪里。一切结束得如此仓促，一年半山迢水远的长距离恋爱输给了一个月在上海的同居生活。以致当终于等来一纸前往巴黎留学的签证时，其实已丧失了奔赴那座城市的唯一理由。很难说清最终选择踏上这次留学之旅的原因，但多年后回想起来，我知道地上发生的每一件事，其实都早已写在了天上。

（一）

巴黎并不陌生，这是我第四次来到这座城市。只是身份变了，很多事情就变了。再也不能在香榭丽舍大街上吃完一顿烤肉抹着嘴大喇喇地甩下一张五欧小费了，在用长棍和罐头牛肉对付了三天之后，我被领着去了一趟中国人开的超市,买回一袋卷面,以及油盐酱醋,试着煮人生中的第一锅面。11月的天气,室内已开始供暖。面条在锅里翻腾,我捞出一碗。然而面吃进口中,眼泪涌了上来。不是上海的味道,事实上,它没有一点味道。我抓一把味精撒下去,继而撒了一把又一把,依旧无味。一个人在异国他乡漂泊的那种身世感突

然而至，我终于放弃尝试，流着眼泪默默地吞下了一锅寡淡的面。后来才知道，面里应该放盐的，任何菜里都要放盐，它是根本。而味精只是调味品，它用来锦上添花。

  12月的一天清晨六点，我踏上开往巴黎市郊的地铁。郊区多的是那种灰扑扑的缺乏任何美学价值的高层建筑，唯一优点就是实用。高楼里每一层楼面的每一扇门背后都住着很多人，他们可能是来自非洲的移民后代，孩子一个接一个出生，生得越多政府的补助领得越多；可能是拼租的中国留学生，一间房里可以放上四张叠成上下铺的床，住上至少四个人。有时候甚至可以更多，两个上白班和夜班的学生在一天中的不同时段分享同一张床。这种像积木一样笔笔直搭上去的高层住宅鲜少出现在市区，游客们习惯看到的是巴黎经典的门面——那些全世界早已熟悉的七层（按欧洲人的算法，则是六层）公寓，出自奥斯曼男爵的手笔，那也是让巴黎中心城区区别于世界其他城市的关键。

  而这一刻，除了街角几家零星的"Brasserie"（提供餐饮的小酒馆），似乎没有什么能把眼前的巴黎和世界上其他城市区分开来。巴黎的市郊面目模糊，我要去办理自己居留证的警察局，就是灰扑扑的建筑中的一栋，看上去没有自己特殊的身份。但它却能给予你一个身份，合法地在这座城市生存。有了这个身份，你走在巴黎的大街小巷便能多一份确信，这种对于当下和明天稳稳的确信，并非是你在自己土生土长的城市里行走时可以感知到的。

  对面的黑人男子递过来一张纸，用手指模糊地指点了一个绿色描框的矩形方块，咕哝了句什么。"Pardon（对不起）？"，这是在巴黎日常生活中最管用的一个词。在大街上踩着了人，或是在一条狭窄的人行道上行走时急于要绕过自己身前的人，或是就像现在这样，表示我没听清，你需要的就是这一个词。黑男人此刻在隔了一张一米见宽的桌子对面射出一道犀利的目光，他开始皱眉了，或许他的眉头在这个早上一直没有舒展过。每个活着的人都有自己的烦恼，谁知道呢？大概他的太太在这个早上突然发现一张迟交的水电单，已经打了五通电话给他；大概他邻座漂亮的红发女同事突然请假了；当然最有可能的原因就是他面对这些来自世界上各个国家，说稀奇古怪的语言，以黄皮肤的亚洲学生居多的外国人已经整整十五年了。在这十五年里，刨去国定假日和公共交通罢工以及公务员罢工的日子，他一年大约要在这张办公桌后坐上二百五十天，十五年了，他在这张台子后面坐了三千七百五十天，每天说一模一样的话，做一模一样的事。有时候，整个流程可以顺畅一点；有时候，如果不走运，碰上了一个不太拎得清的外国人，比如我……

他用右手的食指关节重重敲在那个绿色的长方条上，"签名……""好的。"我把纸犹犹疑疑地推向他，他瞥一眼，不耐烦地说了句什么，又递来一张纸，敲敲方块。我于是又签了一次，推过去。这一次，他彻底愤怒了。他终于第一次看向了我，那火冒三丈的屈尊就俯的一眼。"我警告你，你要是再把自己的名字签到框外，我就不发证给你了。你以为这是在玩游戏吗？不，这一点都不好笑！"最后这句话，不知道出于一种什么神秘的原因，我竟然字字分明地听懂了。

走出大门的那一刻，我问自己，为什么要在二十八岁这一年将自己的脐带斩断，抛下顺遂的职业和生活，从上海山高水远地来到巴黎，难道就是为了在某个冬天的清晨听一个四十岁上下、一肚子气不顺的黑人男子教训自己并朝他诚惶诚恐地微笑吗？我绕着一片人工湖找出口，湖面上浮着两只黑鸭子，有人在岸边拿面包屑逗它们。这是一个模糊了时间和空间的片刻，有那么短暂的一瞬，竟不知自己身在何处。我很快恢复了清醒，长长地舒出一口气。不管怎么说，一桩心事解决了。这几乎是留学生到了法国以后最重要的一件事，有了这张居留证，就可以领每月最高两百多欧的租房补贴，可以在申根国家之间自由穿行，于是今天在罗浮宫看德拉克洛瓦、明天就到威尼斯的圣马可广场喂鸽子的生活终于不再是个梦了。和那个黑人中年男子相比，这无疑才是更重要的。这么想着，心里竟然欢欣雀跃起来了。

（二）

在不属于自己的城市里生活，你需要一点来自陌生人的温情。然而在一座像巴黎这样的城市里，温情或许是婚姻不幸的英国女游客放在拉雪兹神父公墓王尔德墓前的一束花，印在他墓雕上的一个吻；是王子公园球场里，巴黎圣日耳曼的对手球员受伤被抬下场时看台上主队球迷经久不散的掌声。然而温情和此地的日常生活几乎没有关系。

有一天，我走在加尼叶歌剧院附近的一条小巷子里，对面上街沿突然有人兴高采烈地打招呼，"Bonjour!"循声望去，竟然看到一只再熟悉不过的鼻子。是他，德帕迪约！那只鼻子，不会错了！这个胖子舒舒服服地坐在一把靠

背椅上,像是在给什么秘密经营的场所看守大门。"大鼻子情圣"冲我咧开了嘴笑,以至于我左右环顾,并没有第三个人。原来他只是想友好地冲我,一个亚洲面孔的姑娘问声好,仅此而已。我是到了巴黎才知道,一个陌生人向另一个陌生人问好,并不是那种需要理由的事。但是在这里,素不相识的人们之间频繁地问候"早上好""中午好""下午好""晚上好"和"晚安"并不意味

巴黎情事 257

巴黎情事 259

着他们发自内心的友好，而只是走一种过场。人们之间彼此问好却全然没有眼神的交流，这是德帕迪约那一声饱含感情的问好震撼到我的原因。

在我交上第一个朋友之前，有一段时间，宿舍楼那个黑人门卫是除了语言学校的老师和同学之外，唯一与我交谈的人。他也是整栋楼所有向你问好的人里唯一一个会看定你的眼睛说话的人。一个天蒙蒙亮的早上，我去上学，他下了夜班回宿舍楼睡觉。我们结伴走了一程，他喜滋滋地告诉我，"我马上要去塞舌尔群岛了！""哦，你是从塞舌尔来的？""不不，我不是塞舌尔人，但那是我梦想的度假胜地。你看，我每天辛苦工作，现在终于攒够了钱，我真是太兴奋了。""我想那里一定很美。""哦，是的，小姐，美极了，那里可以看到世界上最美的日出！"

我在微亮的晨曦里转过头看他，这是一张诚挚的黑人的脸，说不清道不明，但我总觉得在表达极端情感的时候，黑人的脸比白人或者黄种人的脸更有一种表现的张力。世界上最美的日出啊，我也看见过的，我心想。那是三年前一个清晨，五点还差几分，在坐了八小时的夜车后，我终于从法兰克福到了巴黎，此时距离热闹的世界杯闭幕式过去了一天。"我要去巴黎啦！"几天前我在MSN上向刚认识的德国朋友Marcus宣布，"我去巴黎度假！"我想象得出这个拘谨的科隆人在电脑屏幕后露出一点宽容的微笑，他们总以为所有的女人去巴黎都是为了寻找一些不切实际的幻想。"小心法国男人，他们比我们德国人差远了！"他警告我。

我在王宫广场的一家咖啡店露天座上坐下，小店刚开门，系着黑围裙的服务员正在乒铃乓啷地摆放桌椅。"我要热巧克力，鲜橙汁，要可颂，有煎蛋卷也来一份！还有什么？哦对了，再来杯浓缩咖啡！"东西端上来，铺满了两张挨在一起的小圆台面。我兴致勃勃地吃着盘里的食物，看王宫以及对面罗浮宫气势磅礴的建筑群隐在清晨的薄雾氤氲里，然后雾越来越薄，建筑群赫然清晰起来。茨威格当年来到巴黎，不就是千挑万选捡了一间打开窗户就能看得见王宫花园的房间吗？后来纪德来看他，还夸他地方选得好，并惊讶于市中心有如此的清净之所,"我们自己这座城市最美的地方非得由外国人来向我们指出才是。"这位后来的诺贝尔文学奖得主说。

真高兴啊,我心满意足地想,就这样看着这座城市醒来!在过完自己二十五岁生日的第二个清晨,坐在最爱的这座城市露天的咖啡座上。刚升起的太阳还没有什么温度,只有光彩。时间永无止境,无所事事浪费几个小时在早餐桌上完全不是问题。青春看起来长长久久,而快乐是那样纯粹而心无旁骛。那一刻是我人生至今最幸福的体验,我在回忆里小心翼翼地保存这天清晨的模样,但愿世界上真的有可以用来收藏回忆的水晶瓶!

然而,回忆真的可靠吗?西班牙作家比拉-马塔斯在他那本亦真亦幻的巴黎回忆录里提起过一段博尔赫斯关于回忆的描述,"我努力不去想过去的事情,因为如果我去想,我知道那是我在进行回忆,脑子里出现的不是第一批形象。一想到也许我不会有对我青年时代的真正回忆,我就不免伤心起来。"我

没有从其他地方读到过任何提及这次秘密讲座的文本,也许就像马塔斯所说,这是秘密的,或许这是一次仅存在于幻想中的讲座。我不由自主地思考起这段话来,我确定自己回忆里太阳光投射过来的角度真的是它原本的角度吗?如此想来,似乎没有一件事情是确凿无疑地发生过的,我甚至怀疑自己的生命中究竟是否曾有过那个清晨。

我的惶恐持续了一段时间,然后,脑中那台怀疑的机器突然就停止运作了。我想,回忆本身带有一种仁慈性,它允许我们在自己尚未意识到的情况下对过去某个地方、某件事或某个人留下的印象引进细微的篡改或者补充。然后随着时间的推移,这些经过人工修补的痕迹嵌进你的自身,就像烫伤的人做了皮肤的移植,新的皮肤和旧的皮肤从此长在了一起,变为一体。于是,遗憾就被填补了。这是自欺欺人吧?但如果真的能骗过自己,我们其实并不在意能否欺骗世界。一个人之所以对别人说谎,是因为他无法欺骗自己。

无须自欺和欺人，那个清晨的确存在过。它之所以美好只是因为在那时那刻，我是一个人和这座城市相处，我感受到了巴黎本身的温情。而当这座城市的居民醒来之后，他们的冷漠迅速掩盖了从那些伟大建筑墙上的石头缝隙里，从初升的太阳光芒中散发出的温情。

（三）

在巴黎生活了两个月后，JS有一天来看我。作为一个频繁标榜自己具有现代开放意识的法国人，他始终身体力行证明男女分手以后依然可以成为朋友。"我前四任女友中，有三个到现在都和我保持着友谊。""另外一个呢？""啊，那一个，太痛苦了，我们不可能再见了。我陪她去做了那台手术，那是我最后一次见她。她恨我会恨到死的那天吧，一定的。然而我当时也这么年轻，我怕极了！"我"噗！噗！"两声在他面前笑了出来，认为自己具有长时间被痛恨的能力，和认为自己将长久被爱同样让人觉得不知天高地厚。这个总是声称自己不信上帝的男人，其实正是其最忠诚的信徒。

他久久地站在我房间的窗口看向外面的铁轨，"这是多么悲伤啊！在这样的地方生活，人该多压抑！"他终于转过身来望着我说。他此刻的眼神中充满一种真挚的悲哀，我看着他，知道他体内残存不多的作为一个男人的责任感是煽动他悲哀情绪的主因，他在想，自己爱过的人如今正过着底层的生活，但也无法帮她脱离这种困境。他的母亲从早逝的双亲手中继承了一栋位于93省的三层式花园别墅，因此对于这个男人而言，足够的居住空间是生活中必须满足的一部分。

我的宿舍则是语言学校和法国铁路公司合作项目的一部分，他们在巴黎分部的员工宿舍楼里辟出一部分房间，专门租给语言生。楼体已经很老旧，应该是建于20世纪70年代的老楼了。一间宿舍十五平方米，不多不少，除了基本的家具，还有淋浴和洗脸池，但厨房和厕所是共用的。一层楼面上仅有两个厕所间，每间里头有五个隔间，其中每个隔间的马桶都被住户的排泄物堵塞过，整个楼面男男女女的住户就分享着这些随时处于被堵以及可能被堵状态的抽水马桶。于是，在至少一年的时间里，解决如厕问题成了我最大的怨念。

巴黎的市区呈蜗牛状被划分为二十个区，数字越大的区越近市郊。我住的宿舍楼位于和13区临界的94省，所谓的"大巴黎"的一个省，小巴黎则是那二十个区。实际上，从13区到宿舍楼所在的94省之间只隔着一个桥洞，那辆经过加尼叶歌剧院、罗浮宫、圣米歇尔大街和意大利广场的27路蜿蜿蜒蜒地缓慢爬行，钻过了桥洞，就进入94省的地界，而我也到站了。不，住在这里其实一点儿也不悲伤，博尔赫斯那句话是怎么说的？"我也许从未幸福过，但众所周知，不幸需要失去的天堂。"不，从上海的老式里弄里走出来的人绝不会为此而感到悲伤。但如果有一天可以搬进一套有独立卫浴的宿舍就好了，那就是我眼中的天堂。

但我敏感的自尊则受到了小小的打击，于是打开冰箱门，里面有一瓶前几天从街角的巴基斯坦人超市里买的马天尼，11.75欧，老大一瓶。我倒了两杯，递给他一杯，他接过了说谢谢。这是我们在上海分别之后时隔几个月的第一次见面，他长得真是一副苦相，比记忆中的还要苦，我心里想。相由心生，他是从未快乐过。我想到他曾经说过，他的父亲、母亲、妹妹和自己四个人都接受心理治疗，"我们定期看心理医生，很多法国人都这么做，并不是真的心理有什么毛病。我们只是渴望生活得幸福，然而所有的人都有自己的问题。"哪里有人会去寻找幸福？需要寻找的，就不叫幸福。除此之外，他的父母还定期接受婚姻辅导。"我相信他们曾经相爱，但在共同生活了三十多年之后，他们之间已经没有爱情了。哦不，我绝不能接受这样的生活。如果没有爱情，那就应该离婚！"

（四）

他的父亲Gerard，那个退休的室内设计师，一生除了去西班牙的度假别墅过夏天，从未离开过法国。他说"我离不开自己的面包，哪怕去西班牙度假的那两周我都要发疯,那里的面包算是哪门子面包!"JS相信,他的父亲生命中曾有过一个秘密的情人。我们当时走进恒隆广场里一家BOSE的专卖店,"我父亲一辈子喜欢高档的东西,但他没有钱。他存了很多年的钱,终于能够为自己买一套BOSE的音响。然而那天,就是在离巴士底广场不远的那家BOSE店里,鬼使神差的,我撞上了他和一个女人。那一瞬间我就知道,他们是情人。尽管他们当时甚至没有说话。"后来呢?生活并非电影,所有事情都会有一个水落石出。没有后来,他和父亲对此事双双保持了沉默,而他也没有再见过那个女人。"我相信他之所以没有离婚并不是出于责任感或者对我母亲的爱情,而是因为钱。离婚需要钱,离婚后重组一个家庭也需要钱,而他没有钱。"

他的母亲Lily是个业余画家,作为20世纪60年代狂飙的性解放一代,她曾经活得非常放浪形骸。JS在西班牙的别墅里曾看到过一本相册,"里面有一张照片,我母亲躺在沙滩椅上,没有穿内裤,冲着相机镜头大张着自己的腿。"做儿子的看到这样的照片是什么感觉?他说,"我觉得这样很酷。"一年之中,如果她不在巴黎,就是在旅游的途中。然后回到这里,在二楼的画室里把旅途所见变成画。"她从来不出售自己的画,曾经有人想买她的画,她拒绝了。"如果她不去旅游,则会把很多个下午泡在罗浮宫或者奥赛,临摹各式画作。Lily是我母亲的朋友,她们经常互通邮件。她在那些长长的信里说:"相比从前和Gerard之间永无宁日的争吵,现在的我们学会用沉默相处。晚饭后,我们两个人待在偌大的起居室里,我们的沉默为自己划分属于各自的地盘。我已经很擅长这样做了,但有时候依然无法忍受两个人在一个房间里却比一个人更寂寞的感觉,我就走出去。有钱的时候我去国外,没钱的时候我去逛博物馆。"

JS的妹妹Elodie和他长得很像,一样的满脸苦相。这对兄妹即使笑的时候,眼角和嘴角都是下垂的。这让他们看起来显得勉强,像是身处巨大痛苦中的人,每一次笑都出于迫不得已。Elodie,家里人习惯叫她Lolo,是物理系博士生毕业,但常年找不到一份正式工作。JS每次说起她时总是一脸愁苦,"她很苦闷,因为没有工作,她每个月领着SMIC(最低工资),靠她男朋友

Clement生活，而她甚至不爱他。"Clement，一个幼儿园老师，不属于这座城市高收入的一员，但这份工作胜在稳定。"如果Lolo愿意，她可以和他结婚，一辈子吃穿不愁。我觉得她迟早会这么做的，因为他们事实上已经共同生活十年了。"每年假期，Elodie会做一回背包客，去尼泊尔、去不丹，涤清灵魂，和自己的灵魂交流。每次回来以后，她都要和Clement闹一场分手，因为灵魂告诉自己要寻找真正的爱情，"不，Clement，我们彼此只是习惯，是亲情，我受够了。这不是爱情啊，爱情不是这样的。"没有例外的，每次又都被一把眼泪一把鼻涕地劝回去。我曾不止一回对JS说，"别去看什么心理医生，带上你的父母还有妹妹，去工地上搬砖吧！你知道，在我们中国，只有闲得没事干的人才去看心理医生，所有的烦恼都只在脑袋里。"

　　几杯马天尼下肚，JS终于向我诉苦了。从上海回来后，他依然干自己包工头的老本行，只是加薪短期无望了。父母之间依然不冷不热，一天只在饭桌上评价几句"今天珍珠鸡很嫩"或者"街角那家面包店的面包师离开了，你尝尝新面包师的手艺"。JS说，只要有一天面包不趁父亲的意，他整天都不会高兴，"这么多年了，他依然是那头老驴！"Lolo还是没有找到工作，对了，他自己又有新女友了。一切都很好，没什么可抱怨的，只是两人的性生活不是太和谐。哦那不是大问题，他们会慢慢解决的，他有足够的耐心，相信随着时间和彼此间的熟悉……哦，他抱住了头，"那是个大问题。"

　　我忽然感到一阵轻松，想到我们最后近乎丑陋的分手，他指责我毁了他的生活，向我索要自己来上海时的机票钱，并宣称"失败是成功之母，我们分手之后我就离成功的爱情又近了一步"。看，离开我之后他依然过得不幸，所以他不幸的源头其实并不像他所说的那样在我身上。我几乎为了这个结论高兴地笑起来，为了抑制一阵突如其来的笑意，我赶紧灌了一杯马天尼下肚。

（五）

　　那种感觉不是孤独，尽管我几乎总是独处。但有时候，突然就会涌起一种白白蹉跎了岁月的内疚感。我二十八岁了，正在逼近三十岁。我没有经历过三十岁，觉得很可怕。就像我们之所以怕死，是不知道死到底算怎么回事。在二十八岁这个年纪来到巴黎很是尴尬，似乎前面还有很长的路等自己去走，却又来不及让一切从头开始。如果我在二十岁的时候来到这里，也许生活会以一种截然不同的方式进行下去。现在，太晚了。我不知道如何打算自己的人生，但我既不愿意把时间花在打工上，也不愿意用来苦读。我打算等离开语言学校后，选一所三流的学校，纯粹为了混一张硕士毕业文凭。巴黎这座城市不适合任何形式的奋斗，在这里生活，讲究的是如何把颓废变成一种高雅的行为艺术。有个著名的中国作家在书里写，那帮三流的画家来到巴黎，企图模仿那些历史上伟大的画家，但最终只模仿了他们放浪形骸的生活方式。

我一定要回到上海，这是一种发自肉体和心灵的双重呼唤。凡事有个时限就会让人当真，我决定不再荒废在巴黎的生活，要交当地的朋友，说最地道的法语，把自己完全融进这座城市。我参加了一个类似从前在人民公园英语角之类的尬聊组合，几个国家的留学生约在星巴克见面。这个美国品牌的连锁咖啡店以狂风骤雨般的速度席卷全世界，巴黎也终于未能幸免。电视里报纸上很多专家出来说话，让巴黎人要捍卫本土的咖啡文化。但是那些人手一只Eastpak双肩包的年轻人无疑更钟爱这里，而那些每一张桌子上的大理石台面纹路里都浸润着巴黎历史和文化的咖啡馆在渐渐死去。对此我感到无法理解，咖啡馆文化始终是巴黎文化的一部分。现在，反而是外国人在守护这份文化。无论是在圣日耳曼的存在主义圣地"花神"和"双偶"，还是在蒙巴纳斯留下过海明威足迹的"丁香园"和"圆顶"，你如今走进这些咖啡馆里，英语和日语早已成了领军的语言。这些游客前来朝圣，企图捍卫这些伟大咖啡馆的文化传承，没想到，却加速了它们在倒闭之外的另一种死亡。

星巴克法语角太无趣了，就和星巴克本身一样无趣。我很快决定转战一对一的聊天，发布在网络上的帖子立刻就有了回应，我和一个叫Julien的当地人约在街角的咖啡馆见面，他穿三件套的西装走了进来。这个男人有一双我生平所见最蓝的眼睛,但奇怪的是,这双眼睛并没有让人感受到任何吸引力,就跟看玻璃珠没啥两样。既然是练习法语,这个巴黎人放慢自己的语速。他给我看皮夹里的照片,和他长着一双相像蓝眼珠的太太,还有一对儿女。"我们小学就认识了,在一个班上课,她和我一起度过了三分之一的生命。她做什么?喔,她是警察局里的文秘。"我们很快喝光了各自的Gintonic。看,我前面似乎忘记说了,这才是巴黎传统咖啡馆最大的好处,在这里你既可以站在吧台上迅速喝完一杯双倍的Espresso,和老板聊几句闲篇;也可以点一杯酒,坐上一下午。我想起了荷兰这个神奇的地方,对于一个游客来说,你走进马路上随处可见的那些挂着硕大的"Coffee Shop"字样招牌的店里,以为只不过是传统的咖啡馆,想喝上一杯咖啡,很快却发现这里的精髓是大麻。这些店里提供各式各样的大麻烟卷,然而当你想点上一杯小酒的时候,服务员却会很严肃地告知,"我们这里不出售酒精饮料!"太讽刺了不是吗,挂着咖啡店招牌的大麻店里却不卖酒!

走出门外,他踌躇了片刻,并没有要告别的意思,"能去你住的地方看看吗?我们还可以继续聊聊。"我好像听明白了什么,但很无所谓地答应了。是这样的,因为来巴黎前从事体育记者这个行当的关系,我和很多国家的男人打过交道,深究过他们的内心。这些人当中有的拿过无数次的世界冠军,有的还处于职业生涯的初期。在和这些上至七八十,下至十七八的男人经过深入交流之后我总结出一点,从女人的标准来判断,十个男人里九个是恶霸淫棍,还剩下的一个是没有机会变成恶棍。但我总愿意给更多的男人机会,让他们证明自己的不同。我想,这是世界上为数极少的几件事之一——如果我的想法被证明是错的,那么自己只会为此高兴。

然而Julien几乎一进门就溃败了,我眼睁睁看着自己在想象中交给他的那面证明男人的大旗被他迅速地掼在了地下。"不,我不愿意。"我说,"我们就只是聊天。"他点了点头,并试图微笑,但是下嘴唇被黏在了牙齿上,我别过了头。这个话题被很快掠过了,它连同一个男人的欲望一起被蒸发到了空气里，好像不曾存在过。我很早听说过法国人有"5到7点"的传统，以为那只是个外国人嘲笑法国人的笑话，但这个笑话实实在在发生在我身上。傍晚5点到7点，据说是法国人一天中用来偷情的一段时间。我不自觉地看了看手机，6点15分。如果我愿意和他发生什么，那么他可以在十五分钟的时间里速战速决，然后到我的淋浴间里冲把澡，洗去身上可疑的味道，再穿上早晨离开家时的那身西装，一切都没有发生过，他在太太的眼中将依然如同初生时那样至纯至善。他在回家的路上还将会接到家里打来的电话，"记得带根长棍回来，八角五分的那种。我今天太忙了，Catherine那个小贱人又和老板出去应酬了，把她的活都扔给我！哦啦啦，我受够了，够了就是够了……"她还在讲些什么，他在电话这头只淡淡地回了一句，"知道了，长棍，听着亲爱的，回家说吧，回家说。"

现在，他的心情应该是受挫的。当我的房门在他身后关闭的同时，他将会在心里默默地骂一句"Putain"，也许甚至会骂出声。他会想，既然不愿意做，为什么让他进到自己的房间来。有时候我甚至觉得，这个世界之所以没有演变成德雷克·贾曼所希望的那样"所有的男孩都爱上男孩，所有的女孩爱上女孩"，只是因为男女之间南北极的思维差异让彼此感到混乱却无法厌倦。这种差异比性的快感，比繁殖本身更让人着迷。Julien应该感到庆幸，他在这个傍晚遭遇的挫折不过是他为人类维持延续而做的小小牺牲。

（六）

在语言学校递交申请一年后，我终于搬进了巴黎市区。说是市区，其实和老宿舍楼中间只隔了一条高速路。但作为一个土生土长的上海人，在一个老上海人口中"上只角"和"下只角"交接的地方住了二十多年后，我因此习惯性地计较世界上所有的地段。这条高速路隔开了两个世界，新宿舍楼同样属于铁路公司，但住在这里的员工职位较高一些。依旧是十五平方米的房间，却有独立卫浴，家具是明亮的蓝和黄，这无疑象征着一个崭新的世界。几乎是在把最后一件行李扔在房间的同时，我一路小跑上了十六楼的天台。风很大，底下就是一望无际的铁轨。用同样色彩鲜亮的BIC打火机点燃一根白万，吐出第一口烟并看着它被风吹散的那一刻，我感到了一种新生的意味。

我现在住在13区了，这里就像纽约的唐人街一样，是属于中国人的地盘。《巴黎，我爱你》里面杜可风拍的那段莫名其妙的故事，就发生在13区的Porte de Choisy，距离我住的地方一站地铁的距离。那里高楼之间的距离近得吓死人，你站在影片中中国老太婆战战兢兢地用中文回答兜售美发用品的法国代理人艾尼"你想干什么"的地方看那些林立的高楼，真的感觉随时像要倒下来一样。

我和楼里同住的一个厦门女孩交上了朋友，两个人合买了一辆十五欧元的手拉购物小车，每个周末一起去陈氏超市采购一星期的食物。回来一起做菜吃饭，并在小房间里聊那没完没了的人生。陈氏超市在Porte d'Ivry地铁站出口几十米的地方，在这里，当地的法国人倒成了新鲜面孔。朋友说，这里和20区的Belle Ville是最早一批从中国来的偷渡客占据的地盘。他们等待法国总统偶然的大赦，其中一部分人终于拿到了居留，不再是黑户口了。在这里居住的中国人，很多不会法语，但在此地的生活自成一格，他们把日子过成在中国的日子。杜可风的片子里，法国人艾尼来到这里迷失了，虽然地处巴黎，但已经与法国文化格格不入。陈氏超市在巴黎很有名，它是最大的中国超市，你可以买到最放心的猪肉。这里说的放心不是指食品过期变质，而是出于中国人和外国人不同的放血工艺，在法国超市里买到的猪肉煮出来常常有一股无法描述的膻味，完全无法入口，只能一锅统统倒进垃圾桶，但奇怪的是，法国人却不觉得。

我听说了几个同住一幢楼的中国女孩的故事，有一个住在十六楼的武汉姑娘，她在语言学校里拒绝了法语老师的追求后，就和同楼的铁路公司员工同居了，从下面的楼层搬到了十六楼一套带有厨房的Studio。还有一个湖南姑娘，在巴黎学服装设计，在武汉姑娘拒绝法语老师不久，就把心碎的失恋者追到了手。但是两个人交往不多时，她又投入了一个据说是上了年纪的巴黎中年人的

怀抱。她从宿舍楼里搬出去，搬到了前法国总统奥朗德住过的15区。我住的这间宿舍，就是她留下的。但是仅仅一个多月后，消息就传到语言学校，她和那个男人狠狠打了一架后已经离开15区，还是想搬回来住，但必须再等待很长的时日了。

虽然听着这些和自己无关的故事时也会在一旁"啧啧"感慨，但从心底里其实是有点羡慕她们的。无关结局，至少是那么真实而努力地证明了自己的存在，而她们也远没有掷出手中的最后一个骰子，一切结局都还没有成型。身处巴黎这座号称世界上最浪漫的城市，然而嘲讽的却是，你身边的人都保持着一颗最现实和清醒的头脑。不，在整个世界上所有的谎言里最大的谎言就是这句话，事实上巴黎并不浪漫，它更像是浪漫的反义词，这里鲜有不切实际的人。应该曾经有过，但他们的名字已经被历史湮没了。如今生活在巴黎的每个异乡人都知道自己为什么要来，当他们望向路的前方，无一不眼神坚定，信念十足。

我们约在巴黎圣母院前见面，打算一起去看新年前夜的弥撒。母亲已然把她万能的交际触角伸到了巴黎，在她的远程遥控指挥下，我有了第一个在巴黎

的相亲对象——一个生在巴黎长在伦敦的法国人，一个和我一样在新年的前夜落单的人。

在巴黎前后两年的时间里，教堂赋予了我的生活一种别样的意义。这个发现是在一个飘雪的阴冷午后偶然间获得的：那天下午，以一种朝圣的心情参观完先贤祠冰冷阴湿的地下墓穴后，我爬上安置傅科摆的入口大厅，但是大厅的温度似乎和地窖里一样低，于是我不得已一头扎进了漫天飞雪里。忽然就迷失了方向，天地之间只剩一片苍茫，单靴里的脚趾已经冻得不太利索。好在巴黎的每条路都通往一个地铁站，只需往前走。我走出几步，眼前是一座教堂，抱着进去至少能坐上一会儿的想法，我推开了门。教堂里竟然温暖如春，我很快发现，暖气来自长凳旁边地上的通风口。于是我找了个最靠近通风口的位置坐下，不知道时间过了多久，教堂里没有一个人，等到热风烘暖了手脚，感觉整个人终于又活了过来。这座拯救了我的教堂，就是圣埃蒂安-迪蒙教堂。后来，但凡遇上挨冻而又不想花几欧元去咖啡馆的时候，总是会就近找一座教堂进去坐上一会儿。

我自此热爱所有的教堂，这和信仰无关。然而这个晚上，当我见到这个相亲的男人之后，便决定花上两欧元在入口的地方捐一支蜡烛。在过去三十年不到的时间里，我是一个坚定的无信仰主义者。我相信一个人最高的信仰应该是向往和追求一切美好的事物。但是此时此刻，我忽然很想去相信这个世界上的什么地方真有一个主宰天地的神灵，希望他看到我的无奈与绝望。

我们打了招呼，我直截了当提出索性略过弥撒，直接去拉丁区的酒吧。坐下身，叫了一杯不加冰的伏特加，一饮而尽。"服务员，一样的请再来一杯！"感觉心里热了些。这一夜，我们换了一个又一个酒吧，沿着塞纳河喝了一路，我坚持AA。眼前这个男人的外表竟然渐渐变得有点可爱了，我不知道自己是在第几杯酒的时候狂笑着一头扎进他的怀里。不管是谁，身体的温度都一样不是吗？三十七摄氏度，你无论抱着谁，都是抱着一具三十七摄氏度的身体，在这样的冬夜里，你需要一具让自己感到温暖的身体抵挡寒冷，仅此而已。

临近午夜，塞纳河的每一座桥上都早已挤满了人，铁塔的方向有焰火升起。是很普通的焰火，完全比不上每年迎新时候上海新天地的焰火秀，可为什么这些人还在拍手和尖叫呢？因为这里是巴黎呀，重要的不是看焰火这件事的本身，而是此时此刻，在这儿，巴黎，在这座永恒之城的永恒之河见证无数历史沧桑的桥上，看焰火。我想起一个朋友，他来巴黎，一定要在王宫花园的长凳上抽一支烟，目光凝视前方的喷泉。"我只在某些地方抽烟，那让我有一种仪式感。"那么此时此刻，所有这些男男女女，他们个个掐着嗓子在尖笑，混着带醉意的笑声，也都是为了追求一种仪式感吧？因为这一刻的仪式感，他们平淡无奇的人生得到了一种超拔的升华。很多年以后，他们仍然会带着柔情记起自己曾在某一年元旦的前夜，在巴黎的新桥或者艺术桥或者任何什么桥上看过焰火，这是他们生命的巅峰。

　　几年以后，当人在上海的我看到朋友圈里被刷屏的巴黎恐怖袭击的消息时，立刻怀着一种悲怆的心情意识到这座城市的盛况就此一去不复返了。巴黎仍然是巴黎，但它再也不是那个提供神话与幻想，让所有曾在那里生活过但随后离开的人们每当遭遇生活中不如意之时可以满不在乎地说一句"至少我们还有巴黎"来自我安慰的城市了。我心中的巴黎死于2015年11月13日这个恐怖之夜，连同一起死去的还有我们曾经的欧洲。

　　这次恐怖袭击事件之后，我常常回想当年那个升平之夜，桥上看焰火的那些人当时也都喝了很多酒吧？他们应该喝酒！因为那可能是他们生命中第一次也是最后一次在巴黎的人山人海中庆祝新年的来临了。而我当时想的是什么呢？我想，这个世界究竟为什么还需要神明啊？我在心里嘲笑，酒精才是天底下最全能的神啊！再喝一杯吧，无论喝什么，无论将要去哪儿，愿这个晚上不要落幕，愿巴黎永无止境。

（七）

　　雪下了整夜，我在这个男人的床上醒来。迅速穿戴一番准备出门的时候，我混乱胀痛的头脑里忽然意识到一件事：包不见了。没有多少钱，二十欧，一张银行卡，一部相机，一只手机，但最关键的是，里头装着一张房卡。宿舍的门房回家度假了，这意味着我将有几天的时间在外流浪。我叫醒那个男人，"喂，"已经全然记不得他的名字，"我的包找不到了。"

我们在家找，又出门找了一路，一无所获。所幸的是，新年的第一天里巴黎所有公共交通工具免票。我垂头丧气回到了宿舍楼，如果这时候长出一条尾巴来，它一定被夹在我的两腿之中。早上八点不到，这栋平时人来人往的宿舍大楼陷入一片死寂。事实上，双目视野所及之处，不见一个人影。只有楼里养的那只白猫，大概也是前一天晚上跑出去玩昏了头，此刻被关在了楼外。它在我两脚之间悠闲地穿梭，时而拿自己的一颗毛头蹭我，轻轻斜过上半身撞到我的小腿上，它是在用那种方式表达亲昵，我几乎有点感激它的存在了。然后我在雪地里伸出双手环抱自己，原来抱慰这个词是这样的意思。

不知道时间过了多久，终于有人从楼里出来，我嘀咕了句"Merci"就钻了进去。疯狂敲厦门女孩的门，没有人应声。于是便坐到共用厨房的长凳上，每隔十分钟也许是半个小时去敲一次门。始终没有声音。厨房的钟指向了上午十一点，我忽然想起那个住在十六楼的武汉姑娘，也许她在？人在危难之中顾不得太多可怜的自尊，我又敲响了她那扇紧闭的房门，门立刻开了。三言两语解释了自己的遭遇，她没有一丝迟疑地将我迎进屋里，同居的法国男人在床上发出了一阵不满的咕哝，但被她几句话说得没了声。"你一定饿了，我下碗牛肉面给你。"她煮着面，把自己的电话借给我先注销银行卡，再通知上海的家人。间或和床上的男人说几句，简要告知了我的情况。我说，"你法语真好。"她笑了笑，"我刚来法国的时候，办了张电影院的年卡。我每天都去电影院看电影，一部电影里有听不懂的词就再看一遍，直到听懂为止。"

吃完牛肉面，终于联系上朋友，便立刻谢过他们告辞出来了。那个我生命最绝处逢生的早晨之后，只在地铁站里见过她一次。那是一班开往铁塔的地铁，她坐在近门的座位上，头颈搭着一根鲜红的羊毛围巾。在昏暗的车厢灯光下，只有她的眼睛依然闪亮。那是一双对生命充满欲求的眼睛，虽然不知道她要问自己的人生索求些什么，但毫无疑问，她准备好了付出一切代价，扫除一切阻挡自己实现目标的障碍。

无论是那个和她同居的法国铁路公司员工，或是那个年轻的语言学校教师，他们都只能陪她走过一段路而已，要和这样一个女人长长久久地走下去的男人，生命里应该蕴藉更多的能量。不，法国男人的生命力太孱弱了。不久以后，就传来她和铁路公司员工分手的消息。据说是那个男人吸毒，也有人说，是因为她看不起他对于自己的事业没有进取心。

因为经历过那样一个早晨，此后的岁月里我从没有忘记过这个女孩。她对于生活的野心注定她的人生道路不会平坦，然而希望她所经历的那些世间的粗粝不会磨去她心中曾有过的爱与真诚。在那个早晨，她曾怀着对于一个落魄同胞的爱和同情，煮了一碗牛肉面。尽管早已忘记了那碗面的味道，但我相信那是我人生中吃过的最美味的牛肉面。如果一个人心中有爱，生活总不至于待他太差。我一直记得她的另一个原因，因为她是像我这样的人所永远成为不了的人，她活在了我的对立面。一个知道自己要什么，并打破头去争取的人。而我的生活没有目的，随波逐流。

三天以后我在上课，收到了一封那个男人写来的电子邮件。他说，我的包找到了，捡到包的人看到手机上的通话记录，联系到了他。那个年头，我们都用诺基亚，可以妥妥待机一星期。原来那个晚上当我们神志不清地经过一处花园的时候，他停下解手，我把包忘在了原地。当晚的雪下得那么急，很快就将包覆盖。直到几天过去雪融以后，才被经过的人看到。

所有人都抱怨巴黎的治安，小偷小摸或者当街抢劫的案件频频发生，"千万不要在大街上用手机"，几乎每个来到巴黎的人都会听过这样的警告。但那样的事情毕竟从来没有在我身上发生过，所以我认知中的巴黎始终是一个丢了包三天以后依然可以失而复得的地方。

（八）

　　此后我继续游荡，满足于只做城市的一个观察者。我喜欢左岸甚于右岸，尤其喜欢沿着圣米歇尔大街一路经过卢森堡公园，走到圣日耳曼德普雷。

　　如果是从右岸跨圣米歇尔桥进入拉丁区，那么你所看到的圣米歇尔大街开头的地方是一座小型的广场，广场上赫然一座巨型的圣米歇尔喷泉雕塑，雕塑呈现了这名天使长将魔鬼踩在脚下的时刻。拉丁区是当年奥斯曼改建巴黎左岸的重要工程，圣米歇尔大街就是男爵本人开辟的，也是他最得意的作品之一。

　　这位塞纳省省长是一个不折不扣的古典主义者，他喜欢宽阔而笔直的林荫大道，以及对称的建筑和布局。在很多年里，这个意志坚强的人忍受外界各种各样的诟病和诽谤，按照自己的审美规划打造这座城市。人们嘲笑他是"挥舞着泥铲的海狸"以及"拿破仑三世不朽的追随者"，但今天，嘲笑者与被嘲笑者早已变成了一把土一蓬烟，真正不朽的只有这座经过了改造的城和它的街区、建筑。今天的人们经常会被巴黎城井然有序的布局折服——尤其是当你坐在蒙马特高地圣心教堂前的台阶往山下眺望的时候——它被划分为一个个规整的街区，所有街区都由与马路成相应比例建成的楼房、十字路口和花园构成。这些楼统一高六层，外立面基本沿同一个平面对齐，墙面也一律拉平。这便给人造成一种震撼的视觉感受，仿佛整条大街上的大楼变成了一栋巨大的建筑。

　　这一切理念被完全体现在拉丁区的建筑风貌上，我每次经过圣米歇尔大街的时候似乎总能感受到奥斯曼那抹穿越时空的神气笑容，那是有一天当他领着拿破仑三世来到由自己新建的拉丁区大门前，当皇帝望着成排整齐划一的公寓建筑转过身笑着对他说"现在我终于明白过去你为何如此热衷于对称的布局了，你是在构建风景啊！"时，他所不由自主展露出的笑容。19世纪中后期，马维尔和他的摄影术已经风靡巴黎，托他的福，后人得以真切看到奥斯曼的秃头和他挺拔的胸膛，以及志在必得的笑容。

　　逛拉丁区，经常能在鳞次栉比的书店外面二手书摊上用一欧元甚至更便宜的价格淘到几乎全新的书籍。有一个下午，我用0.2欧元买了一本9.5成新的纪尧姆·米索的小说。"哦啦啦，纪尧姆·米索写的东西怎么能叫文学呢？"班上一个女教师对我啧啧起来，她先前问我喜欢哪些还活着的法国作家。"米歇尔·维勒贝克，"我说，"我喜欢他写的《一个岛的可能性》，"女教师露出了欣赏的眼光，"还有呢？""纪尧姆·米索。""哦啦啦……"

作为一个学习法语不满两年的留学生，米索是我可以不借助法语字典看懂的为数不多的作者之一。他写过一个时间胶囊的故事：在无意中发现自己拥有时间胶囊后，男主人公想借此回到当初，拯救被海豚误伤而死的女友，但如果这么做了，他就将改变自己此后的人生轨迹，而他最爱的女儿也将不会出生，他陷入了久久的思想上的困顿……

尽管米索写的是普通人，但这些普通人身上往往会发生一些有神力的事情，然后扭转生与死。而他之所以写这些故事是为了证明，这个世界上有一样东西超越所有的神力，那就是爱，可以是亲人之爱，也可以是情人之爱。这是米索所有小说不变的主题——爱的伟大。我可以理解女教师的不屑，其实很千篇一律，他的小说。但是借助超现实的故事可以充分调起读者的胃口，不必追求余味的隽永。

（九）

Lily发来邮件约我见面，我们默默无言地试图穿过通往国家电影馆的那座桥，但在结成冰碴的桥面上踉跄走了几步后便放弃了。"小心！"在打了一个趔趄后，她一把挽住我的胳膊，我们都笑了。这一刻我看着这个依然满头金发的老人，好像看到了《美丽的人》里面的凯瑟琳·德纳芙。德纳芙在五十岁以后有一次接受采访，说起自己过马路时被一个等红灯的司机骂"您真丑"。这个挽住我的女人只是老了，但她并不丑，就像德纳芙一样，然而那句话一遍遍在我脑中响起。

她带着些歉意地告诉我，把我约出来是因为想送一只包给我。她从我母亲的邮件里听说了我在新年前夜丢包的事,说她感到很"忧伤"。前些天趁大卖场里打折,挑了一只包送给我,"我不知道你会不会喜欢,大概不会喜欢的。"她说着把一只和Lesportsac感觉很相似的黑色尼龙小包递给我。她在写给我母亲的信中说,"我很想送她一只名牌皮包,但我没有钱,这也是件让人感到忧伤的事。"

"忧伤",法语"tristesse"。萨冈那本很有名的小说名字就叫"bonjour tristesse",你好,忧愁。在所有关于法国的那些让我受够了的人和事里,时时刻刻听人抱怨忧伤就是其中之一。到底什么是他X的伤感?我想,我的字典里从来没有这个词,我就是小津安二郎说的那种人,"高兴就又跑又跳,悲伤就又哭又喊",像上野动物园里的猴子。我有时候甚至希望有那么一天,所有的法国人可以带着他们那种矫揉造作的似乎因为全世界都在看着自己所以必须表现得自持的忧伤感去死。

我们在一家温暖的咖啡店里面对面坐下,这是一种很奇怪的感觉,一个六十出头的法国女人和一个三十岁的中国姑娘,手里各自捧着一杯热可可。没有太多的话可说,家里那条我曾见过的十四岁老金毛终于被注射了安乐死,为了缓解忧伤,家人又抱来了一条小奶狗。小狗总是闯祸,到处撒尿拉屎,Lily笑着皱眉头,"我真想念Larron"。喝完热巧克力我们去边上的国家图书馆看了一场摄影展。

我和她在地铁站分了手,看着她一点点淹没进人群的背影,我知道,这大概是我最后一次见她了。我转了个身,走进Monoprix超市,径直走向冰柜,拿起一桶哈根达斯冰淇淋和一盒小排,打算晚上回去在电饭锅里煲排骨汤。Monoprix的价格比一般超市贵一点,这里一小盒排骨卖四欧,但是可以确保没有肉膻味。天上飘着一点细雪,我一路走一路吃,分不清冰淇淋上覆盖的是雪花还是冰柜里冻久了的霜。我忽然想知道,是所有的法国人过得都不如意,还是因为我遇上了这一家子。我有些为她难过,她在给我母亲的信里写:"很多个晚上我无法入睡,想到他们将来是否会不幸,想到我无力拯救他们的不幸,

我就会独自流泪。作为一个母亲，我给了他们自由和爱，这是我仅有的了。"

但终归我与她已经是没有关系的两个人了，我很快就不再想她和她的苦恼。买到了满意的肉，晚上的小排汤应该会美味。想到十五平方米的房间里，一锅排骨汤的水汽氤氲到窗户上，我感觉到了一丝可以触摸的幸福。

（十）

我很少主动和人谈起这段游学的经历，就像卡尔维诺在《看不见的城市》里以马可·波罗的身份对忽必烈说的那句话："也许我不愿意讲述威尼斯是害怕失去它。也许，讲述别的城市的时候，我已经正点点滴滴失去它。"

结束了那两年的巴黎生活回到上海以后，我很多次问自己一个同样的问题，究竟为什么要去呢？我不知道答案在哪里，或许我将来会知道的，也许永远没有答案。如果一个问题没有答案，那么问题本来就不该被提出。但是，我所确定的一点是如今的自己对于一切未知生活都有一种笃定感。知道自己无论将来在哪里生活，都可以无所畏惧地活下来。因为我曾经这样活过两年，所以也可以再像这样活上很多年。用两年时光换这样一份确信，我觉得还不赖。

后来我又回过两次巴黎，但那都是在2015年11月13日的恐袭事件之前的事了。每次当我重回这座城市，心里总是蔓延起一种几乎疼痛的肿胀的幸福感。我在这里待上几天，就像一场密会，然后又与巴黎拉开长长远远的距离，期待下一次。现在我想，我和巴黎也许不会再有下一次的重遇了。未来的人生里，我将怀着对于再一次坐到塞纳河边，安静地愉快地吃一只鸡肉三明治的渴望而生活。苍蝇船上经过的游客热烈地向我挥手，我也回报他们以微笑……

澳门：从词开始的冒险

文/曾园

媒体人，曾供职于《新周刊》《南都周刊》等媒体。有随笔集《词的冒险》出版。在澳门利氏学社担任过访问学者、研究员。

Macao

旅游往往与工作无关,但到某地去工作一段或数段时间,短居有可能成为一次时间很长的旅游。在这种奇怪的旅游里,疲惫与新奇往往难以达成平衡。但说到居住,你会意识到你虽然不是游客,但本地人的身份也是稀薄的。尤其是周末,游客、本地人都弄不清你的身份,有时候你自己也弄不清。

对于读书人来说,读书总是积累了太多的幻觉。有一天,他来到一座充满记忆的城市,比如说澳门,他会在雪崩般的现实面前感到晕眩。力图重整记忆,依靠记忆来保存自我的完整性。他用力踩街道上的地砖,去确认这连绵的地表是否是漂浮的。

记忆由词组成。当词被击碎,游客蓦然发现这些词还是有价值的。这就像那种从旅游地寄出的明信片(真实景观的真实记录),与记忆中的画面(往往程度不同地扭曲现实)的吻合度,其实也是相当高的。

所以,你在稠密的居民区"士多"里蹲着翻找一件物品,耳机里某首歌曲让你出神。当你站起身,下午的阳光斜射进来,在五颜六色的货物包围中,有一刹那你不知道身在何处,仿佛不是从外地来到这里,你所来的地方似乎是童年。

（一）致命的一击出自左手

澳门起初只是一个地名，一个词。无论词典能够提供多少信息给你，它也仍只是一个词。

2006年，我参加了一个不太出名的大学举办的宗教美学会议。我记得会议安排的是中餐，所以外国人会用半个小时讨论菜单与酒单令人疲倦的过程被省略了。那天会议讨论的主题之一是瓦尔特·本雅明，这个话题仍然在敬酒与聊天中磕磕绊绊地进行。除了一个来自耶鲁的金发女教授元音饱满、措辞优雅、语法结构完整的英语，其他包含各大洲口音的英语我都听不太懂，更别提插上一两句了。

这时出现了一个意外，因为耶鲁的女教授左手持筷，途中与右手持筷、来自波恩的教授碰到了，两人的手都触电般缩回，相互着急地点头道歉，场面稍稍有些尴尬。我于是对耶鲁的本雅明专家认真地说："本雅明有一句话是不是这样说的：致命的一击出自左手？"她激动地点头："是的，他是说过这样一句话！"各国学者都笑了。

因为这句话，研讨会茶歇期间，一个波兰学者走了过来跟我寒暄。我有一套与国际友人打交道的刻板方式："我觉得波兰是世界上文化最繁荣的国家之一。"从他清澈的灰色眼睛中流溢的眼神来看，我没有辜负他的期望。寒暄完之后我说："在我看来，波兰作家贡布罗维奇应该是20世纪最伟大的作家之一。"他很吃惊："我在台湾到处跟人家讲贡布罗维奇，根本没有人知道。""其实我也到处跟人讲他，也没有人知道。"

因为贡布罗维奇，会议的后来几天里，我们常常在一起聊天，话题很多，好像涉及了导演基斯洛夫斯基、华沙战役、美伊战争中的波兰机动反应作战部队（GROM）、冻顶乌龙……后来我才得知他即将参加北京的汉学大会。会议结束时的告别晚会中他所在的学术机构正需要一个中文顾问，这个机构在澳门。

与耶鲁的教授交流得也挺好。后来我们通过两封信，她这样安慰我：

"千万别为你的英语不好而道歉,毕竟你还能使用我的语言,而我对你熟悉的那门伟大的语言根本就一无所知哪。"

(二)一个人不可能到澳门一游

所以,澳门这个词变成了生活的场景,尽管是多少有些不真实的场景。只有天空与风在提示着一种模糊的许诺。而天空与风是国际性的。

今天,传统的旅行已经不存在。正如列维-斯特劳斯所说,即使是探险也早已沦落为生意。旅行的冒险和神秘荡然无存。即使波德莱尔的旅行者们要去寻找些闻所未闻的事物,他们在未知当中找到的也正是离开家时打算脱离的那份无聊乏味感。好在克劳迪奥·马格里斯敏锐地发现,观光业者报价清单中"全部包括"的条款里,是连一阵清风的扬起都计算在内的。不过幸好留给我们的还有归类的冒险、图表的刺激、方法论的诱惑等。就我来讲,澳门能够带给我的,也许只是词的冒险吧。

"澳门"/"Macau"/"Macao",对我来说,以前只意味着读音与词典里不多的内容,这个曾经向内蜷缩的词逐渐向我展开它的内壁。有多少澳门要在那一刻聚拢我的词汇?一首反复放送的歌里的澳门,新闻联播里的澳门,繁体字网页的澳门,简体字出版物中的澳门,作为地名总是出现在香港之后的澳门,总是会召唤出博彩业种种盛况的澳门……此前,我只在博尔赫斯的小说中感觉自己在刹那间真正"接触"到了澳门。在那篇小说里,一个人不自觉地使用着多种语言,其中就有"澳门葡萄牙语"。

从珠海进入澳门的"关闸"的那一刻,在渡离这个阈限的瞬间,不知道为什么我不由自主地想说出一句话来概括那一刻的心情,但无论是奇特的殖民地风格的建筑、人群中渐渐变得清晰的南中国面孔、普通话、粤语与英语中渗透出来的葡萄牙语的弹舌音中,都无法召唤出一句这样的话。

而此刻,在广州湿热的窗下,却有一句话无法阻挡地执意要出现于笔下:一个人不可能到澳门一游,他只能重游澳门。

此刻,也许有必要介绍一下作者本人:作者尽管对博彩业背后蕴含的数学、法学与社会学所知其少(虽然有着勤奋的好奇心,后来也没能在这些方面有多大进展),但他却来到、并反复来到澳门——当然心中也并不是没有一丝歉意与愧疚的。

(三)"葡萄语"

我的同事、一个汉学家错误地将葡萄牙语简称为"葡萄语"。

如果是旅人,他常常带在身边的书的名字更经常地被称为"荒岛书目"——即使他去的地方离海很远。有太多的人喜欢写这个题目,我也在这个题材中发现了太多的熟人以及陌生人让我觉得熟悉的心态:每本书都难以割舍啦,带在身边并不一定去读啦,把书带在身边不过是一种仪式啦。即使是具有很强反省能力的作者,在这一刻,他的哀怨、自怜仍然会像雪崩一样,落在他的笔下。

我也一样。但让我省略掉那些自我怜悯的仪式，直接打开贴满航班标志的行箧，让那本书——书脊还笔直吗——吐露一些个人心态吧。我带的是《佩索阿诗选》。葡萄牙这个曾经有着宏富历史的与广阔领土的帝国，在我的可怜知识中只有麦哲伦、佩索阿与葡萄牙足球队。我在下雪的机场打开《佩索阿诗选》，见到的第一首诗是写麦哲伦的，但是译者不认识麦哲伦英语化的名字Magellan（更别提葡萄牙语Magalhães了），我忘了他将之翻译成了"麦格伦"还是别的什么名字。这本书我留在入境大厅的某个角落里了。

在炮台山上，我将一澳元（它有一个专门的葡萄牙名字Pataca——葡萄牙以前在澳门发行的货币）投入一架大型望远镜的肚腹（试图眺望珠海），然而，望远镜的目镜并没有开启。我向身着制服的工作人员投诉，先用普通话，然后用英语。他先用粤语，然后用葡萄牙语遗憾地表示与我无法沟通。我能听懂粤语，但这个面色黧黑、种族不明的公务人员的含混粤语我听不懂。另外一个可能：他讲的有可能是英语，但也属于我听不懂的英语。

我所工作的"单位"订有葡萄牙语报纸，每天清晨我会用极短的时间浏览这份报纸，头版的图片往往是葡萄牙王室成员或者是葡萄牙政要，然后后面是葡萄牙足球队与葡萄牙明星。来澳门之前我想过很多，但从没梦想过我在有生之年会频频读到一份葡萄牙日报，如果前一天睡得太晚，做梦感觉会更强烈。

"单位"所处的街道有四个名字，英文与葡萄牙文除外，还有两个中文名称：肥利喇亚美打大马路和荷兰园大马路。第一个中文名称中的"肥利喇亚美打"对应的似乎是葡萄牙语的"Ferreira de Almeida"，但这种翻译中所蕴含的南中国渔民的朴素口吻仿佛将我带到了四百年前，"肥""利""美""打"这些结结实实的渔民常用字，丝毫看不出使用者对葡萄牙语有什么好奇，也没有对葡萄牙商人的奇特货品的向往，当然对葡萄牙帝国的疆域更没有了解的欲望了。

澳门的象征，"大三巴"教堂的译名更能体现这一特点（如果这一特点真的存在的话）。其中的"大"表明的是中国人对建筑规模的评论，而"三巴"

则是教堂名称"St. Paul"的音译。两百年之后,今天的中国人对"圣保罗教堂"这样的译法更熟悉一些。

几天后我与"单位"的每个人在不同场合都打过了招呼。尽管这里的学者几乎每个人都有自己的国籍(与那种国籍带来的特殊味道的英语),但他们都有一个奇怪的特点,即使身着短袖衬衣,他们也喜爱将空调开得很低,低到我对串门心怀恐惧。往往是他们走到我的办公室里来,问候语是一样的:"曾,你这里是非洲。"(其实我这里的温度是二十六摄氏度。用粤语讲,空调其实够"劲"。)

"单位"里有一个西方人面貌特征不明显的学者我一直没有注意。直到有一天我发现单位期刊的编辑里面有一个陌生的名字,我于是冒着严寒咨询了主编,主编大笑:"没有用的!这个名字没有用的!"

原来那个编辑不懂汉语,但在这本汉学期刊里必须有一个汉语名字,因此,他就有了一个自己也不认识的中文名字。几天后,我在休息室里低头调制咖啡时,突然听到背后一句温和的粤语:"灯,需要灯?"我回过头,发现这个学者正微笑着为我点亮电灯,那时我还不太能够听懂带一点怪味的粤语,他只好遗憾地用英语和我沟通。

中午下班后我发现可以和他走一段相同的路。我自然问他是哪个国家的人。他谦逊地笑着,说自己来自于加勒比海的某个岛国。我赶紧说:"小的是美丽的!"在分手的路口,他仔细地询问我的路线,并惊讶地对我能抄近路表示祝贺。我对外国人挖空心思称赞别人的嗜好早已经习惯了,但那时我能感受到他的诚恳:他的确是真的为我高兴。他浓重的眉毛在宽玳瑁边眼镜架后面跃起,又惊又喜地为我起舞:"You can take the shortcut?"你会抄近道?那可真是太好不过的事情啦!

两年后,关于"大三巴"教堂的第一部严肃著作《澳门的圣保罗教堂:中国巴洛克艺术一瞥》出版了。作者就是我的那位加勒比海岛国的"同事"——跟我交流次数最少但最善良的人。从该书的作者简介中我了解到他是葡萄牙殖民时期艺术史专家，而"大三巴"，原来是中国巴洛克艺术唯一幸存的实例。这个岛屿的居民，因为好学读了美国的博士，从而穿越大海在另一个书房里沉思中国的历史。

（四）我的未来，或圣徒们缥缈的衣褶

旅游者带着战栗将地名点燃。在澳门前几天，我其实并没有全心去看它的景致。因为我不论走到哪里，我都在构思我晚上的日记。

当然，在新地方必有新事物是一种旧思想。

一天，一个漂亮的背包女生用普通话向我问路，我的普通话自然在她和我之间造成了特殊的气氛。我反观我自己：我的口音与我的服装、我的公事包、我的懒散步伐与旅游者和澳门人都格格不入。但是，接下来怎么办？我们拿此刻良好的气氛、开端怎么办？我稍一迟疑，便意识到漂亮女生的眼神中的好感是世界上最短暂的——这种好感延长一点点，她的自尊便会消减。

我怎么也没有想到结局是这样：没有其他的选择（尽管关于"大三巴"，我有更多的故事可讲，更多的多国语言的典故可以交流），我走向带有早期殖民地风格的建筑，进入到那个连楼梯扶手都像镜子那样反光的"单位"里上班。

是的，我恰恰住在"大三巴"的附近。每周六早上，我都会透过属于耶稣会的房屋的窗口看到潮水般鲜亮的人群漫上通往"大三巴"梯级。如果是工作日，上班的路上我会遭遇到那些洋溢着渴慕的面孔。我听到的是山东口音、河南口音，值得注意的是他们的穿着大都非常朴素。更多的是中老年夫妇。他们从一辆辆大巴中鱼贯而出，既倦怠又欣喜。无论口音如何，眼神是一样的，仿佛要将这里的一切，数不清多少种类的语言、人种、空气中的味道，全部吸进身体里去。照相，勤勤恳恳地照相。"这里照可不可以？""这里没有特色，我们到那边去。"

取景的谨慎态度让我发现他们手中的照相机里装的是胶卷，是"乐凯"还是奢华的"柯达"？这个发现让我在早晨的轻风中感到一丝颤抖。上面，鸽子

在高空中回来，翅膀渐渐融入圣徒们缥缈的衣褶中。

一切都是新的。眼睛完全不够用。经过了漫长一生关于资本主义的教育，今天可以看看资本主义了。但资本主义在哪里？空气中根本没有。人群中也根本没有面色红润的面孔，没有裁剪考究的服装，那些人到哪里去了？也许他们在欧洲、马尔代夫？这是我来澳门之前根本没有想到的。在澳门，随时随地都可以看到刚刚停稳的旅游大巴，鱼贯而出的是普通内地游客。

在前互联网时代的内地，我常常到小书店去买书。通常是没有什么值得看的。但往往会看到一个中年人身着干净得令人忧伤的中山装，手里捏着一本《读书》和一张《南方周末》高傲地离开书店，身体贴着墙走着。我感到既痛心又恐惧，我不知道自己为什么痛心，恐惧的是，也许过不了多久，我就变成了他们。三七开的头发一尘不染，缓慢而坚定地走回家去，在灯下激烈地批阅那两种读物。

（五）稀薄的资本主义

在楼梯扶手、地板、瓷砖都像镜子一样反光的"单位"里，它的清洁由一个老太婆维持。除此之外她还负责打开所有沉重的、殖民地风格的护窗板和窗子。我常常下班前自己关闭那些复杂的窗子，因此她会感激地跟我说一两句话。我并没有，或者说并没有多少帮忙的意思，我在关窗，同时也在抚摸"殖民地"这个词。从建筑学的角度来说，这座建筑是"新古典主义"的，常常出现在电影里的贵族庄园里。我的办公室在二楼，外面还有长长的，一眼望不到头的铺木地板阳台，浸泡在热带潮湿的空气与汽车噪音中，除我之外没有人会去走走。

老太婆有时候会非常严厉。往往是我刚刚注意到身后快速移动的拖把或吸尘器停止之后，便会有非常不熟练的普通话响起："你为什么喝这种咖啡？"我手持罐装咖啡的罐子，不知道如何回答。其实，这罐咖啡，已经被另一个澳门老太婆质问过了。就在上班的路途中的某个我忘了名字的"士多"（store，小超市）里我每天都会买。"士多"的老板娘早就对我感到奇怪了，那天早上终于忍不住，问的问题更加奇怪："你为什么讲英语？"

我其实一直不太留意自己讲过什么话。直到很久以后，一次会议的早晨，好友王晓渔好意提醒我不要焦虑，他发现我对外国厨师说粤语，对澳门厨师说英语。

本"单位"的老太婆说：

"楼下有不要钱的咖啡，你为什么要花钱买？"

"好的。我以后不买了。"

好像是一周后，我又忘记了我的保证，让同样的对话又进行了一次。

老太婆工资很高，她向我透露她到珠海买菜，自己"用电饭煲煮饭"。一个月只花很少的钱，似乎只是工资的七分之一。我将这个惊人的秘密跟一个法国学者说了，他哈哈大笑，说："有可能！完全有可能！广东女人就是这样！"我辩解说她其实是澳门人，法国人笑着说："一样的！一样的！"

我感到一种失落，或者文化差异。我和这个年近七旬的法国学者经常开玩笑，但想不到在他们的世界里，这个老太婆奇怪的金钱观只适合笑笑，不值得展开讨论一下。

我慢慢发现，内地游客乘坐的旅游大巴的线路有个特点，位于这条线路两旁的商店，物价是一般商店的七倍。也许旅游团的团员正是从这个物价来体会资本主义的。我住的地方距离这条线不远，所以也用这种方式体会了资本主义：有一天后我在一家名叫"工人俱乐部"的"士多"里，发现一瓶"统一"绿茶的价格是两块八澳元，心灵不是没有感到一丝冲击的。

当然，资本主义也是有的。只是非常稀薄，难以发现。很久以后，我才在"新八佰伴"里发现那种从日本舶来的、小容量、一口气可以喝完的易拉罐可乐，它的价格是普通可乐的五倍。

"对于世界我只是通过涨价，而且是深受震动地通过涨价去了解的。"卡夫卡说。

（六）词物质化了

我在不同时间、不同地点心悦诚服地读过《哈佛亚洲杂志》《通报》这些崇高的汉学杂志的文章。

到"单位"的当天，我参观了图书馆。我发现这里有全部的《哈佛亚洲杂志》《通报》。第一册，大约还是宣统在位的时候出版的？四百年来，这个"单位"像乌龟一样爬行，它的足迹也已经一眼望不到头了。我摩挲期刊的封面，目光仿佛穿透了墙壁，看到利玛窦、圣方济各·沙勿略等人刚刚登岸。

澳门曾经在天主教中占有重要地位，今天这个位置有些褪色。这种"让渡"的事例我猜想肯定不仅仅是一种，它的宗主国不是把全世界的海上霸权都转让出去了吗？昔日帝国的疆域、眼光与气度，一道葡萄牙的汤也许就可以表达：精致的盘子里漂浮的几片菜叶生长于非洲热烈的阳光下，牛肉来自意大利，而胡椒取自于邻近的东南亚……

但澳门却在宗教历史意义上留下了它的诸多印记。就在"大三巴"的后面有一个地下纪念馆。入口处的一面不锈钢墙上，铭刻着早期天主教传教过程的殉难者的名单。其中一长串越南殉教者的名单激活了我的记忆——我曾经读过一本书记载了这些人最后的事迹，当他们走向刑场，面带微笑，仿佛真的是走向天国。他们的名字——不是传统的中文名字，而是西化的教名——在提醒人们，人们为其他事业献身是不值得的，因为有时候名字已经湮灭，有时候被纪念的方式是可笑的。现任教宗本笃十六世说过，人类无法实现他的价值，人的价值只有在他为上帝增添荣耀中才能体现。

很可惜我不信教，但我总算也知道一些圣方济各·沙勿略的事情。当他传教成功之后，离开某地，国王会奉上一盘子黄金，被拒绝后会弯腰让他踩着登上马背。他执意要到中国去。中国，这个包罗万象的国度的人民仍然不相信上帝，这个唯一不相信上帝但仍然不乏幸福的国度召唤着他。他死在上川岛。上帝这一晦涩难懂的决定要过些日子才能让人理解：进入中国的应该是利玛窦。我在某个教堂里看到了某个圣人的圣髑，拼读旁边的文字中我恍然大悟：这就

是圣方济各·沙勿略。

那一刻,我感到澳门这个词发光的一面不应该被囚禁在葡萄牙里——它在博尔赫斯的西班牙里的出现虽然时时发出悦人的光,但那只是反光。

(七) "葡挞"

复调这种西方文化中的交响乐艺术在中国有些受到忽视。

蛋挞在西方只是一种普通点心,它之所以能在这里引起热潮,甚至造成鸡蛋短缺,原因也许就在于它的复调艺术。

两种旋律同时响起,变化、致敬、调情,人的耳朵处于狂喜之中,落英缤纷,应接不暇。蛋挞也是如此:下面粗糙的蛋糕(其实是馅饼皮)上故意染上焦糊的颜色(来自焦糖),而上面娇艳欲滴的蛋浆几乎只有一成熟,摇一摇还能晃动⋯⋯您想到了什么?有没有想到《美女与野兽》,或者八戒戏嫦娥?这种思路在哈根达斯也常常遇到。

不理解这种对比在西方是受嘲笑的。哲学家常常挖苦那些幼稚的读者,他们喜欢将哲学经典中的名言抄写在笔记本上反复吟咏,但其实,这种做法无异于直接吃蛋糕上点缀的鲜嫩的部分,比如樱桃,却放弃体现高超烘焙手艺的蛋糕。而蛋糕真正的味觉,恰好就是粗糙的蛋糕与嫩滑的樱桃两种口感间的对比,这种对比蕴含着一种超越的美感欣赏以及对分寸的把握:男人们常常提到女性魅力,那种与三围数字无关的魅力怎么讲?"腰臀比"庶几近之。一个城市的美感同样如此,楼不是高或者矮就是好,街道也不是宽或窄就是好,一个城市的味道在于僻静区域里建筑与街道的对比。澳门老居民区房屋的陈旧的程度恰到好处,这种陈旧度与干净窄街上停放的崭新汽车也互相对话、呼应;窄

街与过高的楼房对比产生的逼仄里有一种奇怪的舒适感,这种舒适感来自哪里?也许是那些蹒跚的年迈老者脸上洋溢的平静?这种平静恰好与窄街上粗得过分的大树形成了连续感……大树也实在是太粗了,也许是明代栽种的……三人合抱,几乎占到人行道的一半,那一半只能允许一个瘦子通过。胖子在澳门没办法走路。

在澳门买"葡挞"的文青,永远会纠结去玛嘉烈店还是安德鲁店排队。这对发明出享誉世界的"葡挞"的爱侣之间的种种纠葛仍然困扰着我们大家。其中最痛心、最令人扼腕的莫过于玛嘉烈将安德鲁秘方卖给了肯德基。我在《南方都市报》美食版读过一段疑心病发作的文字:"广州肯德基的蛋挞吃起来感觉味道和安德鲁葡挞很接近,甜而不腻做到了,香滑柔软却略嫌不足。或许因为安德鲁葡挞里面混合了安德鲁与玛嘉烈的爱之苦涩吧。"

2006年晚秋的一天,英国人安德鲁先生清晨慢跑后回家,因哮喘病发作去世。

适合钟情、适合创业,但也许更适合分手的澳门啊……

(八)疯堂

疯堂是我每天上下班都经过的地方。

风景很美。我记得围绕疯堂的十条左右极短小巷都有名字。常走的巷子叫"疯堂斜巷",最短的巷子叫"疯堂里",请注意它的物理系数:长二十四米,宽三米。

现在,很多人都知道了,短居某地的游客带着比土著更大的热情踏遍该地所有景点——其实这还不够,短居的人会比当地人更了解当地的风俗。这很简单:口耳相传的说法是假的。

1751年出版的《澳门纪略》记载:"东南城外有发疯寺,内有疯番,外卫以兵,月有廪。"说里面有发疯的外国人,有兵保卫,每月发米粮。显然是以讹传讹。

在我的印象中,因为耶稣在《圣经》中救活过几位患麻风病的人,后世的天主教会一直将治疗麻风病人当作首要任务。

贾耐劳在1568年在这里建立了辣撒禄麻风病院,并附设一所小教堂,取名"圣辣撒禄堂(Igre ja de São Lázaro)"。"辣撒禄(Lázaro)"一词本身也蕴含麻风之意。但其实,翻开《圣经》,拉撒路(我更习惯新教圣经,写法略有不同)患的什么病并不清楚,后人根据他满身裹着布和毛巾,认为他死于麻风病。耶稣将他复活后,他成了麻风病的主保圣人。

"麻风"之"风"两百年前被误会为"发疯"之"疯"。今天的"疯堂"的阴郁已荡然无存。相反,"疯堂"在我的印象中一直存放着一种淡淡的喜感。

每天早上,我都见到一个年轻的金发胖姑娘在疯堂那边跑步、健身。有时候,她的身边有一个黑发的胖姑娘。更多的时候,只有她一个人在那些台阶上费力上下。当超过三个人经过这里,她就挪往墙边,低着头。我经过的时候,每次都不自觉地假装东张西望,似乎是一张"寻猫启事"引起了我的注意,或者我打算在今晚的"土生葡人"音乐会中寻找亮点……总之,每天经过的我对一切兴趣盎然,只是一直假装没有注意到这个胖姑娘。

参加过陆军俱乐部的私人会所一次雅集,菜不错,餐后,咖啡浓香与繁密弦乐中,众星捧月般,一个明眸善睐的绿眼睛美女在白发男人中走出,朗诵了一首葡萄牙诗歌。那个时候,我不知道为什么又想起了那个徒劳健身的胖姑娘——也许因为,无论如何,她都不会——也没有人邀请她参与这种聚会吧。

疯堂不远处是一座美得令人窒息的坟场。中午,花朵的香气仿佛在燃烧。

哪吒庙门口,一块牌子上写着"哪吒太子",另一块写着"三十三天"。那么"三十三天"是什么意思?网上查不到。

直到图书室里一本《澳门学引论》才告诉了我这个简单的"三十三天"包

澳门：从词开始的冒险

含了含义丰富的民俗宗教知识。

（九）吃米饭亚军

通常我就在"单位"附近吃饭。一家是竹升面，一家是茶餐厅，恰好位于本"单位"的两翼。味道没什么特别，就是好吃。我在这固定的两家餐厅吃的并不多，在日历上总是被各种聚餐打断。我固定在一家茶餐厅吃饭的事情被发现之后，一个博学的汉学家告诉我一个故事：20世纪70年代有次国际会议在法国召开，一个哲学家被安排在某个城堡住宿，包一顿晚饭。女主人征询哲学家的对饭菜的要求，哲学家随意说了一句："我对饭菜只有一个要求：每顿必须一样。我不能因为对饭菜有所期待而心烦意乱。"

总的说来，外国人吃饭前在菜单与酒单斟酌的时间会长到四十五分钟，一节课。关于酒的知识仿佛和天上的繁星一样多。这是一种西班牙酒，念一段西班牙语，停顿一会儿说刚才的西班牙语似乎有点问题，抱歉。另一个会插入一段解释，刚才的西班牙单词其实还好，没大错，有西班牙人就这么说。我们将这种西班牙酒命名为"牛血"好不好？曾先生你觉得这种译法和今天的天气是否搭配？是的，我还没有算上开玩笑的时间，他们会讲整整半个小时的笑话。不是段子。往往不知道是由谁开始，一句笑话，然后所有的人参与进来，绝不冷场，一直持续很长时间。并不像中国成年人的那种冷静高明的幽默，不，他们像大学生。

我在我认识的所有人当中，可能是食谱最为广泛的。所以我对吃饭从来不担心。只有一次例外，我非常轻松地决定用叉子吃饭。

汉学家本身就是全球多元文化的结晶。他用圆黄瓜垫底，在上面快速用叉与刀捶打出一个袖珍型的大米圆柱，最后上面盖上黄瓜或火腿，用叉子插入，运送进嘴里。这是一种杂技。

我尝试多次，失败。觉得后背开始流汗。这种尴尬里包含了两种困境：一、我不能说这不是一种吃饭（大米）的方式；二、我也不能说我不会吃饭

（大米）。

最愉快的是黑沙环的海滨餐厅。海浪声中，某种酒意外的好。我不会喝外国酒，无法分辨酒的好坏与贵贱。但这瓶很好。与海浪声也很协调。

开够了玩笑的同事们静下来，爱说法语的人们悄悄说起了法语，擦音与颤音编织起某种悦耳的嗡嗡声。我即将离开了，纯粹是因为运气，棘手的工作都取得了赞赏。当然，他们的赞赏水平很高。让你猜不透赞赏的成色，但诚恳是真的。

此刻我已经发现我习惯了微笑，甚至是陌生人之间的微笑。无表情在我看来已不是常态而是一种僵硬。

海浪拍打着珍贵的黑色沙子，风似乎在黑沙中翻找什么。夜已经黑了，这是我一生中最美好的一天吧。

（十）地方感

如前所述，一个地方给予游客的"地方感"，其实就是房子与街道的对比。这种对比，也许是西方文明的一项常数。澳门有个作家写过一篇文章，名叫《到里斯本寻找葡韵》，这也许是殖民地居民对宗主国稀薄的情感中唯一还有点生命力的部分。当他到了里斯本，他看到处处其实都是澳门。

澳门的特点在哪里？身着日剧校服的女生清晨等车？狭窄小巷里轰鸣的摩托？假日里扑面而来的等待你去辨认的各色面孔？老饕街——如果你仔细拼读葡萄牙文，你会慢慢发现这个街名其实指的是西班牙文学里的"桑丘"——堂吉诃德的随从，也就是那个爱吃爱喝的主儿？

赌博似乎是与这个城市的调性对不上的一种，但它成了这个城市的标签。在这里居住久了，"博彩业"这个标签似乎可以轻轻撕下来，扔在南湾碧蓝的海水里。

我无法体会赌博中"尽情享受恐惧与希望的变迁"有何乐趣。如果世界不存在时间，那些赌徒可以在牌桌旁待到世界末日。

对赌博我没有什么好说的。都是真的。甚至传说中矮胖的穿中山装的中年人，与他后面穿西装的、手提金属箱子的高个子，也都是真的。他们也真的直奔那些神秘的VIP房间去了——其实也没有什么神秘。无非是与电影中的画面一模一样。

我每天在晚饭后朝南湾走去，会在新葡京停留很久。如果不和这些赌徒在一起，我在这个人种沙拉与建筑博物馆的城市时刻都体会不到真实感。在正午的荷兰园大街上，我会虚弱地倒在阳光充足的大街上。

手持一杯沉重的啤酒，吧台上的钢管等了很久。随后，永远不会辜负你的期待，钢管舞演员扑面而来，几乎要踢倒你的杯子。

台前没有多少男人在看。我能看到的，往往是中年妇女慢慢张大的嘴。白种女人的特殊身材，在她们的眼里会变形吗？她们在今后的日子里如何评价眼前这种奇怪的图景？一个女人可以如此摇摆身体吗？她们是否希望自己也拥有这样的人生？或者在内心里呼唤有人出面来管理这幅画面？我不知道。

隔壁的老葡京较为陈旧，吸引不了内地。但在广场上指点的人不少。远处就是波光粼粼的南湾，可以看到练习划船的年轻人正将小艇推入水中。我沿着河边，会一直走到天黑。

在一个星期天里，雨下了整整一天。我坐在阳台上，看着深绿的柿山作为背景的雨幕颤抖了一天。我有一个徒劳的发现，澳门的雨，与内地一样湿。

《枕草子》里有这样一段，大纳言缓缓念出一首古歌之后，作者觉得这"很有意思"，"希望这情形能够保持一千年啊"。一千年，真的要去测出某些事物中的神秘，其实并不足够。

图书在版编目（CIP）数据

择一城而短居 / 刘耿主编. -- 成都：四川文艺出版社，2018.2
ISBN 978-7-5411-4946-7

Ⅰ.①择… Ⅱ.①刘… Ⅲ.①随笔—作品集—中国—当代 Ⅳ.①I267.1

中国版本图书馆CIP数据核字(2018)第003134号

ZE YICHENG ER DUANJU
择一城而短居

刘　耿　主编

责任编辑	彭　炜
封面摄影	董晓晔
封面设计	李　冰
内文设计	最近文化
责任校对	蓝　海
责任印制	唐　茵

出版发行	四川文艺出版社（成都市槐树街2号）
网　　址	www.scwys.com
电　　话	028-86259287（发行部）　028-86259303（编辑部）
传　　真	028-86259306

邮购地址	成都市槐树街2号四川文艺出版社邮购部　610031
排　　版	四川最近文化传播有限公司
印　　刷	成都市金雅迪彩色印刷有限公司
成品尺寸	168mm×230mm　1/16
印　　张	20　　　　　　　　字　数　290千
版　　次	2018年4月第一版　　印　次　2018年4月第一次印刷
书　　号	ISBN 978-7-5411-4946-7
定　　价	58.00元

版权所有·侵权必究。如有质量问题，请与出版社联系更换。　028-86259301